文春文庫

約束された場所で

underground 2

村上春樹

文藝春秋

ここは、私が眠りについたときに
約束された場所だ。
目覚めているときには奪い去られていた場所だ。

ここは誰にも知られていない場所だ。
ここでは、船や星々の名前は、
手の届かぬところへと漂い離れていく。

山々はもう山ではなく、
太陽はもう太陽ではない。
どんなものであったかも、だんだん思い出せなくなっていく。

私は自分を見る、私の額の上に
暗闇の輝きを見る。
かつて私は欠けることなく、かつて私は若かった……。

それが今は大事なことのように思えるし、
私の声はあなたの耳に届きそうに思える。
そしてこの場所の風雨は、いつまでも収まりそうにない。

マーク・ストランド「一人の老人が自らの死の中で目覚める」

■目次

約束された場所で

underground 2

まえがき

一九九七年の三月（事件の起こったちょうど二年後）に、地下鉄サリン事件の被害者及び遺族の証言を集めた『アンダーグラウンド』という本を発表した。その序文でも述べたのだが、この本を書こうとそもそも思い立ったのは、地下鉄サリン事件の一般被害者についての具体的な事実が、あまりにもわずかしか――そしてほとんど同じ切り口でしか――情報として世間に発表されていなかったからだった。少なくとも私自身が切実にそのように感じたからだった。

混雑した朝の地下鉄の車内で何の前触れもなしにサリンガスを浴びせられるというのが現実的にどういうことなのか、それが被害を受けた一人ひとりの生活や意識にどのような変化を及ぼしたのか（あるいは及ぼさなかったのか）、ひとりの小説家として私はそれを知りたいと思ったし、私たち「市民」（最近ではいささか評判の悪い言葉みたいだけれど）はそれをもっとありありと知る必要があるはずだと考えたからだった。知識としてではなく、あくまで実感として。肌の痛みとして、胸を打つ悲しみとして。まずそういう日常的な地点から始めないことには、地下鉄サリン事件とは我々にとって何だったのか、あるいはまたオウム真理教というものは我々にとって何だったかというパースペクティブがうまく立体的に立ち上がらないのではないかと思ったのだ。それは「健全なる」被害者の側に立って「健全ならざる」加害者を弾劾するというような固定された動機から始められたことでもなく、あるいはまたこの事件にからめて社会的正義を追求することを目的として始められたことでもない。もちろんそのような明確な目的を持って書かれる書物も、世の中には必要なのだろうとは思う。しかしそれは少なくとも私の目指したことではなかった。私が目指したのは、明確なひとつの視座を作り出すことではなく、明確な多くの視座を——読者のためにそしてまた私自身のために——作り出すのに必要な「材料」を提供することにあった。それは基本的には、私が小説を書く場合に目指しているものと同一である。

実を言うと、ひとつのルールとして、私は『アンダーグラウンド』を執筆しているあいだ、なるべくオウム側の情報は収集するまいと心を決めていた。というのは、せっかく頭の中に世間的な情報が入っていないのだから（実をいうと私はオウム真理教関連事件がマスメディアでもっともホットに報道されている時期のほとんどをアメリカで暮しており、いわば情報の蚊帳の外に置かれていた）、できることならそういう無垢な白紙の状態のままで取材をしてみようと思ったのだ。言い換えれば、私は可能な限り、一九九五年三月二十日における被害者たちと同一の立場に立ちたいと思った。つまり何がなんだかよくわからないうちに、よくわからないものに致死的な襲撃をうけることになった——という立場だ。そのためにも私は『アンダーグラウンド』に関しては、オウム側の視点というものを意図的に排除した。それを持ち込むことで、視点がぼやけてしまうおそれがあったからだ。この時点では「あっちもわかりますが、こっちもある程度はわかります」というどっちつかずの姿勢だけは避けたかった。

そのために「視点が一方的だ」という批判を一部で受けたわけだが、撮影カメラの位置をひとつの場所に据え付けるということは、そもそもの原点としてこちらが意図的に設定したルールなのであって、そのような批判はこの本に対する有効な議論として成立しないのではないだろうか。私は取材する人々に「精神が寄り添った」本を書きたかったし（それは味方をするというのとはもちろん違う）、彼らがそのときに感じたこと、考えたことをそのまま、できる限り生命のある文章として書きとりたかったのだ。そのようなかたちでのコミットメントが文筆家＝小説家としての、その時点での自分の役目だろうと私は考えていた。決してオウム真理教というものの持つ、正負両方向における宗教的意味、社会的意味を頭から排除していたわけではない。

でもその仕事を終えて、本が出版され、あれやこれやの波が去って事態が一段落したあと、私の中で少しずつ「オウム真理教とはいったい何だったのか？」という疑問が膨らんできた。私としてはそもそも、一種の情報的インバランスを正常に復帰させるために、被害者側の語る事実を集中的に拾い集めていったわけだが、そのような作業がひとまず達成された段階で、今度は「果たして我々はオウム側についての、本当に正当な情報を手に入れているのだろうか？」という疑問をだんだん抱くようになっていったわけだ。

『アンダーグラウンド』の中では、オウム真理教団という存在は、なんの前触れもなしに日常に唐突に襲いかかってくる〈正体不明の脅威＝ブラック・ボックス〉として捉えられていたわけだが、今度はそのブラック・ボックスの中身を、私なりにある程度開いてみようと思った。そしてその中身を『アンダーグラウンド』という本が提出したパースペクティブと比較対照することによって、言い換えればその異質性と同質性を腑分けすることによって、より深みを持った視座を獲得することができるのではないかと思ったのだ。

もうひとつ、私が「オウム側」に正面から取り組んでみようかと思ったのは、「結局あれだけの事件が起こっても、それを引き起こした根本的な問題は何ひとつ解決してはいないんじゃないか」という危機感のようなものをひしひしと感じ続けていたからだった。日本社会というメイン・システムから外れた人々（とくに若年層）を受け入れるための有効で正常なサブ・システム＝安全ネットが日本には存在しないという現実は、あの事件のあとも何ひとつ変化していないからだ。そのような本質的な、重大な欠落が我々の社会にブラック・ホールのように存在している限り、たとえここでオウム真理教という集団を潰したとしても同じような組成の吸引体――オウム的なるもの――はまたいつか登場してくるだろうし、同じような事件はもう一度起こるかもしれない。私はこの取材にとりかかる前からそのような不安を感じ続けていたし、取材を終えた今では、より強くそれを実感している（たとえば一連の中学生の「切れる」事件にしても、そのようなポスト・オウム的状況の一環として捉えていくことが可能なのではあるまいか）。

そのためにはやはり『アンダーグラウンド』と基本的には同じ形式を用いて、オウム真理教の信者（元信者）の気持ちや主張を聞き書きしていくしかないだろうという結論に私は達した。そうすることによって、最初に抱いた「公正なる疑問」のバランスを、もう一段階深化した場所で、よりよいかたちで獲得することができるのではないかと。

しかしインタビューに答えてくれるオウム真理教の信者（元信者）を見つけだすのは、インタビューに答えてくれる地下鉄サリン事件被害者を見つけだすのとはまた違った意味で、簡単なことではなかった。いったいどのような基準を適用してオウム信者（元信者）を選んでいけばいいのだろう？　つまり、いったいどのような人を「一般的、標準的なオウム信者」と呼ぶことができるのだろうといういささか根本的な疑問もあった。それが正しいサンプルであると、誰に判断できるのだろう？　またそのような人々がうまく見つかったところで、信者側の話をそのまま拾っていけば、結局それは宗教的プロパガンダみたいなものになってしまうのではなかろうか、という危惧もあった。話はかみ合うのだろうか？

でもそういうことを最初からあれこれ考えても、なかなか埒《らち》はあかない。だからとにかくとっかかりとして、何人かインタビューをやってみましょう、それからあらためて考えましょう、ということになった。実を言えばこのへんの開き直りは、被害者のインタビューをした場合も同じことだったのだけれど。

インタビューに応じてもらえるオウム信者（及び元信者）は、「文藝春秋」編集部の関連するルートで探してもらった。インタビューの手順は基本的には『アンダーグラウンド』のときのスタイルを踏襲した。とにかくできるだけ長い時間をかけてインタビューをおこなうようにした。形式としてはこちらから質問をして、その質問に関して好きなだけ、喋りたいだけ喋ってもらう。だいたい一回につき三時間から四時間かけた。そのテープを文章化してまとめた原稿を、本人に読んでチェックしてもらう。発言の自発性を消したくないので、なるべく手は入れてほしくないけれど、事実と異なっている部分、あるいは誤解を招きやすい表現は訂正してもらう。「ここは文章にするとやはりまずい」という部分は削除し、「これは大事なことだがインタビューのときには言い忘れた」ということがあればつけ加える。そして「これでオーケー」という許可が出た段階で、活字にして発表する。名前はできるだけ実名にしてもらいたいが、希望する場合には仮名を使用する。仮名であるか実名であるかは、文中には入れない。このような条件はインタビューを申し込むときに、きちんと相手に提示した。

それから語られた話の内容が真実であるかどうかという検証は、明らかに事実と矛盾しているとわかったとき以外は、基本的にはしていない。これについてはあるいは異論があるかもしれないが、私の仕事は人々の語ることを聞き、語られたことをなるべく読みやすい文章にすることである。そこにいくつかの事実的齟齬《そご》があったとしても（たとえば記憶というのは不安定なものだし、理論的に定義するならそれは事実の個人的組み替えに過ぎない）、そのような個人的物語の集積の上に生まれた〈集合的物語〉の中には、ひとつの力強い確かな真実性が含まれている。それは我々小説家が日々痛切に体験していることである。私がこれは小説家の仕事なのだと考えるのは、そのような文脈においてである。

もっとも『アンダーグラウンド』における事件被害者のインタビューと、このオウム関係者のインタビューとが、内容的、形態的にまったく同一であったというわけではない。両者のあいだのもっとも大きな相違点は、今回はインタビュアーである私が、相手の発言に対してしばしば自分の意見をさしはさみ、ある場合には疑念を呈したり反論したりしていることである。『アンダーグラウンド』のインタビューでは、私はできるかぎり黒子に徹して、自分のカラーや意見を文章に出さないように心がけていたわけだが、今回は——あくまでそれに比較すればということだが——もう少し前に出ていくことを心がけた。できるだけ差し出がましくならないように注意は払ったが、私がそのようにして表に姿を出していくことは、やはり必要であったと思っている。というのは、インタビュイーの発言は場合によっては教義論に流れることがあったし、それをその流れのままに放置しておくのは、インタビューのバランスのためにも明らかに不適当であったからだ。それが被害者のインタビューとのもっとも大きな違いだった。

しかしひとつお断りしておきたいのだが、私は宗教の専門家でもないし、社会学者でもない。またそれらの方面に通暁しているわけでもない。ただのシンプルで無教養な小説家である（これが美しい謙遜ではないことは、世間の多くの方が既にご存じだろう）。私の持っている宗教知識はずぶの素人にいささか毛が生えたという程度のしろものである。だから筋金入りの宗教実践者と一緒に教義論争という狭いリングに上がることになったら、こちらには勝ち目はあまりないかもしれない。信者たちの取材を開始するにあたっては、正直に言ってそういう危惧がないでもなかった。でも「それはそれでまあいいんじゃないか」と私は思った。わからないことがあればそのときに、「それはよくわかりません」と言えばいいのだし、「そのような考え方は一般的ではない」と思えば「それは理屈がどうであろうと、普通の人にはちょっと理解しにくいんじゃないですか」とぶっつけるしかないだろうと思った。そして実際にそれを実行した。べつに開き直って言っているわけではない。専門用語を適当に使って「うん、そうですね、なるほどわかります」という感じでひょいひょいと話が流れていくよりは、基本的な初歩的なところから、「ちょっと待ってください。それは何ですか？」という具合に、話をいちいち掘り起こしていったほうが、会話としてはむしろまっとうであるように思ったからだ。

でもおおまかにいえば、常識的、一般的なレベルでの意見・見解を物々交換するかたちで、お互い語りたいことはじゅうぶんに通じたし、インタビューの基本的な考え方は私にもだいたい理解できた（もちろんそれを受け入れるかどうかというのは別の問題だが）と感じている。少なくとも私のおこなったような種類のインタビューに関して言えば、それで事足りた。相手の精神を細部まで分析し、その立場の倫理的、あるいは論理的正当性を云々するのが、この取材の直接の目的ではないからだ。もっと突っ込んだ宗教上の論点、あるいはその社会的意味の追求に関しては、べつのところでそれぞれの専門家の論を当たっていただきたい。そのほうが確かだろう。それとは対照的に、私がここで提出しようと試みているのは、あくまで「地対地」の視点からとらえた彼らの姿である。

しかしそれと同時に、彼らと膝をまじえて話をしていて、小説家が小説を書くという行為と、彼らが宗教を希求するという行為とのあいだには、打ち消すことのできない共通点のようなものが存在していることを、ひしひしと感じないわけにはいかなかった。そこにはものすごく似たものがある。それは確かだ。とはいっても、その二つの営為をまったく同根であると定義することはできないだろう。というのは、そこには相似性と同時に、何かしら決定的な相違点も存在しているからだ。彼らと話をしていて、個人的に興味をかき立てられたのもその点だったし、また場合によっては苛立ちに似たものを感じさせられたのもその点だった。

いずれにせよ、そのような観点が私の中にあったからこそ、たとえ宗教的な専門知識がなくても、彼らの語る話をその場に応じて素直に受け入れたり、あるいはきっぱりと拒絶したりすることができたのかもしれないという気がしなくもない。そしてあえてつけ加えるならば、これら一連のインタビューをとおして最終的には——文字どおり常識的な感想ではあるが——コモンセンスというものがかなり大事な役目を果たした。

個人的な心情を述べさせていただくなら、私は一年間にわたって『アンダーグラウンド』を取材した人間として、地下鉄サリン事件を引き起こしたオウム真理教信者の当事者たち（実行犯及び様々なかたちでその事件に関与していた者たち）に対して、今でも深い怒りを感じている。あの事件によって被害を負い、今も様々なかたちで苦しんでおられる方々を実際に目にしてきたし、愛する者の命を永遠に奪われた方々の、終わることのない苦悩を実際に目にしてきた。私にはそれを忘れることはできないし、どのような動機があれ、どのような事情があれ、そのような犯行は決して許されるべき行為ではないと考えている。

しかし総体としてのオウム真理教団が、この事件にどの程度現実的に、あるいは精神的に、あるいは構造的にコミットしているのかということについては、議論の分かれるところだと思うし、その事実判断はやはり公正に読者に委ねたいと考えている。言い換えるなら、私はオウム信者たち（及び元信者たち）を非難弾劾するためにこのインタビューをおこなったわけではないし、また彼らを新しい視点から再評価するためにおこなったわけでもない、ということだ。それは基本的に理解していただきたいと希望する。私がここで提出したいと思っているのは、『アンダーグラウンド』について述べたのと同じように、明確なひとつの視座ではなく、明確な多くの視座を作り出すのに必要な血肉のある材料《マテリアル》である。

河合隼雄氏には『アンダーグラウンド』の発刊後と、この『ポスト・アンダーグラウンド』の連載（月刊「文藝春秋」）が終了した時点で、二度にわたって長く話を聞かせていただいた。いちおう「対話」ということになっているが、実質的には私（村上）が疑問をぶっつけて、それに対して河合氏が答えるというかたちのものである。『アンダーグラウンド』と、この『ポスト・アンダーグラウンド』という二つの長いインタビューの仕事のあと、うまくかたちにならぬままもやもやと感じ続けていたことに、心理療法家としての立場からきちんとした（そして同時に深い示唆に富んだ）答えをいただくことができて、かなり「腑に落ちた」気持ちになれた。そのような疑問を正直にぶっつける相手として、河合氏以上の人を私には思いつくことはできなかった。

もちろん小説家（フィクション・メーカー）として私は、これから様々な物語的プロセスを経て、自分の中に残ったものをひとつひとつ立体的に検証・処理していかなくてはならないわけだが、そこに至るまでにはまだ相当の時間がかかるはずだ。すぐにすらすらとかたちになって出てくるというものではないだろうと思う。この時点で、ひとつの心理的な区切りをつけるためのヒントをいただけたことについて、河合氏には深く感謝している。

このインタビューは雑誌「文藝春秋」の九八年四月号から同年十月号にわたって連載された。そのような場所と機会を与えてくれた平尾隆弘「文藝春秋」編集長と、次々に襲いかかる煩雑な現実的問題を私にかわってひとつひとつ我慢強く処理解決してくれた編集部の大松芳男氏（彼はいわゆる「オウム世代」の一人として、しばしば有益な意見を聞かせてくれた）に深く感謝したい。単行本化にあたっては出版部の村上和宏氏にお世話になった。

なお連載中の通しタイトルは『ポスト・アンダーグラウンド』というものだったが、アメリカの詩人マーク・ストランドの「一人の老人が自らの死の中で目覚める（An Old Man Awake in His Own Death）」という詩をたまたま読んでいて、感じるところがあり、そこから『約束された場所で（The place that was promised）』というタイトルを得た。詩の訳は村上による。

インタビュー

「ひょっとしてこれは本当にオウムがやったのかもしれない」

狩野浩之
一九六五年生まれ

東京都に生まれるが、すぐに近郊の県に越して、そこで子供時代を送った。兄弟は弟と妹がひとりずつ。大学在学時に体をこわし、オウム真理教の主宰するヨーガ道場に通うようになり、わずか二十日後に麻原彰晃から出家を勧められ、その五カ月後に出家した。古参のサマナ（出家者）で、地下鉄サリン事件当時は科学技術省に所属し、そこで主にコンピュータを扱う作業に従事していた。六年間におよぶ教団内での生活は、地下鉄サリン事件によって、その平穏が破壊されるまでは、彼にとっては曇りひとつなく素晴らしいものだった。教団の中で数多くの友人に巡り合うこともできた。オウム真理教団は今のところまだ脱会していないが、共同生活は抜け出して、ほかのメンバーとはどちらかといえばつかず離れずの関係を保っている。都内で一人暮らしをして、自宅でコンピュータ関係の仕事をして自活し、そのかたわら独自の修行を続けている。仏教に興味を持ち、その理論化を成し遂げることが夢である。「経済的に教団の世話にはなりたくない」という。仲間の中には脱会したものも多い。まだ三十二歳、これからどういう道を歩んで行くべきか、気持ちが揺れているのだろう。

長時間におよぶインタビューだったが、そのあいだ彼の口からは麻原彰晃という言葉は一度も出てこなかった。名前だけではなく、あるいは教祖、グルというような周辺的呼称も出てこなかった。ずっと呼び名を回避していた。麻原彰晃なるものの存在を、言葉としてたぶんうまく口に出すことができないのだろう。一度だけ「あの人」という表現を使ったのが印象的だった。

ひとつひとつ理屈をつけてものを考えていく性格であるように見受けた。どんなことでも自分なりに理論化できれば受け入れるし、納得する。それだけに長い期間をかけて体にしみこんだ筋金入りの論理＝教義から、「自分自身の生きた論理」に移行していくまでにはもう少し時間がかかるかもしれない。

子供時代はどちらかというとすごく元気の良い子供だったんです。小学校時代には身長が一六〇を超えていまして、まわりのみんなより二〇センチくらい背が高かった。スポーツも好きで、いろんなものに熱中しました。でも中学校に入った頃からぜんぜん背が伸びなくなって、今では普通より背が低いくらいのものですね。なんていうか、精神的なものに呼応して、肉体的成長も下降気味になってきたというところもあるんです。健康状態とかも。

成績は悪くはなかったですよ。でもかなり波がありまして、とくに中学校に入ってからは、自分がやりたいものとやりたくないものとが、非常にはっきりとしてきたんです。勉強自体は苦手ではなかったんだけれど、勉強することになんだかすごく抵抗がありました。つまり自分が学びたいということと、学校で教わることがあまりにも違っていて……。

自分にとって学ぶということは、賢くなることだと思っていたんです。でも学校でやるのは「オーストラリアに羊が何匹いるか」とかそういうことの丸暗記です。そんなことをいくらやっても、賢くなれないと思いました。賢さというのは、子供の頃のイメージでいいますと、つまり「ムーミン」に出てくるスナフキンが持っているようなものなんです。僕にとって大人になるというのは、そういうことでした。ああいう落ちつきとか知性とか知恵みたいなものを身につけることです。

――お父さんはどういう方だったのですか？

まあサラリーマンで、印刷の機械をまわしているんです。手先は器用なんだけれど、理屈が言えない。手は出ませんが、職人っぽいというか、気は荒いですね。怒りっぽい。僕が何か質問してもすぐにかっとするんです。学校の先生にしても似たようなものです。何か疑問があって突っ込んでいっても、逆上されたりして、説明をしてくれないんです。不思議だったですね。大の大人なのに、よくこれくらいのことで血相を変えて怒ったり、取り乱したりできるものだなあと。僕が抱いていた大人のイメージと実際の大人とのあいだにはかなりの落差があったんですね。

それが決定的になったのは、浪人をしていたときにテレビで見た『金曜日の妻たちへ』というドラマです。それを見て、ほんとうにがっかりしてしまったんです。大人になっても、なんにも成長してないじゃないかと。

——テレビドラマを見て、そこに出てくる人たちがぜんぜん駄目なので、それで決定的にがっかりしてしまったと。

そうです。僕の中で大人というもののイメージが、それで完全に崩れてしまったんです。歳をとって知識とか経験とかが増えても、中身はぜんぜん成長していない。こんなの外見を変えて、表面的な知識を取っちゃったら、あとは子供とほとんど同じじゃないかと思いました。

それから恋愛というものに対して、すごく疑問がありました。私は十九くらいのときにいろいろと整理しまして、こういう結論を出したんです。純粋に人を愛することと、いわゆる恋愛というのは別のものなんだと。つまり人を純粋に愛するというのは、自己のためにそれを利用するということが入っていないんです。でも恋愛はそうじゃない。相手に好かれたいとか、そういうのが混じってきます。だって純粋に相手を愛するだけでいいのなら、片想いというのはぜんぜん苦しくないはずですよね。相手が不幸にならない限り、自分が相手に愛されないからといって、そのことで悶々と苦しむ必要はない。なのについ苦しんでしまうのは、要するに「自分が相手に好かれたい」という欲望の追求がそこにあるからです。それで恋愛というのは、純粋に人を愛することとは別のことなんだと考えまして、そうすることによって片想いの苦しみが激減したんです。

――かなり理屈っぽいですね。片想いをしても、なかなか普通の人はそこまでは考えないんじゃないかな。

そうなんです。そういうことばかり考えて暮らしていたんです。十二歳くらいからそういう哲学的な結論みたいなものをいろいろと揃えていました。何かについて考え始めると、もう六時間くらいひとりでぼおっと考え込んでいるんです。自分にとって「学ぶ」というのは、要するにそういうことだったんです。それに対して学校で教えることといえば、点取り競走ヨーイドンみたいなことだけです。

友だちにもそういう話をたまにしたんですが、話にならないです。勉強のできる友だちにそういう話をしかけても、「ふうん、お前よくそういうことを考えるよなあ。すごいなあ」と感心されるだけで、それ以上の会話に発展していかないんです。いちばん関心のある事柄について、心ゆくまで話せる相手にはなかなか出会えませんでした。

――普通の場合、思春期にそういう本質的な問題に悩むと、人は熱心に本を読みますよね。書物の中に有益なアドバイスを見つけようと。

本を読むのがすごく苦手だったんです。読んでいると、いろいろとあらが見えてくるんです。とくに哲学の本なんて、ほんの数冊読んだだけなんですが、とてもじゃないが読んでいられなかったです。というのは、私にとっての哲学というのは深い認識によって「改善策」を見つけだすためのものだったんです。具体的にいえば、生きる意味などの本質的な価値を深く理解し、それによって充実感や喜びを増大させたり、今やるべきは何かを見極められるようになることです。その「改善策」がメインであって、その途中の段階というのは、あくまで段階に過ぎない。ところが私が読んだ本は、偉い先生が言語的技術を振り回して「自分はこれだけ知性が高いんだ」というようなことを示すためだけに書いているみたいな本でした。そういうのが見え見えで、とても読んでいられなかった。それで哲学というものそのものに失望してしまった。

それともうひとつ、小学校六年生のときにひとつの事実に思い当たりました。そのとき目の前にある鋏を見ていて、ふと思ったんです。この鋏は大人の人たちが一生懸命作ったんだろうけれど、いつかは壊れてしまうんだ。形あるものは、いつか必ず壊れてしまう。人間だって同じです。必ず最後に死が来ます。すべてのものが破滅にまっすぐに向かっていて、後戻りということはあり得ないんです。言い換えれば、破滅こそが宇宙の法則なのです。そういう結論がぽっと頭に浮かびまして、それからものごとをかなりネガティブな目で見るようになってしまいました。

たとえば自分の人生の結論が破滅にあるとしたら、総理大臣になろうが、浮浪者で終わろうが同じことじゃないか。だとしたら努力していったい何になるんだ、というような疑問が生まれてきたわけです。人生の喜びよりも苦しみの方が多いとしたら、なるべく早く自殺しちゃった方が賢いんじゃないかという、恐ろしい仮説まで頭に浮かんできてしまって。
ただひとつだけ抜け道があるとしたら、それは「死後の世界」なんです。それが唯一の可能性です。最初そういう言葉を聞いたときには、なんてくだらないんだろうと思いました。それでも丹波哲郎さんの本も読みましたよ。どんな馬鹿なことを言っているのか、ちょっと見てやろうじゃないかというような否定的な気持ちで。『死んだらどうなる』という本です。
とにかくひとつのことを考え始めると、とことん突き詰めてしまう性格なんです。「まあいいや、そのうちになんとかなるだろう」というふうには思えません。頭の中にあるものを、「これはわかっている」「これはわかっていない」というようにきちんと仕分けしていかないと駄目なんです。勉強にしてもそうです。ひとつ新しいことを教わると十個くらい新しい疑問が生じます。それを全部残らずクリアしてからじゃないと次に進めません。

――先生に嫌がられそうですね（笑）。

すごく嫌がられます。たとえば「青々とした緑」なんて言葉があると、これは許せないと思うんです。それから「七転び八起き」なんて、起きあがる数が転んだ数よりも一回多いじゃないかと。でもそういう疑問を持ち出して大人に食ってかかっても、笑い飛ばされるだけです。誰も相手にしてくれないし、ちゃんと説明してもくれない。そういう人たちを見ていると、すごくいい加減に思えるんです。わからないところをもやもやしたまま「まあいいじゃないか」という感じで放ったらかしにして、それでいいのかと、自分としては抵抗を感じたわけです。

――僕はたまたまどっちも説明できるけど（笑）、でもそういう質問に親切に答えてくれる人がまわりにいなかったんだ。しかし世間の一般の人々は、細かいところを適当にすませちゃっているからこそ、生きていけるという部分はあるんですよね。

そうです。でも自分はそういうふうにはできませんでした。このままじゃ滑らかに生きてはいけないだろうなという気がしました。

それで丹波哲郎さんの本自体はくだらないと思ったんですが、その中にスウェデンボルグという人の本が紹介されていまして、僕はそのスウェデンボルグの本を読んでびっくりしてしまったんですよ。スウェデンボルグというのはノーベル物理学賞をとってもおかしくないような有名な学者だったのですが、五十歳を境に急に霊能者みたいになってしまいまして、それで死後の世界についてものすごい量の記述を残したんです。僕はその本を読んで、その論理性の鋭さに感心してしまったんです。他のその手の本とは違って論理的に隙《すき》がないような印象を受けたんです。理由と結論の関係が自分にとってすごく納得しやすかったんです。だから信頼感が持てました。

で、死後の世界というものについてちょっと調べなくちゃならないなと思って、臨死体験の資料をいろいろと読んでみたんですが、かなりショックを受けました。日本でも外国でも、人々の証言というのは驚くほど共通しているんです。それも実名写真入りの証言です。そういう人たちが全員で口を合わせて嘘をつく確率というのは、ほとんどありません。「カルマの法則」というのを知ったのはそのあとですが、それを知って、小さい頃から抱いていた疑問がいろいろ解けていったわけです。

さらに仏教の根本的な無常観というのは、私が考えていた宇宙の破滅の法則と同じようなものでした。私はそういうものをもっとネガティブに認識していたのですが、でもそういう関係で仏教に対してはとても入りやすかったんです。

――仏教に関連した書物のようなものは読んだりしたんですか?

あんまりちゃんとした仏教書というのは読んでないです。なんか内容が直接的じゃないんですよね。改善策が見いだせなかったんです。いろんなお経とかそういうのがいっぱい出ていて、なかなか中心のところが見えてこない。自分が知りたい部分までうまく検索してたどり着けないという感じですね。それに比べれば直接的な体験者の話には、私が知りたいことがずっとダイレクトに書いてありました。もちろんそのぶん、信用しきれない部分というのはあるわけですが。

でも私にはこの人の話のこの部分は信用できる、この部分は信用できないという印象みたいなものに何故か確信がありました。経験的に、あるいは直感的に、そういうのを取捨選択していく能力には変に自信みたいなものを持っていたのです。

――話をうかがっていると、あなたは自分が持っている理論とか感覚とかに対立する要素を、一貫して排除しているみたいに聞こえます。つまり世の中には、人が抱いている理論や感覚に逆の立場から挑みかかってくる雑多なものが数多く存在しているわけです。対抗価値として。でもそういうものに関わろうとするところが希薄ですよね。

私は小学生の頃から大人と論争してもなかなか負けなかったんです。すると、本当はそうじゃないのに、まわりの大人たちがみんな馬鹿みたいに見えてしまったんです。そんなふうに考えるようになってしまったことについては、今では後悔しています。当時は未熟だったんですね。何かを論争するにしても、「こういうことで言い合いしたら負けるな」というのはちゃんと自分でわかりますから、それはうまく回避します。とするとこれはもう百戦百勝です。小学生の頃に先生と言い合いをしても負けませんでした。それで自信過剰になってしまったのだと思います。

でもまわりの友だちとはうまくつきあっていたんです。話の内容も相手に適当に合わせていました。「ここでこういうことを言えばうけるだろうな」とかすごくわかるんで、そういう感じで友だちもけっこうたくさんいました。友だちを楽しませて、それを見て自分も喜ぶというような生活を十年くらい続けていました。そして家に帰ってから一人になって、「こんなことをやって生きていて、いったいどうなるんだろう？」というようなことをよく考えました。結局のところ、自分が本当にやりたいことを一緒にやってくれるような相手は一人もいなかったわけですから。

私は受験勉強というものをしなくて、電気関係の大学に入りました。学校では工学系の勉強をしていたわけですが、私がやりたいのはそういうのとは少し違ったことでした。私が本当にやりたかったのは、本当に知恵みたいなものがつく学問でした。たとえば東洋思想を理学化するというようなことです。理想を言えば。

たとえば生物フォトンといって、生命から光が出ているんです。そういうものと、たとえば病気の関係とか、細かく統計をとっていったら、おそらくそこには物理的な法則があると予想しているんです。さらに生命から出ている微弱な光と心の働きの関係にも、必ず物理的法則があるはずです。これはヨーガの体験からそう思うんですが。

——あなたにとっては、そういう力を量的に計測するとか、ヴィジュアルにマッピングできるとか、そういうことがとても大事なわけですね。

そうです。そうすれば、みんなが納得できるように体系化できます。現代の科学というのはすごくよく考えられたものだし、よくできたものです。ですからそれを使って数学的に理屈を組み立てていけば、かなり精巧なレベルの体系ができると思います。オウムの中にも、すごく価値のある部分はあります。私としてはそういう血とか肉になる部分を残していきたい。宗教という形ではもう駄目だなと、個人的には思うんです。自然科学として理論化しないといけないと。

科学的に測定できないものにはあまり興味が持てません。興味がないというか、それじゃ説得力がないから、まわりの人たちにもその利益を還元することができませんよね。測定できないものが力を持つようになると、その結果オウムみたいになっちゃう可能性もあるわけですしね。測定できるということによって、そういう危険性はかなり排除できると思うんです。

——ただその測定がどこまで真実かというのは、立場やものの見方によって違ってくる場合もあります。データの採用が恣意的になるおそれもあります。これだけの測定で充分なのかどうかを判断しなくてはならないし、測定する機械がどこまで信用できるかということもあります。

そのへんの統計的な構築の仕方というのは普通の医学と一緒でいいと思うんです。こういう症状が出たらこうですよとか、こういう症状にこういうことをやったらこうなりますとか。

——あの、あなたは小説って読めないでしょう?

ええ、小説読めないです。三ページくらいで忍耐力に限界がきちゃいます。

——僕は小説家ですから、あなたとは逆に測定できないものをいちばん大事に思っているわけです。もちろん僕はあなたの生き方や考え方を否定しているわけじゃありません。否定でもなく肯定でもない、いわばニュートラルな立場でお話をうかがっているわけです。しかし世の中の人々が送っている人生の大部分は、測定できない雑多なものごとで成り立っているわけです。それを全部根こそぎ測定可能なものに変えていくというのは、現実的に不可能なことでしょう。

ええ。そういう雑多なものごとが無価値だと思っているわけではないですが、ただ今の世の中の状況を見ていると、あまりにも余計な苦しみが多いというふうに感じるんですよ。苦しみの原因になるものを、社会の中にどんどん増やしている。そしてそういうコントロールのできない欲望が人々を苦しませている。たとえば食欲とか性欲とか。オウムがやったのは、そういう精神のストレスをどんどん下げていって、それによって一人ひとりの力を増大させていくということです。信者から見たオウム真理教のイメージは九九パーセントまでそれです。精神的な現象と物理的な現象に対するものの見方。それに対する改善法、解決策。内側から見れば、これらのセットがオウムなんです。組織がどうこうとか、終末思想がどうこうというのは、マスコミの描くオウムです。私のまわりではノストラダムスの予言について真剣に考えている人間なんていません。ああいうレベルのことでは、誰も納得なんかしません。

私がやりたいのは輪廻とかカルマとか、そういう東洋思想をひとつひとつ、少しでも理学的に体系化していくことです。たとえばインドなんかに行けば、それを生活の中で頭からしっかりと信じ込んでいる人たちがたくさんいますね。でも先進国の人たちがそういうものを理解して納得して受け入れるには、しかるべき理論化が必要な時代になってきていると思うんです。

——たとえば戦前の日本人の一部は天皇を神と信じて、そのために納得して死んでいったわけですね。それは正しいことなんですか？　信じられたらそれでいいということなんでしょうか？

それで終わりだったらいいんだけれど、次の生のことを考えると、もっと仏教的に生きたほうがいいでしょうね。

――でもそれは天皇を信じるか、仏教の輪廻を信じるかという、信じる対象の違いに過ぎないんじゃないですか？

ただ結果が違います。天皇を信じて死んだあとに得られたものと、仏教を信じて死んだあとに得られたものというのは、結果が違います。

――でもそれは仏教を信じている人の言うことですよね。天皇を信じていて、天皇のために死んだら魂が靖国神社に行って、そこで安らかに眠れるんだと信じている人にとっては、それでいいじゃないかということになりませんか。

だから私は仏教を数値で証明する方法を考えているんです。その方法がまだないために、そういう議論になってしまって、それ以上私には何も言えません。

――ということは、天皇を理論的に測定化する方法が出てくれば、それはそれでかまわないということですか？

そうです。それによって死後結果的にその人の利益があるのであれば、それはそれでかまいません。

——僕が言いたいのは、科学というのは歴史的にみて、ずいぶん都合良く政治や宗教に利用されてきたということです。たとえばナチスがそうですよね。あとになってから、あれは間違いでした、というような似非《えせ》科学がけっこうたくさんあるわけです。そういうのは社会にとても大きな傷を残します。あなたは厳密な実証を重ねていく人かもしれないけれど、世の中の多くの人は「これが科学です。これが結論です」と偉い人に言われたら、「あ、そうか」と言ってそのますうっとそっちに行っちゃうんですよね。僕はそういうのがとても怖いと感じるんです。

ただ私は今の状態が怖いと思うんです。今の世の中の人々は味わわなくてもいい苦しみをたくさん味わっています。だからそれをなんとか回避するための方法を、私は考えたいのです。

——ところで狩野さんは、どういうきっかけでオウム真理教の信者になったんですか？

「自宅で簡単にできる瞑想」みたいな本を読みまして、それをやっていたら霊的におかしな状態になっちゃったんです。そんなに熱心にやっていたわけでもないのですが、チャクラを浄化するというのを無理にやりますと、そのぶん気の動きが弱まっちゃうんです。本当はチャクラを浄化すると同時に、並行的に気を強めていかなくてはならないんですが、それをやらなかった。それでチャクラの状態がアンバランスになってしまいまして、すごく苦しかったんです。ものすごい暑さと、ものすごい冷たさが交互に襲ってくるんです。エネルギーが弱くなっていて、いつも貧血状態です。危険なんですよ、これは。ものも食べられなくて、体重が四六キロになってしまった。今は六三キロありますが。大学の講義に出ても気分が悪くて、とても勉強どころじゃありません。

それでオウムの世田谷道場に行ったんです。そこで「こうこう、こういう状態なんです」と説明したら、その場で対策をぱっぱっと教えてくれました。そしてその教えてもらった呼吸法を簡単にやっただけで、嘘みたいに回復していきました。

その後二カ月くらいはあまり道場には行かなかったんですが、そのあと通い始めまして、ビラ折りの奉仕活動というのを二十日くらいやりました。そのあとすぐに教祖と直接面談できるシークレット・ヨーガというのがありまして、それに出て、体の悪いのをどうすればいいか直接(麻原彰晃に)尋ねてみたんです。そしたら「君は出家だよ」って言われました。なんか、ぱっと資質を見抜いたみたいで。「そんなことを言われる人はまずいないよ。すごいねえ」とまわりの人にも言われますし、それでむりやり学校をやめて出家したようなわけです。二十二のときでした。

最初から出家する人ってそんなにいないんです。珍しいパターンだと思います。ただ私としてはものの十分も満足に歩けないくらい体が衰弱していたし、これじゃ普通には生きていけないなという思いはありました。「君の場合は現世と合わなすぎる」と（麻原彰晃に）言われましたが、たしかにそのとおり、言われるまでもないというところはありました。ろくに話をするでもなく、いきなりそう言われたんですよ。ふだん話なんかしてないのに、顔を見ただけでぱっといろんなことを言い当てるんです。まるで熟知しているみたいに。それでみんな信じちゃうんです。

――でも勘ぐれば、会う前にそういうデータを揃えていたのかもしれないですよね。いろんな情報を拾って。

そういうことも可能性としてはあるかもしれません。でもそのときにはそういうふうには見えませんでした。私が出家したのは八九年で、そのときの出家者の数はまだそんなに多くありませんでした。実際には二百人ちょっとだったと思います。最終的には三千人くらいになったと思いますが。

あの人（麻原彰晃）が優しいときには、私が人生の中で会った中で最高に優しい人になります。あの人の怖いときには、私が人生の中で会った中で最高に怖い人になります。

そういう幅が恐ろしいくらいにありまして、だから話しているだけでもそういう神憑《かみがか》り的なものをひしひしと感じてしまうんです。

出家しろと言われたときには、ほんとうに辛かったです。親に心配かけたくなかったし、新興宗教ということもすごくいやだったし。それで親にはちゃんと説明したんですが、ずいぶん泣かれまして、これはとても辛かったです。うちの親は喧嘩するよりは泣いちゃうんです。そのあとすぐ母親が亡くなりまして、それもきつかったです。当時母親にはいろいろと精神的に辛いことがあったんですが、私がそれのだめ押ししたみたいなかたちになってしまって、父親なんかは、私が母を殺したようなものだと思っているはずです。完全に。

（信者になってまもなく衆議院選挙がある。オウム教団からも多くの候補者が出た。狩野さんは選挙運動の手応えは確かだったし、麻原彰晃の当選を確信していたという。ほとんど票が入らなかったことについては、今でもまったく信じられない様子だ。なんらかの操作があったのではないかと、多くの信者が考えているということだ。その後、教団の建築班に所属して、熊本県波野村の教団施設の建築にたずさわる）

波野村には五カ月くらい行ってたんですが、そこではずっと長距離トラックの運転手をやっていました。全国を回ってプレハブの材料を集めて、四トン・トラックに積んでくるわけです。いや、そんなに大変じゃないです。現場の人はひたすら灼熱の土方ですから、それに比べたらトラックの運転なんて楽なものです。

教団の生活は現世の生活に比べたら、当時は比べものにならないくらいきつかったです。ただきついなりに、充実感というのはすごくありまして、自分の内側の苦しみは減っていくので、そういうことに感謝を見出しているんですね。仲間もたくさんできました。誰とでも、大人でも子供でもおばあさんでも、男でも女でも、どんどん友だちになれました。オウムの中というのは、みんな精神の向上を第一に生活していますから、基本的に気持ちが合うんです。これまで人とつきあうために（自分を変えて）無理に合わせてきた部分も多かったわけですが、そういうことをする必要がなくなったわけです。疑問もないんです。どんな疑問にも全部答えがあるんですよ。全部解けてしまっている。こんなことをやったらこうなるというようなね。どんな質問をしてもちゃんとすぐに答えが返ってきます。それですっぽりとはまっちゃったんです（笑）。マスコミはそういう事情を報道しないから、すぐにマインド・コントロールだということになってしまう。実際はそうじゃないんです。ワイドショーなんか、視聴率にたかっているだけです。情報を正しく説明するとかそういうことをまったくやっていない。

波野村から富士山の本部に戻ってきて、あとはそこでずっとコンピュータの仕事をしていました。上に村井（秀夫）さんもいて、たまに話したこともありました。個人的に研究したいこともあったので、その話をしたら、「やりたいなら、勝手に研究してていいよ」みたいな（あまり気のない）感じでした。とにかくあの人は、上から言われたことをこなすことに全力を注いでるんです。

――上というのはつまり麻原彰晃のことですね？

そうです。ですからあの人はほんとに自分のエゴを削って削ってという感じでした。（新しい案を）下から上げたりというようなことはぜんぜん考えてもいない。でもやりたいことがあるんなら、そういうことを研究するのはべつにかまわないよ、ということです。

私の地位は「師補」というものでした。幹部ではない人間のいちばん上が「師補」なんです。会社でいえば係長みたいなものでしょうか。あまりぱっとしないものです。でも師補とはいっても、私には部下は一人もいませんでした。自分一人で独立して仕事をするという感じでして、拘束とかそういうのはまったくありません。そういう立場の人は私のまわりには多かったですよ。マスコミの報道なんかだと、みんな北朝鮮みたいにがちがちに支配されているようなことを言われていますが、実際中にいると、自由に行動している人はけっこうたくさんいました。もちろん出入りも自由でした。専用車ではありませんが、好きなときに好きに使える車も与えられていました。

――でもあとのほうになってくると、坂本弁護士事件とか、リンチ殺人とか、松本サリン事件とか、そういう組織ぐるみの暴力犯罪がどんどん出てきますよね。そういうことに対して何か感じたことはなかったんですか？

なんかばたばたしているな、という雰囲気はありました。なんか胡散臭《うさん》くなっているし、秘密主義的なところも出てくるし。でもたとえ何を見せられても、その前に自分が与えられていた利益のようなものがあまりにも大きかったので、それで（自分たちのやっていることは間違っていないと）頑《かたく》なになっていたのかもしれません。マスコミの報道を見ても、そんなものはまったく信じられなかったです。マスコミの情報操作だと思っていました。でも一昨年（九六年）くらいからようやく「そういうこともあったかもしれない」と考えるようになりました。

坂本さんの事件なんかにしても、何年ものあいだ露見しないように上手にことを運べるような団体じゃないと思っていました。そんなことができるわけないと。なにしろ組織としてみると、ものすごく段取りが悪いんですよ。共産主義みたいなもので、どんな失敗をしてもクビにはなりませんし、だいたい仕事といっても、給料が出ているわけじゃありませんからね。無責任というよりは、そもそも「一人ひとりの責任」という観念が皆無なんです。ものすごくみんなアバウトというか、いい加減です。精神的に向上さえすれば、あとはどんなことがあってもべつにかまわないんだという意識ですよ。普通の世間の人は奥さんとか家庭があるから、いちおう責任を持って一生懸命働きますよね。オウムの場合それがまったくない。

たとえば明日までに鉄骨が現場に届いてないとだめということがあったとしますね。でもそれが届いていない。でも担当の人間が「あ、そうだ、忘れていました」と言ったら、それで済んじゃうんです。それはちょっとくらいは叱られますが、でも叱られても当人はぜんぜん動じません。みんな日常的に、厳しい現象に対して動じないという状態に達しているんです。たとえば何か悪いことが起こっても、「あ、カルマが落ちた。よかったね」って言って、みんなで喜んだりします。失敗しても叱られても、なんでも「これで私の汚れが落ちたんだ」になってしまう（笑）。非常にタフです。何があってもなかなか苦しみません。ですから教団の人たちはつい現世の人たちを見下してしまうんですね。ああ、みんなあれこれと苦しんでるよな、でも自分たちは平気だ――みたいな。

――あなたの場合は八九年から九五年まで六年間にわたって教団に所属していたわけですが、そのあいだに問題とか疑問とかはまったく出てこなかったのですか？

問題というよりも、感謝というか、ものすごい利益とか、充実とか、そういうものしか感じませんでした。辛いことがあっても、その意味がいちいち細かく説明されているわけですからね。いいえ、とくに個人的に私淑した人とか、尊敬した人とか、そういうのはありません。そういう答えを与える能力というのは、教団の中の師以上だったら誰にでもあります。サマナ（出家信者）であればべつに師でなくても、普段の教学で理解していますから。ただステージが高くなればなるほど、みんなすごいですよ。上祐とかを見てもわかると思うんですが、あれくらい弁の立つような人が中にはごろごろといます。ここは明らかに世間とは（レベルが）違うんだと思わせるものがありました。睡眠時間だって偉くなると、一日三時間しか眠らないとか、そういう人がいっぱいいます。村井秀夫さんとかね。精神力、判断力、何をとってもやっぱりすごかったです。

――麻原彰晃と直接会って話をするということはあったんですか？

そうですね。昔、人数がまだ少なかったころなんかは本当に身近に話して、「最近眠気がすごくて困るんです」というようなくだらない質問なんかもみんなどんどんしていたんですが、教団が大きくなって、そういうのはだんだんなくなってきました。一人ひとりそういうことをやっていられないんですね。

イニシエーションみたいなのもいろいろと何回かやりました。きついのもありました。そのとくに温熱というのをやったら、これはきつかったです。薬物のもやりました。そのときにはわかりませんでしたが、ＬＳＤです。これをやるともう、心だけの状態になってしまうんです。体の感覚がなくなって、そのときに自分の深い意識にどういう要素があるのか、それを正面から見極めていける。そのときの体験は本当にハードだったです。めちゃくちゃだるいというか、自分が死んだあとこういう状態になるんだなというのがわかるんですね。薬物だとは知らなかったんですが、単に内側に向かうための薬物というのは修行にはためになると思いますね。

――しかし薬物を使用されたことでかなりバッドトリップみたいなことを経験して、深い心の傷を負っている例もあるようですが。

それはちょっと量が多かったり、もしくはその他のやり方がまずかったんだと思います。治療省というところがあって、林郁夫さんがやっていたんですが、これがまたすごいいい加減なところでして、あそこがもう少し科学的にちゃんとしたことをやっていれば問題はなかったはずなんですが。それから教団には、ハードなことをどんどんやって、それを無理に乗り越えさせるということが多かったんです。そういう面では、もう少し思いやりがあってもよかったと思います。

――地下鉄サリン事件が起こった九五年三月にはどこで何をしていたんですか？

上九一色の部屋にこもって、ずっと一人でコンピュータをいじっていました。私のいたところにはパソコン通信のできるコンピュータがあったので、それでニュースをよく見ていました。本当はそんなことをしちゃいけないんだけど、まあけっこういい加減で、適当にやっていました。ちょっと外に出て新聞を買ってきて、それをみんなで回して読んだりというようなこともときどきやってましたね。誰かに見つかったらちょっとくらいは注意されますが、たいしたことはありません。

それでそのパソコン通信で新聞社の速報を見て、東京の地下鉄の事件のことを知りました。でもまさかオウム真理教団がそんなことをやるなんて思いもしませんでした。誰がやったのかは知らないけれど、とにかく教団がこんなことをするわけがないと。

地下鉄事件のあと上九一色の一斉捜査がありましたが、科学技術省のメンバーは冤罪で根こそぎ逮捕されるかもしれないから、外に出ていたほうがいいという雰囲気になり、私も車で外に出てしばらくうろうろとしていました。だから一斉捜査のときにはそこにはいなかったんです。いずれにせよ私としては、事件に関連して教団を疑うというような気持ちはまったくありませんでした。

(麻原が) 逮捕されても、怒りというようなものはまったく感じないんです。これは避けられないことだったんだなと、そう思うくらいです。オウムの信者にとっては、感情的に怒るとかそういうのはレベルの低いことですから。怒るよりは、そこにある状況を少しでも深く見抜くみたいなことが美徳だと考えられています。そしてそこで自分がどんな行動をとればいいのかを考えます。そして今できるもっとも価値のあることをやり続ける、ということが大切なんです。

みんなでこれからどうしようかと話し合ったんですが、ただやるべきは修行だねという基本的なラインで固まりました。切羽詰まった悲壮感みたいなのは、そこにはありません。教団の中というのはちょうど台風の目みたいなもので、すごい静かなんです。まわりはがんがん騒いでいますが、一歩中に入れば、そこにはすごく平和な世界が広がっています。

ひょっとしてこれは本当にオウムがやったのかもしれないなと思うようになったのは、やはり実行犯が逮捕されて、自供をするようになってからですね。彼らはほとんどみんな、昔からの個人的な知り合いです。その人たちの話が出てきて、この人たちがみんなやったって言うんだから、これはあるいはほんとなのかもしれないと。

でもね、オウムの人たちの感覚からいくと、やったやってないというのとは関係なく、それよりも自分が修行するかどうかが問題なんです。どういうふうに内側の開発をおこなっていくか、それが重要です。オウムがやったかやってないかよりも。

——ただ、オウム真理教団というものが展開した教義が、ある方向に向かっていって、その結果ああいう犯罪が引き起こされ、多くの人が殺され、傷つけられてしまったわけ

です。そういう要素がそもそもの教義の中に内包されていたということですね。それについてはどう考えますか？

その部分は明らかに分かれているんです。タントラ・ヴァジラヤーナとして。そのタントラ・ヴァジラヤーナの部分をやるのはすごくステージの高い人だけです。大乗の終わった人しかそれはやれないって、いつもさんざん言われています。だから我々がやっているのは、遥かそれ以前のことなんです。だから自分たちがやってきた修行、あるいは活動については、（事件の起こったあとでも）ぜんぜん疑問は出てこないです。

——でもステージの高低はともかく、タントラ・ヴァジラヤーナはオウムの教義の中では重要な一環として、大きな意味をもっているわけですよね？

重要と言いますか、私たちから見れば、それはただの絵に描いた餅なんです。普段やっていることとか、普段考えていることとかからは、まるでかけ離れたことです。あまりにも遠いところです。そこに行く前にやらなくてはいけないことが、それこそ何万年ぶんもあります。

——だから関係ないと。しかしですね、もし仮にあなたのステージがぐっとあがって、

タントラ・ヴァジラヤーナの部分に関わるようになってて、それでニルヴァーナに至る道筋として人を殺してこいと命じられたら、殺しますか？

論理的には簡単なんですよ。もし誰かを殺したとしても、その相手を引き上げれば、その人はこのまま生きているよりは幸福なんです。だからそのへん（の道筋）は理解できます。ただ輪廻転生を本当に見極める能力のない人がそんなことをやってはいけないと、私は思います。そういうことに関わってはいけないということですね。他人の死んだあとをしっかり見極めて、それを引き上げてあげたり、もしそういうことができるのであれば、あるいは（自分でも）やったかもしれないですよ。でもオウムの中で、そこまで行っている人は一人もいないでしょう。

――でもあの五人はやったわけだ。

私ならやらない。その違いはあります。それだけの行いの責任をとる能力がまだ自分にはないからです。ですから怖くてとてもそんなことはできません。そこのところは曖昧にしちゃいけないと思います。他人の転生を見極められない人間には、他人の生命を奪ったりする資格はないです。

――麻原彰晃にはそれがあった？

そのときはあったと思っています。

――それは測定できますか？　客観的に証明できますか？

いいえ、今の段階ではぜんぜんできません。

――だったら現世の法律で裁かれて、どういう判決が出ても、それは仕方ないということになりますね。

はい。ですからオウムの本質すべてが正しいと言っているわけではないです。ただそこにはあまりにも多くの価値のあるものがあって、私としてはそれをなんとかしたい、普通の人たちに利益を与えたいと、そういう気持ちでいるのです。

――でも非常に常識的なことを言いますと、普通の人たちにそういう利益を広く与える前に、そういう犯罪が出てきた。それで普通の人たちを殺しちゃったわけですよね。それをきちんと内側から総括しないで、「良いところもあります」と利益を持ち出しても、

それじゃ誰も納得しないでしょう。

　ですからオウムというかたちではもう出せないだろうと思います。私はまだオウムに留まっていますが、それは今までに与えられた利益があまりにも大きかったからです。それに対して整理がつかないんです、個人的に。そこにはまだ可能性があるように思えるんです。裏ワザ的なもの（ある種のロジカルなひっくり返し）があるんじゃないか。希望的な展望があるんじゃないかと。だから今はわかる部分とわからない部分とを区別して、それをひとつひとつはっきりさせていきたい。

　二年くらい待って、それでもまだオウムが今のような状態であれば、私は脱会するつもりです。でもそれまではいろんなことを考えなくちゃいけないんです。しかしオウム真理教団というのは、懲りないということについてはまったく世界一なんです。何を言われてもなんにも聞いていないというか、耳に届かないというか、ぜんぜんこたえてないですね。悲壮感みたいなのもありません、まったく。地下鉄サリン事件に関しても、「あれは誰か別の人の仕事、自分の仕事とは関係ありません」という感じです。

　私はそれとは違って、地下鉄サリン事件というのは、ものすごく悪いことだと思っています。やってはいけないことです。だから私の中では「ものすごく悪いこと」と、これまでに自分が経験してきた「ものすごく良いこと」の激しいぶつかりあいがあるんです。簡単にいえば、「ものすごく悪いこと」という認識が勝った人は脱会して、「ものすごく良いこと」の認識が勝った人は残っているということになると思います。私の場合はまだその中間です。様子を見ているというのはそういうことなんです。

実行犯の人たちも、それまでずっと教祖の言うことをそのまま聞いて行動して、それで大きな利益を受けてきた。そしてそれまでの段階では、犯罪的な要素はなかったんです。だからその連続みたいな感じではみ出ちゃったということじゃないかと思います。

「ノストラダムスの大予言にあわせて人生のスケジュールを組んでいます」

波村秋生
一九六〇年生まれ

福井県に生まれる。父親はセメント会社勤務。三人兄妹で、兄と妹がいる。もともとは大学に進んで以前から興味のあった文学や宗教の勉強をしたかったのだが、頑固な父親と進学コースについての意見があわず、「じゃあ働く」ということで福井市内で自動車部品販売会社に就職する。高校時代、学校の勉強は嫌いで本ばかり読んでいたせいで、まわりからは完全に浮いていたという。当時読んでいたのは主に宗教哲学関係。

それ以来職を転々と変えながら、読書と思索と執筆の生活を続け、様々な種類の宗教に興味を持ちつづける。彼の三十数年の人生に一貫しているのは、「自分はこの現実世界には向いていない」というはっきりとした認識である。だから自分と同じように現世の価値とは別の体系の中で生きている人々との連帯を求めるのだけれど、求めながら「何かが違っている」という懐疑も捨てきれないところがある。どうしても全的にそこにのめりこむことができない。オウムに入信しても、それは変わらなかった。今では故郷に戻って、運送関係の会社に勤務している。海が昔から大好きで、今でもしょっちゅう泳ぎにいく。沖縄にもとりつかれている。宮崎駿の映画を見て、思いきり泣くことによって、「ああ、自分は人間として心を持って生きているのだ」と確認すると語る。

高校を出る頃、僕は出家するか、あるいはこのまま死んでしまったほうがいいと考えていました。就職するのなんて本当に嫌だったです。できることなら宗教的生活をまっとうしたいと思っていました。あるいは生きていたところで、ただ罪をつくっていくだけですから、それくらいならいっそのこと死んじゃったほうが世の中のためだろうと。

そんなことを考えながら自動車部品販売の会社に勤めてタイヤのセールスをやっていたものですから、最初のうちはなかなか商売にはなりませんでした。ガソリン・スタンドとかカーショップとかに「毎度おおきに」と声をかけて入っていくんですが、そのあとの言葉が続きません。そのままがちがちに凍り付いちゃうんです。こっちも大変だけれど、向こうも困ります。だから初めのうちはまったく商売になりませんでした。

でも優しい人も中にはいまして、会社の先輩なんですが、「俺も最初のうちは無口で苦労したけど、セールスやっていくうちにだんだんしゃべれるようになるんだから」と温かく励ましてくれました。そういうこともあって、だんだん僕も仕事に慣れてきて、カドもいくらか取れてきて、少しずつ商品も売れるようになりました。あれはやはり良い人生勉強になりましたね。そこには二年ばかり勤めました。辞めた直接の原因は運転免許が取り消しになったことです。会社に迷惑をかけるのがいやだったし、それを契機に転職しようかなと考えたわけです。

ちょうど親戚の人間が東京で進学塾をやっていまして、その人に相談しにいったら、「じゃあうちに来いよ」ということになりました。実は僕は小説家になりたかったんです。そう言うと、「小学生の作文の添削とかしながら、小説家の勉強をすればよかろう」と言われました。

それならということで一九八一年の初めに上京しまして、大田区のその進学塾で仕事をすることになりました。でも実際に来てみると、最初の話とはぜんぜん違います。「小説家修業？　いったい何を夢見てるんだ。世の中そんなに甘くはないぞ」と冷たく言われて、作文の添削なんてまったくやらせてはもらえません。「お前は無能だ」とののしられ、雑用ばかりさせられていました。生徒を静かにさせるとか、掃除をするとか、簡単な〇×をつけたりとか、そんなことです。僕は子供とかかわっているのは好きだったんですが、生活は辛かったです。労働時間も長いし、一日に二、三時間しか寝られないという生活でした。そこに勤めている人たちはみんなそういうふうにこきつかわれていました。それで一年半我慢してそこも辞めました。

福井で会社勤めをしているあいだにいくらかお金を貯めていたので、そのお金を使ってしばらくのあいだ作家修業をしようと決心しました。無職です。そういう生活を三年間続けました。生活費は月にせいぜい五万円くらいしかかけません。最低限の食べ物以外、何も買いません。僕はもともとほとんどお金を使わないんです。そしてずっと本を読んだり、ものを書いたりしていました。住んでいたあたりの環境はとてもよくて、図書館がまわりに五館くらいありましたので、本はただで簡単に借りることができました。今日はこの図書館、明日はこの図書館という具合にジョギングをしてまわっていました。孤独な生活でしたが、それほど僕は孤独というものを苦にしないんです。普通の人にはきっと耐えられないでしょうね。

当時読んだのはカフカとか、ナジャとか、そういうシュールリアリズム系の小説が多かったです。それからいろんな大学の学園祭に行って、そこにある同人誌なんかも読み漁っていて、その関係で文学を語る友人を作ることもできました。早稲田の哲学科に通っていた人と仲良くなって、彼からいろんな本を紹介してもらいました。ヴィトゲンシュタインとかフッサールとか、あるいは岸田秀、本多勝一。僕はその人の書いた小説に感動したのですが、今思ってみればそれは埴谷雄高そっくりの小説だったですね。

その人の知り合いに津田さんという創価学会の信者がいまして、彼に熱心に創価学会に勧誘されました。僕は彼とずっと宗教的な論争をしていたんですが、結局「口でなんのかんの言っても始まらない。実際に経験したら絶対に人間が変わるから、だまされたと思ってやってみろ」と勧められて、一カ月ほど住み込みで、体験的に入会みたいなことをしました。しかしやはり合わなかったです。というのは、あそこは現世御利益宗教ですからね。僕はそういうのよりはもっと純粋な教義に惹かれるんです。たとえばオウムみたいなね。そっちのほうが本来の仏教の教えに近いんじゃないかな。僕はそう感じました。

お金もそのうちに尽きてきたので、西武運輸というところでデパートの荷物を運びながら生計をたてることにしました。二年間それをやっていました。池袋の西武百貨店で荷物の上げ下ろしをしていたんです。かなり大変な仕事ではあったけれど、僕はもともと格闘技にも興味を持っていましたし、体を鍛えるのが好きなので、肉体労働というのはそんなに苦にはならないんです。アルバイトだから給料は安かったですけど、人の三倍くらいは働きました。おかげで筋肉だけはずいぶんつきました。仕事のあいまに日本ジャーナリスト専門学校というところの夜間部にも通っていました。そしてできたらルポルタージュみたいなものを書きたいというふうに考えていました。鎌田慧さんみたいなものを書けたらいいなと。

でもその頃になると僕は、東京に暮らしていることに疲労を覚えるようになっていました。自分の心がすさんでいくのがはっきりとわかるんです。凶暴になっていって、怒りっぽくなっていくんです。当時僕はエコロジーにも興味を持つようになっていましたし、それもあって「自然に帰れ」というか、そろそろ故郷に帰ったほうがいいんじゃないかという気持ちが強くなってきました。僕はなんでもそうなんですが、何かにのめり込むと無茶苦茶のめり込んでしまう性格なんです。そのときにはエコロジーにのめり込んでいました。まあそれはそれとしても、アスファルト・ジャングルの光景にも疲れて、故郷の海が無性に見たくなってきました。僕は昔から海が大好きだったんです。
それで実家に戻りまして、高速増殖炉の「もんじゅ」の建築現場で働き始めました。鳶《とび》職です。僕はこれもやはりトレーニングだと思ってやっていたのですが、あれはまったく危なかったです。高いところで働くということにある程度慣れてしまうんですが、危険は常にあります。何度か転落して死にそうになったこともありました。そうだなあ、ここで一年間くらいは働いていましたかね。この「もんじゅ」の建築現場からは海が一望できたんです。僕がこの仕事を選んだのには、そのこともありました。ずっと海を見ながら働けるのならと。ほんとに綺麗な海ですよね。実を言えば「もんじゅ」の建っている場所の海が、あたりでもいちばん綺麗なところなんです。

――でもエコロジーを志している人が原発の仕事なんかしていいんですか？

実はそれをルポルタージュに書いてやろうと思っていました。そのときはたしかに原発建設に荷担しているけれど、それについてルポルタージュを書くことで、プラマイ・ゼロにしちゃおうかなと、考えていたわけです。都合のいい発想かもしれませんが。ほら『戦場にかける橋』って映画があったでしょう。発想としてはあれに似ています。一生懸命作ったものを、最後に自分でばっと壊してしまう。もちろん爆弾を仕掛けたりはしませんが、なんというのかな、自分の大好きな海がどっちみち誰かに汚されてしまうのなら、いっそのこと自分でやっちゃおうと。そうですね、たしかに複雑な心境です。心が引き裂かれるというか。

一年でその「もんじゅ」の仕事も終わりまして、今度は沖縄に行きました。鳶をして貯めたお金で中古車を買って、フェリーで沖縄まで行って、車の中に寝泊まりして暮らしていました。ひとつの海岸から次の海岸へと、のんびり旅行してまわりました。二カ月くらいそれを続けていましたね。それで僕は沖縄の自然が大好きになってしまいました。沖縄の海のいいところは、単調じゃないんですよね。それぞれの海がひとつひとつ違う顔を持っています。とても複雑なんです。そういうのを眺めているのが好きでした。まず沖縄の自然が好きになって、それから沖縄の人たちや文化が好きになりました。そんなわけで、毎年夏になると「沖縄病」みたいなのが出てきてしまって、じっとしていられなくなります。ついつい沖縄に行っちゃうんです。だから定職にはなかなかつけません。せっかく職場をみつけても、夏になったら黙って会社を休んで、ふらっと沖縄に行っちゃったりして。

そんなふうに腰掛けで肉体労働をしたり、沖縄に何度も旅行に行ったりしているうちに、父親が亡くなりました。九〇年の二月のことです。僕が三十になる少し前のことですね。僕は父親とずっと仲がよくなかったんです。というか、親父は家族のみんなから嫌われていました。世間では「良い人」で通っていたんですが、家の中では独裁者というか、なんでも自分の思い通りにさせる人です。酒を飲んでは暴れます。子供の頃には殴られたりもしました。でもあとになると僕のほうが肉体的に強くなってきますから、何か言われる前にこっちが親父を殴ったりしていました。悪いことをしたなと今では思います。もっと親孝行をしておけばよかったと。

実は僕の父親は地元の共産党で指導的な地位についていたんです。福井というのは保守的な土地柄ですから、父親がそういうことをやっていると、子供のほうも就職先をみつけるのが難しくなります。僕はできれば先生になりたかったんですが、親父が共産党員だと先生になるのも無理だという話を聞かされて、それもあって教育大学に進学することをあきらめたんです。だから父親が共産党員だということに対して、ずっと恨みのようなものを持っていました。人格的な恨み憎しみもあったけれど、そういう思想的なものも大きな原因になっていました。僕はもともと宗教的な傾向の強い人間ですが、父親は本当に物質主義というか、合理主義というか、唯物主義です。父親と僕とはそれで常に対立していました。僕が何か宗教的な意見を口にすると、「何を神がかったようなことを言うとるんや」と徹底的に馬鹿にされます。ものすごく怒られる。それが僕にはとても哀しかったんですね。どうしてそんなひどいことを言うのだろう、どうして僕のやることを何一つとして認めてくれないのだろうと。

父親の具合が悪くなったのは、僕が沖縄にいるときでした。それですぐに福井に帰ったんですが、父親はまもなく亡くなりました。アルコール性脂肪肝という病気で、非常に苦しんで死にました。最後は何も食べずに酒ばかり飲んで、やせ衰えてしまい、ほとんど自分で命を絶ったようなものです。病床の父に「いっぺんとことん話し合おうや」と言われた時、僕は「頼むから、もう死んでくれ」と答えました。ある意味では僕が父を殺したようなものかもしれません。

葬儀のあと三十五日経ってから、また沖縄に戻りました。当時はそこの建築現場で働いていたんです。でも福井の家族を離れて一人きりになって、僕はそのときものすごく落ち込んでしまいました。父が亡くなった直後は平気だったんです。なんともなかった。家族がみんなで集まって、けっこうわいわい楽しくやっていたんです。でも沖縄に戻ったら、突然がくっときてしまいました。なんだか自分が生きたまま地獄に引きずり込まれたような気分でした。ああ、もう自分は駄目だ。絶対に地獄に落ちる。このまま引き返せない。そんな気持ちです。食欲もまったくなくて、強度のノイローゼにかかってしまいました。鬱ですね。重度の鬱病です。自分がどんどん気が狂っていくのが自分でわかるんです。雨が降って仕事のない日なんか、僕は一日中部屋で布団をかぶって寝ていました。みんながパチンコにでかけたあと、一人でぼーっとしているんです。まわりの人たちは温かい言葉をかけてくれましたし、それはとてもありがたかったんですが、それでも僕はどうしても浮かび上がることができませんでした。

ある日、夜中の三時に目が覚めまして、あまりに調子が悪くて、「これはもう駄目だ」と思いました。気が狂って、そのまま意識がなくなってしまいそうでした。それでお母さんにすぐに電話をかけました。「すぐに帰って来なさい」と言われました。でも福井に帰っても、心の病はなかなか癒えませんでした。なんだかトラウマみたいな感じで、それはずっと心の中に残っていました。何をしても気持ちが晴れないんです。帰ってから一カ月くらいは仕事もせずに、家でただぼーっとしていました。

その状態から救い出してくれたのは結局沖縄のユタでした。僕は実はライアル・ワトソンの『アフリカの白い呪術師』という本を読んで感動したんです。

――あれは面白い本ですね。

結局主人公のボーシャもてんかんであり、分裂病ですよね。でもそういう精神の病気を抱え込んだ者が師に出会い、修行を積むことによって、呪術師になることができるんです。つまりマイナスの要因をプラスに転換することができるわけです。そしてまわりの人々の尊敬を集めることになります。ああ、自分もこれだ、と思いました。それでいろいろと調べてみたら、沖縄のユタについてもまったく同じようなことが書かれていました。沖縄にはまだそういう救済の道が残されていたのです。じゃあ自分もユタになれるんじゃないか。そうなる資格があるんじゃないかと。僕はそう思いました。それが僕にとってのひとつの救いになったんです。

それから沖縄に行って、有名なユタに会うことができました。何十人もの人たちと一緒に会ったんですが、その中で僕だけが呼ばれて、「お前、なにか悩みがあるだろう」と言われました。心を読まれたみたいでした。それから「お前、お父さんのことで悩んでいるだろう。お父さんにあんたは執着している。その執着を捨てなくてはだめだ。お父さんのことは忘れて、新しい一歩を踏み出すようにしなさい。お母さんがまだ生きているのなら、お母さんを大事にするようにしなくてはだめだ。普通に生活することがいちばん大事なんだよ」と。その言葉を聞いて、僕はすうっと心が楽になりました。ああ、これで救われるんだなと思いました。それ以来、ひとつの会社にずっと勤めています。もう夏になってふらっと沖縄に行ったりするようなことはありません。母親を大事にして、会社を辞めないで頑張るぞと、心に決めたんです。

――なるほど。エイドリアン・ボーシャの場合はあっちに行っちゃうしかなかったけれど、あなたの場合はまだ現世に戻れるはずだから、ちゃんと戻ったほうがいいと言われたわけですね。

そうです。そういうことです。普通の結婚をして普通に子供を育てることが修行なんだよと。それが本当にいちばん大変な修行なんだよと。

僕はけっこう前から宗教ウォッチングみたいなことを続けていたんです。なんて言いますか、アンテナを張って、いろんな宗教をチェックしていました。キリスト教にも深く関わっていましたし、さっきも言ったように創価学会とも関係がありました。キリスト教の教会にはいまでも通っています。ですから期間的にいえば、オウムとかかわったのは人生のほんの一部に過ぎなかったんですが、にもかかわらずこれだけ大きな打撃を受けてしまったというのは、考えてみればやはりすごいと思います。オウムはそれだけの力を持っていたということでしょう。

一九八七年、オウムが出てきた頃、案内のパンフレットを送ってくれるように僕は教団に手紙を書いたんです。パンフレットはすぐにどっさりと送られてきました。びっくりするくらい豪華なパンフレットでしたね。つい最近生まれたばっかりの宗教団体なのに、よくこんなに盛大に金をかけられるものだなと感心しました。

そのとき福井にはまだオウムの支部はありませんでしたが、福井の手前に鯖江市というところがありまして、そこで大森さんという人が自分のアパートを週に一回開放して、オウムの人たちが集まれる場所を作ってくれていました。僕も「来ませんか」と誘われまして、そこにちょくちょく顔を出すようになりました。そこでオウムが出ていた『朝まで生テレビ！』の録画ビデオを見せてもらいまして、ものすごく感動したんです。上祐の弁舌もほんとに鮮やかでしたね。感心しました。オウムの信者たちのやっていることは、原始仏教をベースにしたもので、修行によってクンダリニーを開発しているのだと彼は言っていました。何事によらず受けた質問に対しては、実にきれいにさっと答えを返しています。すごいなあと思いました。すごい人だし、すごい団体なんだなと。

そこに来ている人たちはみんなオウム信者でしたが、僕は信者じゃありません。ただそこにいて見学させてもらっているようなものです。集まっていたのは全部で五、六人だったかな。僕があんまりそこに深く入っていかなかったのは、実際問題としてお金がかかったからです。とにかくオウムという団体はお金がかかります。なんかやると三十万円。なんとかコースというのがありまして、それがカセット十本で三十万円とかね。麻原尊師の説法だから、すごい効き目がある。パワーをもらえるから安いものだということで、みんな二十万三十万をぱっぱっと払っていくんです。そういうのを見ていると怖くなってきました。まあ僕は貧乏人でけちだったから、とくにそう感じたのかもしれませんが。

麻原彰晃を初めて目の前にしたのは名古屋でした。バスにみんなで乗って、名古屋まで行きました。「一緒においでよ」と誘われて、僕も興味があったのでついていきました。僕は信者ではないので、麻原彰晃に質問したりすることは許されませんでした。オウムって結局のところ、ステップアップしないことには何もできないところですし、ステップアップするためにはそれなりのお金が必要なんです。ある程度のレベルまで行ったら麻原彰晃に質問できる。もうちょっとステップアップすると花輪がもらえるとかね。そういう光景を実際に名古屋で見たんですが、なんかそういうのって幼稚っぽいなと思いました。そういうふうに麻原個人がどんどん神格化されていくんです。それを見ていると、僕は嫌気がさしてきました。

僕はオウムの機関誌である『マハーヤーナ』を創刊号から欠かさず読んでいたんです。これも最初の頃は良かったですよ。一人ひとりの信者の体験をすごく大事にしているんです。一人ひとり実名で「自分はどのようにしてオウム真理教に入ったか」という体験談を書いているんです。読んでいて「みんなとても正直だな」と深く感心しました。だから僕はこの雑誌が好きだったんです。でもそのうちに、信者一人ひとりの話じゃなくて、話が麻原一本になってきました。彼をどんどん上に祭り上げて、みんながそれを絶対崇拝するようになっていくんです。たとえば麻原が歩いていると、信者が地面に自分の着ている服をさっと敷いて、その上を歩かせます。ここまできたらいくらなんでもやり過ぎですよね。中沢新一さんが「宗教団体が信者を取り込んでしまったら、その宗教はもうだめだ」というようなことを書いていましたが、実にその通りだと僕も思いました。これは怖いことだなと。一人の人間を崇拝しすぎると、自由というものがなくなりますからね。おまけに麻原彰晃は妻帯者で、子供もいっぱい作っています。これは本来の仏教の教義からいくとおかしいですよね。自分は最終解脱者だから、こういうことをしてもカルマにはならないんだと言ってごまかしていますが、本当に彼が最終解脱者かどうかなんて、そんなこと誰にもわかりませんよ。

　僕はそういう疑問をまわりの人に遠慮なくぶっつけました。オウムでは信者がけっこうたくさん交通事故なんかで死んでいるんです。僕はそれは何か変だと思いまして、タカハシさんという親しい女性信者に質問してみたんです。「これだけいっぱい信者が死ぬというのは、いくらなんでも不自然じゃないか」って。そしたら彼女は「いや、そういう人たちは死んでもいいのよ。尊師は四十億年後に弥勒菩薩となって生まれ変わって、今死んだ人間の魂を引き上げてくださるんだから」と言いました。なんか無茶苦茶な話だなと僕は思いました。またオウム批判をつづけている「サンデー毎日」編集長の牧太郎のことを激しく攻撃するから、どうしてそんなに攻撃しなくちゃいけないのかと質問しますと、「攻撃されるにしても、何をされるにしても、とにかくこの世で尊師と何かしらの縁を持つことができた人間は幸せなの。今仮に地獄に落としておいても、あとからちゃんと引き上げてくださるんだから」という答えが返ってきました。

　僕はそんなわけでオウム真理教とは、インターバルをおいて、つかず離れずの関係を長く続けていたんです。でも九三年に北村さんというオウム教団の男の人が、静岡ナンバーの車に乗って突然僕の家にやって来ました。電話をかけてきて、「ちょっとお話をしたいので会っていただけませんか」というので、会いました。しばらくオウムとの接触を断っていたので、今どんなことになっているのか、個人的な興味があったんです。

でも彼の言っていることを聞くと、話はますます無茶苦茶なことになっているようです。これから第三次世界大戦が起こるだとか、レーザー兵器だとかプラズマ兵器だとか、もう完璧にＳＦチックです。けっこう話としては面白いんですけれど、でもすごいことになっちゃっているようだなと思いました。

僕はその頃、オウムに入信するようにすごく強く勧誘されていました。僕が結局入会したのは、さっきも言ったタカハシさんという女性に巡り合ったからでした。おばあさんが亡くなって、がっくりしている時期に、そのタカハシさんが僕のところに電話をかけてきて、ちょっとお話をしたいと言いました。「実は私もオウムに入ったばかりなんですが、オウムのことについて一緒に考えていきませんか？」と誘われたんです。それで僕は彼女に会いました。僕より六歳年下でした。そのときには二十七歳くらいだったかな。僕はそのときの彼女との出会いを一種の運命的なものだと感じました。それは父親の死んだときに感じた運命的なものとよく似ていました。なんとなく僕はそれを心の中で感じたんです。それ以来、僕は彼女とけっこう深いレベルまで、いろんなコミュニケーションをするようになりました。そしてそのようなことを続けていくうちに、結局入会してしまったわけです。九四年の四月のことでした。

おばあさんが死んだこともおそらく影響していると思います。それから働いていた会社が不景気でリストラを始めていたこともあります。そして前にも言った、原因不明の心の病のようなものも、僕はずっと背負い込んでいました。そういう病も、オウムに入ることによってうまく解消するかもしれないという期待もありました。

それからそのタカハシさんという女性のことが気になっていました。これは別に恋愛感情とかそういうんじゃないですよ。でもその人のことが何かひどく気になったんです。この人は今ものすごくオウムにのめり込んでしまっているけれど、そんなに深くのめり込んでしまって大丈夫なのかなと。僕はオウムに対してけっこう懐疑的ではあったんですが、そういうことについて彼女と話をしていったほうがいいんじゃないかと。そしてそのためには、いっそ自分が入会してしまったほうが早いんじゃないかと思いました。タカハシさんと今後ずっと会って話をするためにはということです。そういうふうに言っちゃうと、ちょっときれいごとっぽいかもしれませんけれど。

ありがたいことに入会金は以前に比べてぐっと安くなっていて、一万円。半年分の前払い会費が六千円でした。テープも十本くらいタダでくれました。入会して入信の儀を受けるためにはオウムのビデオを九十七本見て、オウムの本を七十七冊読まなくてはなりません。すごい量ですよ。でもそれもなんとかちゃんとこなしました。最後のほうになったらマントラも唱えます。プリントされた紙を持って、繰り返し何度もそれを読み上げます。そしてカウンターでその回数を計るんです。だからオウムの人はみんなカウンターを持っています。これをだいたい七千回やらなくちゃなりません。初期段階の七千回マントラです。僕もちょっとやりましたが、アホらしくて真面目にはやらなかったです。これじゃ創価学会の勤行《ごんぎょう》と変わりませんものね。

僕は出家を強く勧められました。この頃には教団は、一人でも多くの人間を出家させようとやっきになっていました。僕はまだ入信の儀も受けていない人間なんですが、それでもかまわないから早く出家しろと言われました。でも僕はがんばってしなかった。タカハシさんはその年の暮れに出家しました。十二月二十日に彼女から僕の会社に電話がありまして、「これからもう行きます」と言われました。それが最後の会話でした。そして出家して、どこかわからないところに行ってしまったわけです。


サリン事件が起こった時、僕はもうオウムからはある程度離れていました。僕はタカハシさんが熱心に勧誘していた人を、なんとか入信させまいと説得して押し止めていたくらいなんです。僕がオウムのやり方に対して批判的であることは、みんな知っていました。でもいちおう信者は信者でしたから、九五年の五月に警察が事情聴取にやってきました。誰が信者になっているかというようなことを、警察はそのときには全部つかんでいたんです。名簿なんかを手に入れていたのかもしれません。それで僕はすごい前近代的な取り調べを受けました。「あなたは麻原彰晃の写真を踏めますか？」なんて、江戸時代の踏み絵みたいなことまで言われました。警察というのは怖いところだなあとそのときにつくづく思いました。

九五年に北海道で全日空機のハイジャック事件のあったときにも、警察はすぐにやって来ました。「おい、お前何か知らないか？」って。しょっちゅう来るんです。まるでストーカーにつきまとわれている女の人みたいな感じですよ。何をしていても、いつもどこかで誰かにじっと見張られているような気がしました。不気味ですよね。本来は国民を護るべきなのが警察なのに、逆にそういう恐怖を与えるんです。こちらは悪いことは何ひとつしていないのにです。でも何もしていなくても、ひょっとしたら自分も逮捕されてしまうんじゃないかという不安は常にありました。というのは、当時はオウム信者は片端から微罪で逮捕されていました。有印私文書偽造とか、何かそんなものを適当にでっちあげられて。僕だって同じようなことをやられかねません。

電話もしょっちゅうかけてきました。「オウムから何か連絡来ていませんか？」とかね。本当はそこでじっとしていればよかったんでしょうが、でも僕も馬鹿だから、こんな状態になっても、オウムに対する好奇心というのはものすごく強くて、わざわざ大阪まで行って、そこのサティアンにいる女性のサマナ（出家信者）と話なんかしているんです。警察の警戒の厳重な中、「あなたはいったい今、どういう気持ちでいるんですか？」とか訊いたりして。そしてそこにあったオウムの『アヌッタラ・サッチャ』という機関誌を何冊か買って持ってきました。その頃にはオウムの本や雑誌は書店では手に入らないようになっていましたから、どんなことが書いてあるのか知りたかったんです。そうしたらサティアンを出たところを、二人の警官にとめられて、「あなた、サティアンの中で何をしていたんですか？」と職務質問されました。でも怖くなったのと、面倒くさかったのとで、僕はそれを振り切るようにして逃げ帰りました。でもそんなことをやっていたせいで、余計に警察に目を付けられてしまいました。

――その頃にはあなたは地下鉄サリン事件というのはオウムの犯行だと思っていましたか?

思っていました。間違いなくオウムがやったんだろうと。しかしそれでもオウムに対する好奇心を抑えることはできませんでした。どうして好奇心を持ったか? これだけ世間に叩かれて、どの書店もオウムの本なんか扱ってもくれないのに、それでもまだ活発に機関誌を出している教団の体質というか、その潰しても潰しても生き返ってくるような、不気味な生命力に対して好奇心を持っていたのだと思います。それがどのような内容のものなのか、またサマナが今本当に何を思っているのか、そういうことを僕は知りたかったんです。いわばジャーナリスティックな目なのかな。テレビなんか見ていても、そういうことはまったく報道してくれませんからね。

――地下鉄サリン事件そのものに対してはどのように感じていますか?

絶対にいけないことだし、許されないことです。それはたしかです。ただ麻原彰晃と末端の信者たち一人ひとりというのは、分けて考えないといけません。末端の信者がみんな犯罪者というわけじゃないんですから。末端の信者には本当に純粋な心を持っている人がいます。僕はそういう人たちをたくさん知っています。そういう人たちがかわいそうだなと僕は思うんです。結局のところ世の中のシステムに受け入れられない人、肌が合わない人、あるいはそこからはじき出された人、そういう人たちがオウムに入ってきているんです。僕はそういう人たちが好きです。やっぱり友だちになりますよ、そういう人たちとは。世の中で普通にうまく暮らしている人たちよりは、彼らに対してのほうが遥かに親密さを感じます。だから僕は、悪いのはほとんど麻原彰晃一人だと思っているんですよ。そこに集約されるんじゃないかと。麻原はやはり強いですよ。すごい力を持っていると思います。

でも不思議なもので、何度も警察と接触していくうちに、なんか親しくなってきちゃったんです。最初はただただ怖い、不気味だと思っていたんですが、そのうちにだんだん友だち感覚みたいになってきました。映画の『キャスパー』に出てくる悪いお化けのことご存じですか？　最初は怖いやつらなのに、何度も接触しているうちになんか仲良くなっちゃうんです。それと同じです。それで「どうや、なんかオウムから郵便物は来てないか？」と言われたら、「はい、こういうのが来てますよ」と手元にあるものを残らず差し出すようになりました。そういうことをしていると、警察のほうもそれなりに誠意をもって親切に接してくれるんですね。それで「ああ、警察の中にも純粋な人、誠実な人もちゃんといるんだな」と思うようになりました。彼らもみんな、まじめに頑張って働いているだけなんだと。だから僕としては、そういう人たちに筋をとおして頼まれたら、それなりにこっちも筋をとおして応じないといけないんだなと思うようになったんです。誠意に対しては、やはり誠意で応じなくちゃいけないと。

年が明けて、タカハシさんのお母さんから年賀状が届きました。お母さんは「すべて私たちが間違っていました」と書いていました。実はタカハシさんのお母さんも最初は熱心なオウムの信者だったんですよ。イニシエーションも受けている人です。それで僕はどうしてもタカハシさんに会わなくてはいけないと思いました。いろんなことについて彼女と話をしたかった。僕は警察の人にもその話をしました。「僕はなんとかこの人に会いたいんです」と。僕はその年賀状まで警察に見せました。

たぶんそこで警察の人にはぴんときたんでしょうね、「そうだ、こいつを警察のスパイに仕立てればいいんだ」と。それで＊＊警察署にある日呼ばれまして、「お前、ひとつ警察のスパイをやってみる気はないか」と持ちかけられました。スパイという言葉を使ったかどうかまでは今はよく覚えていないんですが、とにかくそういう趣旨のことを言われました。要するにオウムの中に入って情報を引き出して、それを警察に教えてくれないか、ということです。僕はもちろんスパイなんかやる気はありませんでした。僕としてはオウムの人たちに接触してみたかっただけなんです。でもまあ、乗りかかった舟だし、警察の人たちとも仲良くなっていたので、それでもまあいいかと思いました。いっちょうやってみようと。

僕はね、たしかにお調子者です。孤独で、友だちもいません。会社にいてもずっとヒラで、いつも怒鳴られています。だから警察の人たちに「頑張って、なんとか情報を取ってきてくださいよ」と誠実に頼まれると、そういうのはすごく嬉しいものなんです。たとえそれが警察でも、何かそういうコミュニケーションがとれるというのは、ありがたかったんです。うちの会社（運送会社）の人たちとも、ほとんど話があいませんし、もちろん友だちなんかできっこありません。オウムの人たちもいなくなったし、タカハシさんも出家してしまって、どこに行ったか行方もわかりません。それで、まあ短期間のことなら少しだけやってもいいかなあと思ったようなわけです。それで「ちょこっとならやってもいいです」と言っちゃった。これはまずかったですね。

――でもあなたが警察のスパイをやっても、あなたがそれによって得るものは何かあるんですか？

僕としてはとにかくタカハシさんと連絡を取りたかったんです。彼女をなんとか引き戻したかった。スパイとかそういうことじゃなくて、僕の気持ちとしては、オウムの人たちとなんとか接触を持ちたかったんです。でも警察に協力しないでそんなことを続けていたら、僕もオウム側の人間だと思われてしまうだろうし、それが怖かったんです。そうなれば即犯罪者に仕立てあげられますものね。それならばいっそのこと警察の許可のもとに行動した方がスムーズにいくはずです。僕としては一人でも多くの信者を説得して、こっち側に戻してやれないかなと、そう考えていたのです。結局ずるいのかもしれない。ずるいですよね。

——ずるいかどうかはともかく、あまりにややこしい話ですよ。

ややこしいです。でもこのまま放っておいたら、タカハシさんがかわいそうだ、それがそのとき僕の頭の中を占めていたことです。このままいけば、彼女もきっと犯罪者扱いされてしまいます。でも説得しようにも、彼女が今どこにいるかもわかりません。ここで警察に協力しておけば、そういう情報もあるいはもらえるかもしれませんよね。僕はそう思いました。でも結局彼女の行方はわからずじまいでした。しょっちゅう訊いていたのですが、警察にもそれはつきとめられなかったようです。まだ出家中だということしかわかりません。あるいはわかっていても僕に教えてくれなかったというだけなのかもしれませんけれど。

でもいずれにせよ、僕がオウムに潜入するという計画は実行には移されませんでした。

というのは、オウムの福井支部も金沢支部もそのうちになくなっちゃったからです。要するに北陸のオウムは壊滅しちゃったわけです。だからスパイを作っても、その使い道がなくなっちゃった。

――結果的にはまあそれでよかったですよね。ところでノストラダムスの予言というのには興味はありますか？

ものすごくあります。僕は今三十六歳（インタビュー時）ですが、この世代というのはノストラダムスの影響がものすごく強いんです。たとえば僕なんか、ノストラダムスの大予言にあわせて人生のスケジュールを組んでいます。僕には自殺願望があるんです。僕は死にたいんです。今すぐ死んでしまいたい。でもあと三年で終末が来るんだから、それまではなんとか我慢しよう、そう思っています。最後に何が起こるのか、自分の目で見てみたいというのもあります。だから終末を設定している宗教に対しても、ものすごく興味を持つのでしょう。オウムの他にも、僕はエホバの証人の人たちとも接触があって、よく話をしています。あの人たちの話って無茶苦茶ですけれどね。

――終末というのは要するに、今ここにあるシステムが全部チャラになってしまうことですね。

リセットですよね。人生のリセット・ボタンを押すことへの憧れ。たぶん僕はそういうことを思い描くことによって、カタルシスというか、心の安定を得ているんだと思います。

このあいだ宮崎勤事件について小学生にインタビューしているのをある本の中で読んだんですが、中で「宮崎という人は頭がよくて、人間の行きつく先がわかっているから、何をやってもいいと思ったんだ」というようなことを言っている子供がいるんです。これにはびっくりしました。子供でもそんなふうに思っているんだと。「こんな世の中、いつまでもつづかないよ」と心の中で感じている人は多いと思いますよ。とくに若い人たち、子供たちはね。

「僕にとって尊師は、疑問を最終的に解いてくれるはずの人でした」

寺畑多聞
一九五六年生まれ

寺畑さんはオウム真理教の現役の信者である。数人の仲間とともに都内にある二階建てのアパートに暮らしている。オウム信者をオウム信者と知って受け入れてくれるアパートはほとんどないが、ここの大家さんはすこぶる理解があって、「(社会復帰のために)行くところがなくて困っているのなら、うちに入りなさい」と言ってくれた。もっともオウム信者のいるところはゴキブリが増えるようで、インタビューのあいだ畳の上にかなりの往来が見受けられた。大家さんもこのへんは困るだろう。近所の人たちは彼らがオウム信者であることを知っていて、まだまだ視線は冷たい。

一九五六年、北海道生まれ。父親は公務員で転勤が多かった。兄弟は弟が一人いる。外見的にはごく普通の子供だったが、小さい頃から「自分は何のために生きているのか」と延々と考え込むところがあった。こういう傾向はオウム信者のひとつのパターンかもしれない。思想として哲学から仏教へ、それからチベット密教、オウム真理教というコースをたどる。小学校・中学校の先生になったが、三十四歳のときに出家。地下鉄サリン事件が起こったときには、防衛庁に所属し、コスモ・クリーナーのメンテナンスをしていた。

今は週に一度の家庭教師アルバイトでなんとか食いつないでいる。当然生活は苦しい。「誰か生徒を紹介してもらえませんか？」とにこにこしながら言われた。いかにも真面目で穏やかそうな人で、きっと良い先生だったのだろうと想像する。教団施設の中で出家信者の子供たちを教えていたときの話になると、顔がほころんだ。

部屋の中には小さな祭壇があり、「麻原開祖」の写真と、「リンポチェ猊下《げいか》」（麻原逮捕後〃新教祖〃とされた長男）の写真が飾ってあった。

小学校から高校までずっと北海道で、大学もやはり道内の大学でした。とくに先生になりたいと思ったわけでもないんですが、母親なんかに言わせると「お前は先生にでもなるしかないだろう」ということでした（笑）。大学に入るときに二年浪人しました。一年は体の具合が悪かったんです。哲学的な葛藤みたいなものを抱えて、悶々としていた時期がありまして、病院に行ってみたら血圧が百八十くらいになっていたんです。それで自宅療養をしていました。血圧降下剤を飲んで。そうですね、考え込んでしまう性格なんです。まわりに気も遣いますし。〈哲学的な葛藤〉というのは、たとえば自分が「こうしなくちゃならない」ことがあって、しかもそれができない自分というものがあって、それで自己嫌悪に陥ったりというようなことですね。今になってみれば、まだ若くて硬かったんだと思います。

専攻は小学校教育で、研究室では教育心理学を勉強しました。小学校を選んだわけは子供が好きだったということもあります。またそれと同時に僕の中には、自分の力ではどうにも解決できない問題があったんです。自分がどう生きていけばいいのかというようなことです。それでそういうものごとを考えていく上で、子供たちから逆に教えられることがあるんじゃないかと、そういう思いがあったんです。教えると同時に教えられるというか。

大学を出て、神奈川県の小学校に職を見つけました。地方試験で千葉と神奈川に受かりまして、どっちでもよかったんですが、まあ神奈川にしようと。北海道を離れることはとくに苦痛じゃなかったです、引っ越しには馴れていたし、どこに行っても友だちは作れると思っていましたから。小学校は＊＊市にありました。まあ田舎ですよね。

学校では一年目からクラスを持ちました。二年生から始めて、三年、五年、六年ですね。一クラス四十人なんですが、最初は本当に大変でした。もう夢中でやっていたという感じです。いちばん最初でよく覚えているのは、僕が初めて学校に行くと、子供たちが新しい若い担任の先生が来たっていうんで、みんなでこう体を引っ張るんです。「先生、先生」って言って。「僕は駆けっこ速いから、見ててよ」と言うから、「見てるよ」と言いますと、ばーっと駆けていってそのまま壁にぶつかって、向こうでぴいぴい泣いている。初日のしょっぱなからそれです。さっそく保健室行きですよ。

でも小学校で教えるのは楽しかったですね。足掛け十年教員をやりましたが、小学校の五、六年生を教えていたときが僕にとっての黄金時代でした。父兄ともずいぶん和気あいあいとやっていました。ときどきみんなで歌を歌ったり、集まって手作りのお菓子を食べたり。職員室の中でもとくに嫌なことはありませんでしたね。まあ若いですからいろんなことを大目に見てもらっていたのかもしれませんけれど。結婚話もいくつかありました。父兄の方からそういう話をもってきてくれたり。また実際につきあっていた時期もありました。しかし僕は「いつか自分は出家することになるだろう」と心の中でずっと思っていましたから……。

――そういうことをすでに考えていたんですね。

そうです。まだオウムと出会う前ですが、出家はしようと考えていました。もっともその当時抱いていたイメージは六十で定年退職して、隠居というかたちで出家しようという穏健なものでしたが。

僕は大学の最初の頃はニーチェやキルケゴールに強く傾倒していたのですが、だんだん東洋的な思想に惹かれていくようになりました。とくに禅ですね。いろんな禅の本を読んで、ひとりで自分の家で禅をやっていました。いわゆる野狐禅です。でも禅の持っている禁欲的な部分に対していささか納得できないものを感じるようになり、つぎに――時期的にいえばちょうど就職した頃からだと思うのですが――真言密教に関心を持つようになります。とくに空海ですね。それで高野山に登ったり、夏休みに四国をまわったり、京都に行ったら東寺を訪れたりとか、そういうことをやっていました。

日本の仏教というのはよく葬式仏教って馬鹿にされていますが、でも逆に言えば、いちおう長い年月、風雪に耐えて残っているわけですよね。そういう伝統の中にも、きっと真摯《しんし》に仏教を実践しているところがあるはずだと思ったわけです。そういう意味で、僕は新興宗教というのにあまり目が行かなかったです。どんなに素晴らしいように見えても、たかが三十年か四十年のものじゃないかと。だから自分は真言宗の中でやっていこうと。

四年間小学校で教えていたんですが、急に中学校に移ってくれないかと言われました。場所は同じ市内で、小学校からグラウンドを隔てたすぐ向こう側にあります。僕はあまり行きたくなかったんです。そのまま小学校に留まりたかった。でもちょうど小学生の数が減って、中学生の数が増えている時期でした。僕は理科の教員の免許も持っていたので、資格としては問題がありませんでしたが、小学校と中学校とでは教え方そのものが違います。そういうギャップにはけっこう悩みました。おまけに具合の悪いことに、僕が卒業させた六年生がそのまま中学校の生徒になってしまったんです。そのまままた僕の生徒になってしまった。だからそういう生徒の扱いにはけっこう気を遣いました。僕が小学校で出していた教師としての色を、彼らはみんな知っているわけですから、これはやりにくいです。彼らはどんどん成長していくし、僕は留まっているし。中学校の先生になるにしても、ぜんぜん別の地域の中学校に移るのならそれほどの問題はなかったと思うんですが。

中学校に移って四年目くらいに、初めてオウムの本と出会ったんです。本屋さんで『マハーヤーナ』という小さな判の機関誌を見つけて、それを買って読みました。まだ初期の頃のものですね。四号か五号かな。そこでは密教的なヨーガ的な部分が集中的に取り上げられていて、僕はそのあたりのことはあまりよく知らなかったんです。まだ中沢新一さんの本なんかも見ていない頃でしたから。それでこれはもうちょっと詳しく知りたいなと思いました。

あるとき日曜日に同僚の先生と新宿に教材を買いに行ったんです。その帰り小田急線に乗っていたら、たまたま豪徳寺駅近くにオウムの世田谷道場がありました。ちょうど時間もあったし、じゃあちょっと寄っていこうかと思いました。そのときには上祐さんが道場に来て話をしていました。「ポアの集い」と呼ばれているものです。みんなの精神性を高めていこうという意味でのポアです。

話を聞いていてやっぱりすごいなあと思うところはありました。明快なんですよね、とにかく。比喩の使い方とか。とくに若い人たちに強く訴えかけるところがあります。それから説法が終わったあとで質問をとるんですが、それに対する回答が実に的確なんです。相手にぴたりとあわせた答えが返ってきます。

それから一カ月ほどで入信しました。入信したときははっきり言って、三カ月か半年か、様子を見てやろう、確かめてやろうという感じですよ。入会金もせいぜい二、三千円しかかかんないし、年会費だって一万円くらいのものですからね。安いものです。入信すると定期刊行物がもらえて、説法会に出ることができます。説法会は一般向け、在家信者向け、出家信者向けと分かれているんです。最初のうちは月に一回か二回道場に通うというくらいのものでした。

入信したとき、僕にはとくに大きな個人的な問題というのはなかったんです。ただどんなにいい状態にあったとしても、なんか体の中に大きな風穴が開いているというか、心がすうすうするんです。いつもなんか満たされていない。ごく普通に外から見れば、問題なんて何もありません。出家したときにもまわりのみんなにそう言われました。いったい何が問題なんだ。何もないじゃないかって。

——誰の人生の中でもすごくつらかったり、悲しかったり、落ち込んだりということはあるんじゃないかと思うんです。存在を根本から揺さぶられるような。あなたの場合にはそういう経験はまったくなかったんですか?

強烈なものはとくにありません。なんていうか……、思い出せないですね。

夏にはできたばかりの富士の総本部に二泊三日で行きました。でも真面目に道場に通うようになったのはその年(八九年)の秋からです。毎週土曜日の夜に道場に行って、日曜日にうちに帰ってくるという生活を続けていました。平日には自宅で一人で修行をしていました。とくにシャクティーパットを受けるとなると、そのためにある程度体を整えておかなくてはならないんです。エネルギー移入というのはデリケートですから、そのための修行を集中してやらなくてはなりません。アーサナ（ヨーガ）をやったり、呼吸法をやったり、簡単な瞑想をやったり、だいたい三時間コースで、そういうのを二十単位くらい取らなくてはいけない。それで、そういうことを続けていると、やはり自分自身がどんどん変化していくのがわかります。いろんな物事についての考え方も肯定的になりますし、前向きになります。確実に変わっていきますね。

道場の人たちはみんな真面目でしたね。誠実な人が多かったです。師の人も、指導する人も誠実だったし、とても感じはよかったです。ただ外に向けての対応ということに関して言えば、なんというのかな、もうちょっとうまくやればいいのになというところはありましたよ。まあ今でもそれはあるんですけどね。ほら、学生が就職したばかりのときって、なんかがちがちしたところがありますよね。社会経験がないと、そういうのが抜けないんです。それと同じで、世間を知らない学生がそのまま入ってきたというような（生硬な）印象が強かったです。

僕は出家するために学校を辞めようと思ったんです。それで校長に会って、三月のキリのいいところで辞めたいと言いました。オウムの高弟といわれる人にも相談しました。でも「そんなに急いで結論を出すことはない。もう一年仕事を続けてみて、いちおうの責任をとってから出家してもいいじゃないか」というようなことを言われました。僕も自分の中でいろいろと悩みましたが、そう言われるなら、もう一年間このままがんばって生活を続けてみようと決心しました。

ところが修行が進んできますと、アストラルに突っ込むというか潜在意識が出てきまして、だんだん現実感が希薄になっていきます。本来であればそういう状態のときは現世から隔離した状態にしなくちゃいけないんです。夏休みに潜在意識が出ればよかったんだけれど、それがたまたま休み前に出てきちゃったわけです。六月の後半くらいだったかな。極端な話、僕は理科を教えていますから、実験をしているときに自分が薬品を入れたのか入れてないのかわからなくなってくることもあるんです。現実感がなくなってきていますからね。記憶が曖昧になってきて、自分のやったことが果たして夢なのか現実なのか、その判断ができなくなってくるんです。

あっちに意識が行ってしまって、それからこっちに帰ってこなくてはいけないんだけれど、うまく帰ってこられない。これは経典にも出ていることなんですが、ある修行の段階になるとそういう分裂的なものが顔を出してきます。そういう段階に僕が来ていたということです。そうなると自分の中に、自分が頼れる確としたものがなくなってしまうんです。僕の場合まだ「自分の置かれている状況はこういうことだ」と自覚していたからよかったけれど、下手をするとそのまま分裂症になりかねません。それでだんだん怖くなってきました。そういう分裂した状態をすぱっと治さなくてはならないんですが、それは精神科医のところに行っても駄目です。修行の中でやっていく以外にないんです。となるとやはり出家するしかありません。自分の中に頼れるものがないとなると、あとは教団に身を委ねてしまうしかないのです。それに、もともと僕はゆくゆくは出家をしようと考えていた人間ですからね。

校長先生にもう一度会って、やはり辞めたいんですと言いました。教師が学年の途中で仕事を投げ出すというのは、これは大変なことです。校長先生はいちおう僕の立場とか気持ちも理解してくれて、とにかく夏休みの終わりまでは病欠というかたちを取るようにしてくれたんですが、だけど実際に出家してしまうと、そんなに都合よく行ったり来たりできるものではありません。だからかなり強引に、振り切るようなかたちで学校を辞めました。だから挨拶なんかもしてないんです。そのへんのところは、いろいろと迷惑をかけたと思っています。「無責任なヤツ」と罵倒されてもしかたがないですね。

出家したのは七月七日のことでした。学校の勤務は七月いっぱいまでです。出家するにあたっては両親にも連絡しました。両親はすぐに出てきました。六月の末で、僕はそのときはもう病欠をとって家にいました。両親はかんかんに怒っていましたね。僕としても言葉を尽くして説得したんですが、とても説得し切れません。どれだけ話をしても埒《らち》があかないんです。両親は僕が仏教に関心を持って研究しているということは承知していました。でもオウム真理教を仏教だとはみなしません。それで僕はああ見えても、根っこはちゃんと仏教なんだよと説明したんですが、まあ外面的に見れば、そう思われてもしかたないところはありますよね。

すぐに北海道に帰ってこいと言われました。北海道に帰るか、「そっちの方」に行ってしまうか、どちらかを今ここで選べって。若いうちなら何をやろうがやり直しもきくだろうけれど、三十過ぎてもう一度やり直したいなんて言っても、行き場所もないんだぞと。僕もそれは悩んだんです。でも北海道の家に帰っても、これまでどおりの生活が続くだけです。何も解決しません。僕はこういう（精神的に危うい）状態の中で、やはり仏教という道をきわめるしかないと思いました。だからそのまま出家しました。でもそのときには僕なりにずいぶん悩みました。

それから同僚の教師に仲の良いのが一人いまして、そいつが毎日のように僕のうちにビールを持ってやってきて、「お前、行くんじゃないよ」と泣いて説得するんです。でも僕がやろうとしていたのは、僕が子供の頃からずっと求めていたものだったんです。だから「悪いとは思うけれど、ここはひとつやりたいようにやらせてくれ」って、言うしかありませんでした。

出家するとすぐに阿蘇の波野村に行きました。ここで土木工事です。ちょうど教団施設の建物の屋根ができていたくらいだったかな。仕事はきつかったですが、それはそれで面白かったですよ。というのは与えられた仕事が、今までやっていたこととはまったく違うことですし、脳味噌のぜんぜん別の部分を使っているという感じがして、それが新鮮だったんです。それから富士に戻って、そこでいろいろと作業をやって、次に上九一色村の第二サティアンを作りに行きました。鉄筋班というのに所属して、元鉄筋工という人の下で作業しました。

出家したすぐの時期には「功徳を積む」と言うんですが、主にこういう奉仕作業をやります。少しは修行もしますが、ほとんどは作業です。でも教員のときとは違って、人間関係のしがらみなんて何も考えなくていいし、責任みたいなものもありません。いちばん下について、普通の会社の新入社員のように、上からやれと言われたことをひとつやっていればいいだけです。精神的にはほんとに楽だったです。

でもね、親にも言われたように三十過ぎて世間の現実の価値観からドロップアウトするということに、不安を感じないでもありませんでした。これで駄目だったらどうすればいいんだろう、と。でもだからこそ逆に、これはもう一生懸命修行していくしかないんだ、今さら後戻りはきかないんだ、という気持ちは強くなりました。甘えはききません。こうして出家した上は、何か大事なものをしっかりとつかまない限り、辞めても惨めになるだけですものね。

それから翌年（九一年）の九月には再び阿蘇に行きました。今度は「子供班」というのに入って、家族出家している子供たちを教える仕事でした。全部で七十人か八十人くらい子供たちがいましたっけね。僕は理科を専門に教えました。ほかにも国語専門とか英語専門とか教える人がいました。だいたいは元先生というか、免許をもっている人です。カリキュラムを組みまして、本物の学校に近いかたちでやっていました。菊池（直子）さんも教育班で音楽を教えていました。あの人は教育大を出ていますから。

――そこでは宗教的な教育というのはかなりやったわけですか？

国語では経典を中心のテキストにしたりしていました。でも理科では教義はあまり関係ないです。理科でオウム流というか、そういう教え方をしちゃうといささか問題があるんで、「どうしましょうか？」と開祖（麻原のこと）に聞いたんですが、「理科は理科即現世だから、何をやってもかまわないよ」と言われました。ほんとにそれでいいんですかって聞き直したんですが（笑）。だからけっこう楽だったです。僕はテレビ番組を録画したものをテキストに使ったりしていました。それから自分が昔教えたものをそのまま使ったりして、自分なりのカリキュラムを組んでやりました。面白かったですね、これは。途中で阿蘇から上九に場所が移りました。子供たちはあちらこちらと移動させられていたんです。開祖のお子さんも教えていたので、ときどき「楽しくやっているみたいだよ」と（麻原から）声をかけられたりもしました。でも子供たちを教えていたのはおよそ一年くらいで、それから修行に入りました。

尊師は、宗教的なものに限定するならば、間違いなく相当の力を持っている人でした。それはやはり絶対的にそう思います。相手を見てその人にあわせて説法するのもうまいし、エネルギーも非常に強かったです。僕はずっとあとになって防衛庁というところに移りまして、そこでコスモ・クリーナーという空気清浄機の据えつけとメンテナンスをやっていました。その関係で週に二回くらい定期的に尊師のご自宅にうかがっていました。尊師の車のクリーナーのメンテナンスも僕が担当していました。そういうときに直接話をうかがうことがありましたが、いろいろと示唆的なことを言ってくれるんです。それを聞いていると、この人はほんとに僕のために、僕の成長のために一生懸命考えていてくれるんだなと、そういうことがひしひしと伝わってくるんですよ。そういう姿と、今公判でいろいろとやっている様子とを比べると、そのあいだには大きなギャップがあります。

裁判の証言なんかで「尊師の命令には絶対服従だった」というようなことがよく言われますよね。でも僕の個人的なことを言いますと、こうしろと命じられたことで何か納得できなくて、「でも、これはこうじゃないですか」とおうかがいをたてて、それで「わかった。じゃあそうしようか」と変更になったことが何度もあったんです。意見を言うと、ちゃんとこちらが納得できるようなかたちに変えてくれました。だから僕に関して言えば、あの人の強引さというのはそんなに感じなかったんですよ。

——命令の種類や、命令する相手によって、違う顔を見せていたのかもしれないですね。

それはわかりません。藪の中といいますか、それぞれの人がそれぞれの尊師のイメージを持っていて、それを語っているということなのでしょう。

――寺畑さんにとって尊師・麻原というのはどういう存在だったんですか？　ひとくちにグル、メンターといっても、信者それぞれ少しずつ違ったイメージがあるでしょう。

僕にとって尊師は精神的な指導者でした。予言とかそういうことじゃなく、仏教的な教えということに関して言えば、疑問を最終的に解いてくれるはずの人でした。解釈してくれるということです。仏教というのはどれだけ原典を読んだところで、それはあくまで字面に過ぎません。一人でいくら原典を詳しく読み込んでいても、それこそ野狐禅じゃないけれど、自分勝手な歪んだ解釈になってしまいます。そうじゃなくて正しい修行を通して、一段階ずつ正確に理解を進めていかなくてはならないんです。一段階あがったところで、立ち止まっていろんなことを再検証し、ああ自分はこれだけ進んだんだなと確認しなくてはなりません。その繰り返しです。そしてそれを続けていくには、正しい方向に修行を導いてくれる先生が必要なんです。数学を勉強するのと同じです。あるレベルに達するまでは、先生の言うことを信じてやっていくしかないんです。今はこの公式を覚えて、次にこういう数式の使い方を覚えて、というようなことですね。

――でも、その途中の段階で「この先生はほんとに正しいのか？」と疑問が浮かぶこと

もありますよね。たとえばハルマゲドンだとか、フリーメーソンだとか、寺畑さんはそういうことを納得しているんですか？

フリーメーソンのことは部分的にあると思いますよ。僕ももちろんフリーメーソン云々の話をそのまま丸ごと真に受けているわけじゃありません。でももっと広い意味あいでの状況を、フリーメーソンという言葉で捉えているんだと、僕は考えています。精神を荒廃させる物質主義みたいなものを。

――途中からオウム真理教団は体質が変化してきますよね。暴力的な部分が色濃く出てきます。銃を製造したり、毒ガスを開発したり、リンチをおこなったり。そういう転換について何か感じたことはありました？

自覚はしなかったです。そういうことがあったというのも、あとになってわかったわけで、中にいたときにはまったくわかりませんでした。ただ中にいたときには、ずいぶん外圧が強くなってきたなということは感じました。具合が悪くなったり、体調を崩したりする人も増えてきました。こんなことを言うとあれかもしれませんが、スパイみたいな人もどんどん入ってくるし。

――実際に誰がスパイだと、直接わかっているんですか？

それはわかっていません。でも公安がはりついていましたし、当然スパイもかなりの数は入ってきているはずです。証明はできませんが。

地下鉄サリン事件だって、オウムが最初から最後までやっちゃったと世間は思っていますが、どうでしょうね。たしかに犯行の主体はオウムがやったかもしれませんが、そのほかにいろんな人たち、いろんな団体が、あちこちの部分で関わっているように見えるんですよ。でもそういう事実を明らかにしていくと、大きな問題になってしまうんで、このままにしておこうと、そういう意志が働いているように僕は思っています。もちろんこれを証明することはむずかしいですが。

――むずかしいでしょうね。でも教団での生活の話に戻りましょう。教団での生活は淡々としたものだったんですか？

いや、やはりそれなりの葛藤はありました。最初に行った阿蘇の時だって、なんでこんなに無駄なことが多いんだ、とあきれてしまうことはありました。せっかく建てたばかりの建物をすぐ壊しちゃうとかね。作ってみたものの都合があわないとか、それでぱっと壊しちゃうんです。これじゃまるで学校の文化祭じゃないかと思いました。文化祭のモデルなんかもみんなで一生懸命作って、終わったらぱっと壊しちゃいますよね。あれと同じです。学校の行事の中で文化祭っていちばんお金がかかるんです。でもそれなのにどうしてわざわざやるかっていうと、それをみんなで力をあわせて作る途中で、いろんな要素を学ぶことができるからです。人間関係の持ち方とか、それぞれの技術とか、そういう目に見えない要素をです。そのために一生懸命ものを作って、そして壊す。修行というのは、ある意味ではそういうことでもあるんです。そういう共同作業の中で、自分の心の状態が浮かび出てくるわけです。

——あるいはただ計画が杜撰だっただけかもしれない。

そうかもわかんないですねえ（笑）。でもそれもまあしかたないですよ。それはそれとして受け入れるしかない。日本の企業だって、多かれ少なかれみんなそうじゃないですか。

——でもダムを造っておいてすぐに壊す企業はないですよ。

いや、そこまではやらないだろうけど。

――そういう杜撰さに対して苦情や愚痴を言う人はいないんですか？

いますよ。言う人もいますし、言わない人もいますし、人様々です。

一時期村井さんの下で科学班に入っていたことがあります。そのときは太鼓を作ろうということで、豚の皮のなめしかたを研究しました。いろんなことをやんなくちゃいけない（笑）。それでなめし革研究所に勉強に行ったり、木はどんなものを使えばいいか調べに行ったり。なんでもまったくの基礎から始めちゃうんですね。太鼓に使うための正しい木をどこで探せばいいかなんて、ちょっとわかりません。まあ、けっこう中途半端で適当にやっちゃいましたが。あとやったのはさっきも言いましたコスモ・クリーナーの開発です。要するに巨大な空気清浄機です。

それからコスモ・クリーナーがらみで、できたばかりの〈防衛庁〉に移りました。九四年のことです。すごいですよね、名前が（笑）。土木から科学、そして防衛庁です。僕はこれは遊びなんだと考えてやっていましたよ。基本的には小学校の班分けと同じようなものです。みんなで役柄を決めて、「総理大臣」になる子供がいたりとかね。まさか本物の国家を作ろうとか、そんなことは考えもしなかったですよ。

僕がやっていたのはコスモ・クリーナーのメンテナンスです。外付けの巨大なコスモ・クリーナーを全部で六十個くらい作りました。クリーナーは、それから室内用コスモ、活性炭コスモと進化していきました。それらを僕らが全部メンテナンスしていたんです。はっきり言いまして、あれは作るよりはメンテナンスのほうが大変なんです。トラブルも多かったですしね。液が洩れたとか、モーターがまわらないとか。

――サリン・プラントのあった第七サティアンにもコスモ・クリーナーはついていたんでしょう？

そこには僕は入れませんでした。もし入っていたら、僕は確実に今ここにはいませんよ。

九五年の三月二十日、地下鉄サリン事件の当日には、僕は第二上九で来るべき強制捜査に備えて待機していました。警察の強制捜査があるということは、その時点でもうわかっていましたから。マスコミも何人か来ていたと思います。でも午前九時の段階でまだ捜査が入らなかったので、ああ今日はないんだなと思って、仕事に戻りました。それでラジオをつけたら、東京のほうで地下鉄に異変があったというようなことを言っていました。いや、ほんとはラジオ聞いちゃいけないんですけど、なんとなくつけちゃって（笑）。それで隣にいた同僚と、「こういうのもまたオウムのせいにされちゃうのかねえ」なんて話していたんです。強制捜査がどーんと入ったのは翌々日のことです。

――寺畑さんは、オウム教団の一部が地下鉄サリン事件を引き起こしたということを今

では認識しているんですか？

していています。僕としては先ほど言ったように、今でもいくつか腑に落ちない部分はありますけれど、当人たちがそう自供して、公判をやっている以上、そのとおりだろうと。

――麻原の責任についてはいかがですか？

もし責任があるのなら、それは法律で裁かれなくちゃならないでしょう。ただきっきも言いましたように、僕の中にある（麻原に関する）部分と（裁判所にいる今の麻原と）のあいだにあまりにも大きなギャップがあって……。グルとして、宗教家として、（麻原の中には）やっぱりすごいものがあったし、だから今はそれを見守っていきたいと……。オウム真理教に入ってから得た素晴らしい部分というのも、僕の中には相当にあるんです。でもそれはそれとして、悪いところは悪いところとして、はっきりとけじめをつけていかなくてはならないでしょう。僕は今、それをやっているところなんです。自分の中で。これから先いったいどうなっていくのか、正直に言ってよくわかりません。僕自身どうなるかということも。

ただ、一般の方には、仏教とオウム真理教とは、まったく異なったものという印象を持たれていると思います。単に「マインド・コントロール」という言葉で片づけられるとするならば、僕は、少なくともそんな単純ではない、と言いたい。僕が二十から三十代を通じて、大げさに言えば「実存」をかけて求めてきたものなのですから。

——チベット密教の修行はグルと弟子との一対一の関係、絶対帰依で進んでいくということですよね。でもたとえばどうでしょう、最初は素晴らしい師であった人が、途中から何かの加減でおかしくなってくるというような場合、コンピュータでいえばウィルスに冒されて機能がおかしくなってきたというような場合、それをチェックする第三者的システムはないわけですよね。

それはわからないと思います。

——とすると、そこには本来的な危険性が含まれているわけですよね。絶対帰依なわけだから。今回はたまたま寺畑さんは事件には関わらなかったからいいけれど、論理的に突き詰めていけば、グルに「修行のためにポアしろ」と言われたら、しないわけにはいかないということですよね。

そこのところは、ひょっとしたら、どんな宗教でも引っかかってくるところじゃないのかな。でも仮にやれと言われても、僕はできなかったと思いますよ。うーん、それはそれだけの帰依がなかったというか（笑）。自分の全部を預けていない。逆に言えば、僕にはそういう弱さみたいなものがあったというか。それから僕は、なにごとによらず納得できないと進めない性格なんです。常識的といってもいいのかな。

――じゃあ納得させられれば、あるいは実行したかもしれない。「寺畑、実はこういうことなんだ。だからここはポアしなくちゃならないんだ」ときちんと説得されたら、どうですか？

いや、ちょっとわからないですね。なんとも。うーん、やっぱり、むずかしいなあ。

――僕が知りたいのは、オウム真理教という宗教の教義の中で、自己というのがどのように位置づけられているのかということです。修行の中でいったいどこまでをグルに預け、どこまでを個人が管理するのか。話をうかがっていても、そのへんがよく見えてこないんです。

自己というものが、何事からも干渉されずにそれ独自で成立するということは、実際にはあり得ませんね。それはいろんな環境の影響下にあるわけです。あるいは経験や、特定の思考パターンの影響下に。となるとどこまでが純粋な自己なのかということは、わからなくなってきます。仏教では自分で自己だと思っているものは、実は本当の自己じゃないんだと自覚するところから始まります。いわゆる「マインド・コントロール」から、実はいちばん遠いのが仏教なんですがね。ソクラテスの「無知の知」にも近いかも。

――自己というものは、表層的な部分と、その奥にある無意識的なもの、ブラックボックスみたいな部分とに分かれているという言い方もできると思うんです。そしてある種の人々はそのブラックボックスを開くことを、真理探究のためのひとつの使命とする。あなたが言うアストラルみたいなものに近いかもしれないですが。

だからそれを知るための手段として瞑想修行というものがあって、自分の中のいちばん深い部分に近づいていくわけですね。仏教的な観点から言いますと、潜在意識の奥には、個々人の本質的な歪みみたいなものがあります。それを直していきます。

――僕は人間というものはブラックボックスを開くという作業と、それをそのまま呑み込んでしまうというふたつの作業を、同時的におこなうべきだし、そうしなければ多くの局面において危険なことになると思っています。ところが実行犯の人たちの発言を聞いていると、それができていないという気がします。つまり解析と直感の同時存在というものがない。もっとつっこんで言えば、解析だけやって、直感は暫定的に誰かに預けっぱなしになっている。ものの見方がすごくスタティックになっている。だからダイナミズムを持つ麻原にこうやれと言われたら、ノオと言えないんじゃないかと。

ちょっとそこのところは、僕もどう捉えていいのかよくわかりません。でもなんとなくおっしゃっていることはわかります。つまり知恵の部分と知識の部分ということでしょう。

ただですね、この事件とは何の関係もなしに一生懸命、真面目に自分の心の成長とか、解脱とかを目指して努力を続けている人たちが一方にいるわけですよ。もちろん教団として悪いことをしたわけですから、仕方ないんだと言われたらそれまでですが、でも実際に何も悪いことをしていない人たちが、とるにたらない微罪で逮捕されたり、いろんな局面で嫌がらせを受けたりしているんです。たとえば僕がちょっと外を歩いても警察が尾行してきます。就職しようとしてもあれこれ嫌がらせをされます。教団施設を出た人たちが、住むところさえ見つけられない。マスコミは好き勝手なことを一方的にばらまいている。そういうのを経験していますと、ますます世の中が信用できなくなってくるんです。

教義を捨てたら受け入れてあげるよ、と言われるわけですが、出家するような人は動機としては純粋というか、ある意味では精神的に弱いところがあるんです。ほんとうは在家のまま普通に仕事をして、その上で修行して、自分をあげていければ言うことないわけです。でもそれができないんで、出家という一時的な隔離状態に入っているんです。そういう人たちは、現世的なしがらみというか、そういう問題に関してはやっぱり抵抗があるんですよ。

うちの体制もずいぶん変わってきました。基本的なところから変わっているんですよ。まあ外の人の目から見たら何も変わってないように見えるかもしれないけれど、内部的にはずいぶん変革しています。とにかくヨーガの段階から始めた最初の頃のかたちに戻ろうということです。開祖の子供をそのまま教祖にしてけしからん、何も反省してないじゃないかと言われるかもしれませんが。

――けしからんと思っているわけじゃないですが、公式なかたちで自分たちがやったことの総括も反省も謝罪もしないで、そのままずるずる活動を続けるというのでは、世間の誰も納得しないと思いますよ。「あれは別の人たちがやったことです。教義は基本的には間違いはありません。私たちも被害者です」なんていう単純なことではないと僕は思います。教団の体質なり、教義の成り立ちなりの中に、危険な因子が含まれていたはずなんです。教団はそれを総括して世間に発表する義務があると僕は考えています。その上で、自分たちの考える宗教的な活動を続ければいいんじゃないですか。

少しずつ、全部じゃないけれど、それを中間報告的にやろうとはしているんです。なかなか完全な総括まではいかないですけれど。でもそれを発表してくれるようなマスコミがないんです。私たちも、間違ったところがあったらどんどん教えてほしいと思っています。でも日本の仏教界なんか当たらず触らずで、何も言わない。

――それはあなた方があなた方の言葉と文法でしか話そうとしないからじゃないですか。普通の言葉で、普通の論理で、普通の人に話せるようにならないと駄目でしょう。上からものを言おうとするから、誰も聞かないんですよ。

いや、むずかしいなあ。普通の言葉で話すとどうなんでしょう（笑）。でもね、とにかくマスコミにあれだけのことを一方的にやられたら、もう何も信用できないというか、嫌悪感が先にたっちゃうんです。何を言ったところで、それがマスコミに出るときにはぜんぜん違う文章になっています。こちらの真意を伝えてくれるメディアなんてひとつもありません。こんなふうにちゃんと話を聞いてもらえる取材って、ぜんぜんないんです。そんな中で誠意を持って喋れと言われても、それは正直に言ってむずかしいです。まあたしかに我々の努力がたりないと言われても仕方ない部分はあるんでしょうが。

ただどこまで煮詰めていけるかというと、やっぱり肝心の麻原開祖自身、その真意がほとんど語られていないわけです。この事件に関して、やはり全部そこに行き着くと思うんです。そういう状況の中でできるだけのことを努力してやっているつもりなんですが、全体的な事件の見通しを世間の人にわかるように説明するというのは、実際にはかなり厳しいです。

僕は教団にこうして残っているわけですが、わかっていただきたいのは、出ていった人が「教団は百パーセント悪い」と考えているわけではないし、残っている人が「教団は百パーセント正しい」と思っているわけでもないということです。そのどちらでもない「フィフティー・フィフティー」の揺れ動くあたりで脱会したり、あるいは残ったりしている人もたくさんいると思います。ですからマスコミが描くように、残留している信者たちがみんな筋金入りというのではありません。逆に麻原教の人たちはだいたい出ていっちゃった。

迷いながら教団を脱会して出ていった人が明日戻ってくるかもしれないし、迷いながら残っている人が明日出ていくかもしれないんです。みんないろいろと深く悩んでいます。出ていった人から個人的に相談を持ちかけられて、それについて話したこともあります。僕だって今でこそ少し余裕がありますが、一時はどうやったら社会復帰できるだろうと、そういうことばかり思っていたこともあります。

今は家庭教師をアルバイト的にやりながら生活しています。ここにいるメンバーの人たちと助け合いながら、共同生活をしているんです。同居している仲間は今、土木関係のアルバイトに行っています。村上さんが来るのなら会いたいなって言ってたんですが、仕事で出かけました（笑）。みんなフリーターみたいな感じで働いています。隣の部屋のは、トラックの運転手しています。これはけっこう長くやっていますね。オウムの信者だなんて言ったら、絶対に仕事はみつかりませんから仕事先では黙っていますよ、もちろん。

僕らはこの部屋で一月に四万二千円家賃を払っています。シャワーはついていますが、風呂なしです。家賃のほかにはほとんどお金をかけません。テレビは見ない。食事は支給してもらっています。嗜好品なんか一切買いません。ほかには光熱費がちょっとかかるくらい。それで二人で一月に六万円くらいで生活しているんです。今の学生だって一人で月に十万くらいは使うんじゃないですか。僕らはみんな、それくらいぎりぎりのところで暮らしているんです。

マスコミはオウムが活発に経済活動をしているっていうようなことを書いているけれど、そんなことはありません。もちろん株式会社アレフというオウム関連の会社は続けていますが、警察が横槍を入れてきますので、経営は楽じゃありません。出家信者の中には外に出て働くことのできないお年寄りもいますし、病人もいます。そのお世話だって僕らがしなくちゃなりません。そういう人たちの食い扶持を稼ぐというか、みんなで守っていかなくてはなりません。ですから正直に言って、そんなに経済的な余裕があるわけじゃないです。

――寺畑さんが教えたオウムの子供たちは今どうしているんでしょう？

みんないちおう（世間に）戻って、普通の学校で勉強しています。子供を養うためにはアルバイトくらいじゃ間に合いませんから、親たちはみんな出家をやめて、ちゃんとした職に就きました。職を見つけるのも大変だっただろうと思いますが。

子供たちがどうなっているのか、僕にも詳しいことはわかりません。強引に親から引き離されて連れていかれた例が多かったので、そういうことがトラウマのようになって残っている子供もいるかもしれませんね。今でも引き離されたままというケースもありますし。でももともとあの子たちはタフというか、みんなしぶとくて、中で教えているのも大変だったから、けっこううまくやっているかもしれない（笑）。うーん、なんであんなにタフになるのかなあ。わかんないですね。とにかく外の子供たちと違って、すごいエネルギッシュで、まるで昔の腕白小僧という感じなんです。なにせこっちの言うことをきかない。手に負えなくて大変だったですよ。

うちの指導方針自体があんまり叩いたり、そういう暴力的な手段を使わないということなんです。きちんと話し合いながら理論的に相手を説得していくというのが、僕らの基本方針です。たとえば僕らは出家者ですから、出家者の戒をきちんと守っていないことには、説得なんてできっこありません。たとえば自分が煙草を吸っていながら、相手いに煙草を吸うなと言うのと同じです。説得力がありません。子供たちって大人のそういうところをよく見ていますからね。どこかの施設に連れていかれたようですが、その受け入れ施設の人たちもきっと大変だっただろうな（笑）。

（寺畑さんはその後、教団から離脱した）

「これはもう人体実験に近かったですね」

増谷　始

一九六九年生まれ

一九六九年、神奈川県に生まれる。父親はサラリーマン。「ごく普通の家庭」だったが、だんだんその中で違和感を覚えるようになり、そのうちに家族とはほとんど話をしないようになってしまった。スポーツにも勉強にも、ぜんぜん興味が持てなかったが、絵を描くことは好きで、小学校の頃からずっと美術部に入って活動をしていた。大学では建築デザインを勉強した。もともと宗教的なことにとくに関心があったわけではないが、いくつかの新宗教に声をかけられて興味を持つようになり、それぞれの話を聞いていく中で、結局オウム真理教団の教義にいちばん惹きつけられ、入信した。

地下鉄サリン事件が起こる少し前に教団の運営方針を批判し、その結果上九一色の独房に閉じこめられるが、身の危険を感じ脱走する。その結果、教団から破門されることになった。

論理を立ててものごとを考えていこうとする人である。だから基本的にはオウム真理教に対して批判的ではあるが、納得できる面は評価している。修行の過程でいくつかの神秘体験は経験しているけれど、いわゆる世間で言う「超能力」や終末思想やフリーメーソンの陰謀説には、ほとんど関心を持っていないし、後年になってそのような方向に教団が進んでいったことに対して、内部にいるときから何かしっくりといかないものを感じていた。ただそのように疑問や失望を感じながらも、身の危険が現実のものとして迫ってくるまでは、思い切って教団を抜け出すことはむずかしかったようだ。

今は「元信者」である事実は隠し、アルバイトをしながら一人で生活している。長時間にわたって心情を吐露してくれた。

生きていく上で、とくに何か大きな不満を持っていたわけでもありませんし、困難を感じていたわけでもありません。ただ自分がこの現実社会の中で、こうやって生きていくということに対して、何か「足りていない」というように常に感じていました。芸術には関心がありましたし、絵には打ち込んでいたんですが、でもこんなふうにただ絵を描いて、それでまあいくばくかの収入を得て、ただ人生を生きていくだけなのかと考えると、なんだかすごく醒めた気持ちになってしまうんです。そんな中、大学に通っているときに本屋でオウム関係の本をみつけ、読んでみて内容に共感し、もしかしたらこうして絵を描いているよりは、宗教的な実践に向かったほうが、自分の中のリアリティーのようなものにより近づけるんじゃないか、そう考えるようになりました。

最初にオウムの道場に行ったのは、京都でした。たまたま一人で関西旅行をしたときに、京都で道場開きがあるということを知りまして、ちょうどいいからと思って寄ってみたんです。道場はすごく質素でしたね。貸しビルかなんかの中にあって、祭壇もほんとに簡単なものです。どこかの既成宗教みたいに外見に派手にお金をかけるようなことはなくて、ずいぶん清廉な感じがするなとそのときは思いました。着ているものだって本当に質素ですしね。松本さん（麻原彰晃）も来ていて、説法を聞く機会もありました。

松本さんの話の内容は、正直なところよくわからなかった（笑）。旅の疲れがあったもので、途中でうとうと眠っちゃったんです。でも説法自体には強い流れみたいなものを感じましたし、何か深いことが語られているんだなという印象を持ちました。今から思うと、その頃は私は、芸術的な直感とか、神秘的な感動のほうにむしろ頭が行っていましたので、あまり論理的にものを考えたりすることがなかったのだと思います。

説法が終わったあと、もっと詳しく話をしたい人がいたら残ってくださいと言われまして、それであとに残って、解脱したと言われていた村井秀夫と一対一で話をしました。村井さん自身、変に神がかった雰囲気などなく、普通の空気を持った一修行者といった様子でした。まあ身体のこととかいろいろ話をしたあと、これは今にして思えばオウムの常套手段なんですが、「じゃあ、入信しちゃいましょう」と切り出されたんです。もともと何かが欠けている人、何かを求めている人がそういうところに行く場合が多いわけですからね。まあ道場の雰囲気も悪くないし、あまりにもあっけらかんと「入信しちゃいましょう」と言われたので、流れのまま、その場で用紙に記入しちゃいました。入会金は三万円くらいでしたが、そのときにはお金を持っていなかったので、東京に戻ってから払いました。それが大学一年生のときですね。

しばらくしてから世田谷の道場に通い始めたんですが、やっていたのはもっぱら教団のビラ配りでした。修行よりは、まずそういう活動をして「功徳を積みましょう」ということでした。道場に行くと東京の地図がいくつかに分割してあって、今日はここの地区って決めて、夜に車で行って、「君は何丁目をね」という感じで散るんです。それで郵便受けにビラを入れてまわって。けっこう熱心にやりましたよ。一仕事終わったときに、「ああ、体を動かして気持ちよかったなあ」という充足感みたいなものがありました。それで当時は、「功徳を積んだから、グル（尊師）からエネルギーが送られて来るんだ」と思っていました。

――結局のところ、学校に行ってるよりもビラ配りのほうが面白かったんだ。

というか人生の方向性がすでに変わってしまったんです。どれだけ建築デザインの勉強をしたところで、そして仕事がうまくいったところで、それで終わってしまったら仕方ないんじゃないか。それより、修行を積み重ねていって、最終的に解脱を果たせたら、そのほうがいいはずだと考えるようになっていたんです。

――その時点ですでに、現実の生活にはもう興味が持てなくなっていて、精神的な達成みたいなものに人生の目標を切り替えた、というふうに捉えていいんでしょうか？

そうです。

――そういう本質的な疑問に悩む人には、若い頃から様々な本を読んで、様々な思想に触れて、検証を重ねて、その集積の中から何らかの思想体系を選んでいくというパターンがあると思うんですが、あなたはそうじゃなかった。どちらかというとムード先行みたいな感じで、すうっとオウムに入っちゃった、というふうに見えますね。

そのへんがやっぱり若さだったんじゃないんでしょうか。いろんな思想に触れるよりも先に、宗教にぶつかってしまったというか。

いずれにせよ、大学とオウムを一緒にやっていくことはだんだんむずかしくなってきました。やはりどうしても比重がオウムのほうに移って来るんです。授業にもあまり出なかったし、単位も落とすし、だんだん留年が見えてきました。その頃、松本さんとの面接の時に「お前は出家しろ」みたいなことをすぱっと言われまして、ちょうどそういう微妙な時期でもあったし、じゃあこのまま出家しちゃおうかと思いました。

それはシークレット・ヨーガというやつで、松本さんが座って、まわりに何人か高弟みたいな幹部が座って、自分がその前に座って、個人的な相談をしたり、あるいは懺悔をしたりするんです。その当時はまだ、そういうことをやっていたんです。一般の信者でも直接話をすることができました。まあ当時は教団拡大のためにサマナ（出家信者）

の数を増やそうとしていた時期だったから、僕のことを深く考えてどうこうというよりは、ただ単に一人でも多く出家させようということだったんじゃないかと思います。スタッフからも「現世がうまくいかなくなってきたのは、〈出家のカルマ〉が出てきたからよ」というようなことを言われました。その後すぐに出家しました。そのときにはすでにオウムにすっぽりとはまっていたので、出家することについて迷いはとくにありませんでした。グルが「出家しなさい」と言っているんだから、弟子は出家するのがまあ当然です。そのときには、松本さんは自分の疑問に答えることができる人だと思っていました。説法を聞いていると、そういう信頼感を持つことができたんです。

出家前の信徒だった時期に、例の衆議院選挙の活動もやりましたが、あれは適当に手伝っていました。グルの意思ですから、自分にできる範囲で与えられたことはやりましたが、選挙にはまるで興味はなかったですね。やっていることがいちいち「なんだこりゃ」というか、感覚のずれみたいなのは感じました（笑）。でも自分にとっていちばん重要なことはなんといっても〈解脱〉であって、それ以外の事象は本質とはあんまり関係ないことだと割り切って考えていました。もしそこに自分の感覚と相容れないものがあったとしても、自分の感性や考え方がすべてではないし、解脱者が「それが正しい」と言うのなら、そこには何かしら自分ではうかがいしれない意味があるのかもしれないと。オウムの信者って、そういう考え方をするところがあるようです。自分にはわからないけど、そこには何か深い意味があるんじゃないのか、と。

家族には反対されましたが、もともと自分の中では家族の存在は希薄だったし、それで何か葛藤があったということはありません。大学もやめて、アパートも引き払って、持ち物も処分して、教団の中に入りました。最初に行ったのは富士山総本部です。持ち込める荷物の量というのは決まっていまして、衣装ケース二個だけです。それ以外は身ひとつです。これが九〇年ですね。僕はどちらかというと初期の出家信者だと思います。

それから阿蘇の波野村に送られました。そのときには敷地にはまだ何もなくて、まったくの最初から建築作業を始めなくてはなりませんでした。まず山を切り崩して平地にしてという肉体労働です。大学の時に建築デザインをやっていたので建築関係にまわされたようでしたが、建築といっても学校でやっていたのはただの製図です。頑強な人をおいて僕がメンバーに選ばれているものですから、誤解されたんじゃないかと思って、「それはちょっと違うんじゃないですか」って言ったんです。でも「とにかく行ってください」と言われて行きました。それで結局野外作業を一日だけやってから、上司のナローパ師（名倉文彦）に「僕にはこれはできません」ときっぱりと言ったんです。僕は体力がありませんし、そういう労働をするのはだいたい無理なんです。じゃあということで生活班にまわされました。食事の支度をしたり、洗濯物を集めたりする係です。おかげでまわりの顰蹙《ひんしゅく》を買いましたね。それでも生活は、慣れるまではけっこうきつかったです。しかしグルに与えられた課題をこなすのが帰依だと思って、努力しました。

そのうちにだんだん慣れてきて、「これが普通」という感じになってきましたが。途中でやめていく人もたくさんいましたよ。阿蘇の時は作業がきつかったですから、やめて帰っちゃう人が多かったです。でも今さら現世に帰ってもしょうがないと思っていましたし、そのまま残っていました。というか、やはりそこにはそこの満足感があるんです。食べ物はオウム食といいまして、かなり古めの古古米と野菜の煮込み、毎日毎日こればかりです。そういう生活を続けていると「これも食べたい。あれも食べたい」というのが頭に浮かんできます。でも「煩悩というのはこのような苦しみを内在しているものなのだ」と考えて、そういうものにとらわれることのない自己を作っていこうとします。こうした苦しみを昇華させていくことが、すなわち修行です。僕の場合はもともとベジタリアンに近い生活をしていたから、食べ物のことはそんなに苦痛ではありませんでしたが。むしろ現世のあれこれに惑わされないぶん、ゆったりとした気持ちで過ごすことができました。

波野村にはどれくらいいたかなあ……、カレンダーというものがないんで、日にちの感覚がまるでないんです。けっこう長くいたと思いますよ。何戸か建物が建ちあがるまでいました。長いあいだそういう閉鎖された空間にいて、変化のない地味な生活を送っていますと、潜在的にいらいらすることが多くなってきました。そういう行き詰まりと、解脱を求める心との間で、かなり葛藤がありました。

それからアニメ班に入るために、富士山総本部に呼ばれました。その頃阿蘇は、教団の中心的な活動の拠点ではすでになくなり、完全に取り残された場所になっていましたので、正直に言って、阿蘇から出られるのは嬉しかったです。アニメ班ではアニメのための絵を描いていました。ところがそのアニメがかなりお粗末なものでして、何じゃこれは、という感じでした。松本さんはこういう超能力を持っていますということを、アニメで説明するわけなんです。宙に浮いているところとかね。でも実写でやるならともかく、こんなの、アニメで見せたって誰も納得しないよと思いました。出来上がりも不満だったですね。この頃から松本に接する機会が増えてきたんですが、それにつれて私の中で、松本・オウムに対する不信感がだんだん生じるようになってきました。

その後、様々なワークにつきましたが、やがて麻原彰晃から、「お前は修行に入れ」という指示がありました。修行というと教学と瞑想と、それからあとは立位礼拝です。修行には精神的に満たされる部分もありますが、やはりきついと言えると思います。トイレとか食事以外は一日中ずっと座りっぱなしです。寝るのも座ったままですよ。何時から何時までは教学してテストを受ける。何時から何時までは呼吸法をやる。そういうふうに毎日が進んでいきます。

そんな修行を数カ月から半年くらいはやりましたかね。日にちの感覚がアバウトなんでよく思い出せないんですが……。でも長い人になるとそれを何年も続けていたりします。いつ出られるかはわかりません。グルが頃合を見て出したり、そのまま続けさせたりしていました。僕はたびたび、けっこう長い期間にわたって修行に入れられました。修行に入れられて、それからまたワークに戻されて、また修行に入ってという生活を続けていました。

——ステージが上がるというのは、それは麻原彰晃が決めるわけですか？　お前は明日からこのステージに行きなさいとか。

そうですね。でも僕はまったくステージも上がりませんでしたね。ホーリーネームだってもらえませんでした。

——でもあなたはけっこう長くやっていたし、修行にも励んでいたわけでしょう。どうして上がらないんだろう？

オウムって、現実的な意味で教団に多大な貢献をする人に優先的に解脱を与えるというところがあるんです。もちろん霊的ステージみたいなものもある程度は評価に含まれてはいるけれど、現実的な貢献のポイントはかなり大きかったと思いますよ。たとえば男の場合は学歴が大きくものをいいました。東大を出ている人には普通よりも早く高い解脱を与えちゃうとか、より重要な仕事につけて幹部にするとか、そういうことがよくありました。女の人の場合はまた違って、美人かどうかが大きかったです。そうなんです、あまり現実の世界と変わらない（笑）。
　そういう意味では、僕は松本さんにとってはあんまり役に立たない人間だったと思います。僕もある時期までは、自分のステージが上がらないのは努力が足りないからだというふうに考えていました。でもそれと同時に「東大出の人はずいぶん尊師に可愛がられるよな」という感想はみんな持ってたんじゃないかな。よくまわりの友だちなんかともそういうことを話しましたよ。ああいうの変だよねって。しかしそうは言っても最後には、「そういうことを考えるのは結局自分の汚れなんだ」とか「カルマなんだ」とかいうように納得して、そこで話が終わっちゃう。だから何か疑問が頭に浮かんでも、悪いことは全部自分の汚れ。逆に良いことがあると、「これはグルのおかげだ」ということになっていたと思います。

――すごく有効なシステムですね。リサイクルというか、全部内部で完結するようになっている。

　そういうのが結局、私たちが自分というものをなくしていくための道筋になったんだと僕は思います。
　みんなも教団に入ってきた当時はそれぞれに志が高かったんです。でも中の生活を続けていくうちに、だんだんそれを見失っていくというところがありました。しかしどんなにオウムに対して不満が募っても、現世に戻って煩悩の汚れに満ちた生活をするよりはいいと考えました。同じような考え方をする人たちが集まって生活しているわけだから、精神的にもそこに残っていたほうが楽ですし。

――九三年頃から教団は変質しはじめて、暴力性を増していきますね。そのへんのことは感じました？

それは感じていました。説法がだんだんタントラ・ヴァジラヤーナに移行していって、みんな「これからはタントラ・ヴァジラヤーナだ」と息巻く人が増えてくる中で、こういう（目的の達成のためには）手段を選ばないような教義にはついていけないないと、感じていました。こういうのは自分には合わないなと。もちろんその時点では、それが実際にどのようなかたちで実行に移されているかということはわかりません。でも修行の内容も次第に異常性を増してきますし、日常生活の中に武道が取り入れられたりして、教団の雰囲気が急速に変わっていくんです。そういう中でどうやって生きていくかということについては、ずいぶん考えました。

とはいえ私がどう思おうと、教団は強引にそっちに向かっていくわけですし、また解脱している（と当時思っていた）松本さんはそれが最短の道だと言っています。だとしたら、それはもうそれでしょうがないんです。あとは残るか去るか、どちらかを選ぶしかない。

またこの頃から修行の中に逆さ吊りとかが入ってくるんです。破戒をしちゃった人たちがチェーンで足を縛られて、逆さ吊りにされるんです。と口で言うと何でもないことに聞こえそうですが、これは正真正銘の「拷問」です。繰り返して吊られるうちに、縛られた足の部分からまったく血が引いてしまって、本当に足がちぎれるかと思ったと、やられた人は言っていました。

破戒というのは、たとえば性欲の破戒をして女の子とそういう関係になっちゃったとか、スパイ容疑を受けたとか、漫画本を所有していたとか、そんなことです。働いていた当時の部屋は富士の道場の真下にあったんですが、上から「ああああぁぁぁぁあ！」といった大きな悲鳴が響いてくるんです。「このまま殺してくれ。死んだほうがましだぁ……！」とか、まさに絶叫です。いつ果てるともなく続く激しい痛みと苦しみに耐えかねて絞り出される、声にならない声です。本当に痛々しくて、まるでそこにある空間が歪んで捩《ねじ》れてしまいそうな感じでした。仕事をしていると、「尊師ぃー、尊師ぃー、お助けくださーい！　もう絶対にしませんんん！」という涙混じりの懇願の声が響いてくるんです。そういうのを聞いていると、なんだか慄然《りつぜん》としてしまいます。

過激な修行にはもちろんそれなりの意義はあります。でもここまでハードなことをやって、何か意味があるんだろうかと、内心首をひねらないわけにはいきません。でも不思議なことに、実際に逆さ吊りをされた人って、けっこう今でも教団に残っていたりするんですよ。つまりさんざん苦しませて、死ぬ寸前というか極限までもっていって、最後に温かく「よく頑張ったね」って声をかけるんです。するとそれでみんな、「ああ、自分は与えられた試練を超えることができたんだ。グルよ、ありがとうございます!」って思うわけです。

もちろん下手したら死にますよ。我々は知らされていませんでしたが、実際、越智直紀君とか、それで死んでいます。やがて薬物のイニシエーションが始まりました。僕も当然受けました。受けた人たちはＬＳＤだろうと言っていました。幻覚は見ましたが、解脱に至るための手段としては、疑問を持たざるを得ませんでした。

修行中に誰が死んだとか、脱走を企てて捕まって何かされた、というような話は中でなんとなくは伝わってくるんです。ただオウムの噂というのはあくまで噂で、情報にはなっていませんから、いったいどこまでが本当なのか、どこまでがただの噂話なのか、確かめようもありません。またある程度確かな情報として伝わってきても、この頃はタントラ・ヴァジラヤーナの教義が入ってきていまして、その結果信者の中で善と悪との観念が崩壊させられていましたから、結局「これは救済なんだよね」というところで話が終わってしまっただろうと思います。要は「救済の前には何でもあり」という教義でしたから。

当時スパイ説というのが教団内で広まっていまして、嘘発見機を使ってスパイを捜しまわっていました。教団の全員が、イニシエーションと称して、嘘発見機にかけられました。でもこれは変な話で、もしグルが教団のすべてを掌握しているのなら、そんな機械を使わなくたって、スパイかどうかくらい一目でわかるものじゃないですか。そんなこともわからないで、これだけ多くの人間を解脱まで導けるのかよと、思いました。それでも「何か裏の意味がある」と言って皆、黙認していくんです。

スパイチェックとは別に、あるとき、独房に入れられた僕のいちばん仲の良い友だちについて調査を受けました。嘘発見機の前でいろいろと質問を受けたのですが、その中に納得のできない不快な質問があったので、それが終わったあとで「そんなことを訊いていったいどうするんですか。意味がないと思うんですが」と上にあげました。実際のところ、それはわざわざ確認してもしかたないような、個人のプライバシーに関するいやらしい質問だったんです。でもきっとそれが上の人の気にさわったんでしょうね。そのあとすぐ「君は部署異動になった。すぐに荷物をまとめなさい」と新実智光に言われ、そのまま独房に入れられちゃいました。入れられる理由は尋ねても教えてもらえませんでした。そのへんから、何がなんだか訳がわからなくなってきました。そもそもは解脱のために修行していたはずなのに、それがもう今では単なる罰則の一部みたいなかたちになってしまっていました。

独房というのはタタミ一畳くらいの広さです。つれていかれたところには全部で十室くらいあったのかな。区切ってあって、ドアには外から鍵がかかっています。夏だったので、ただでさえ暑いんですが、そこにストーブまで入れてあります。それでペットボトルに入ったオウム特製の飲料水を飲まされて、がんがん暑い中で汗をかいて、飲んではそれを汗にして外に出すという修行をそこで続けました。何か悪いものを外に出すということなのでしょうね。当然お風呂も入れないし、体じゅう垢だらけです。ぼろぼろと垢が落ちる。トイレもおまるを使って中でやります。ぼおっとして頭もほとんど働きません。

――よく死なないですね。

うーん、死ねたらそのほうが楽だから、いっそ死んでしまえたらと思ったりもしました。でも人間って、こういう状況下ではけっこうしぶとくもつものです。独房に入れられているのは主に、揺れた人、役に立たない人、そういった人たちでした。いつ出られるか、もちろんわかりません。それで私は最初、「よーし、ここで真面目に修行してやろう」と決心しました。ぐだぐだやっていては、いつまでもここから出られないし、「ここは肯定的に考えて、耐えて前に進んでいくしかない」と考えたんです。

修行の日課に「バルドーの導き」という名前のイニシエーションがありました。まず別室につれていって、目隠しをして、後ろ手錠で、厳しい座法を組ませます。それからドラムみたいなものを使って、ばんばん銅鑼を鳴らして、閻魔大王をパフォーマンスでやるんです。そして「修行するぞ。修行するぞ」とか「もう現世には戻らず頑張ります」とかいった内容のことを狂ったような大声で言わせるんです。でもある日つれていかれたとき、突然シーハ（富田隆）と端本（悟）さんに体を組み伏せられ、新実に口と鼻をきつく塞がれました。まったく息ができない状態です。そして「お前は上をなめている」と言われました。殺されかけたんです。でも力をふりしぼってなんとかそれをふりほどき、「こっちは真剣に頑張ろうって思ってやっているのに、なんでこんなことをするんですか！」と強く抗議しました。それでまあそのときはなんとか落ちついて、独房に戻ることができたんですが、でもこのことがあって私は完全に切れてしまいました。「さあ真面目にやろう！」と努力しているときに、これはないだろうと。

その後独房で、キリストのイニシエーションのようなのを何度か受けさせられました。これはもう人体実験に近かったですね。新実が薬物を与えるときの態度も極端に非人間的で、その目つきはまるでモルモットを相手にするようでした。「飲め！」と言うときの口調も、どこまでも冷たい、突き放した感じでした。ジーヴァカ（遠藤誠一）とヴァジラ・ティッサ（中川智正）が、どうなっているか独房を見回りに来ていたのを目にしました。薬で意識が飛んでいたのですが、そのことははっきりと覚えています。彼らは薬物の反応の確認に来ていたわけです。それで、薬物の実験のために、独房に入れられているサマナを使っているんだということがわかりました。生かしておいても役に立たないなら、あとは人体実験に使って功徳を積ませるしかないだろうということなのでしょう。そう思うと、自分の置かれた運命について真剣に考え込まないわけにはいきませんでした。

ここでこのまま死んでもいいのか？　人体実験のモルモットになって死んでしまっていいのか？　それならもう現世に戻るしかないだろうと思いました。これはあまりにもひどすぎるし、あまりにも非人間的すぎます。オウムはいったいどうなっちゃったんだと愕然としてしまいました。

その薬物のイニシエーションのあとではドアが開けっ放しになるんです。みんながぐったりしてしまっているから、一時的にドアが開放されるわけです。私はけっこう醒めやすいというか、薬でそんなにぐたっとはしなかったので、きれいな着替えを一そろい用意しておいて、まわりを確かめたあと、ぱっと着替えて、そのまま抜け出して施設から出ました。警備の人はいたんですが、その隙をついてうまく逃げました。

（増谷さんは道で出会った土地の人に交通費を借りて、東京の実家に戻った。脱走してから一カ月後に、自分がオウム真理教団から破門されていたことを知る。破門の理由は事実無根のことだったという）

そのようにして現世に戻ったわけですが、戻ったのは現世の生活を送りたいとかじゃなくて、ただオウムにこれ以上ついていけなくなったからです。ほかに行くべきところがなかったから家に身を寄せたというのが正直なところです。そのときには家族は「よく帰ってきた」と喜んでくれましたが、もう五年くらいのあいだ肉親の情を断ち切って生きてきましたから、気持ちとしても家族的なつながりには戻れません。オウムが良い悪いはともかく、現世には満足できないという点は自分の中ではっきりしていますから。でも親はそれでは納得しない。ですから結局すれ違いで、破綻しました。家族ともぶつかりあうようになって、それで僕は家を出ることになりました。

――その前、九五年の三月に地下鉄サリン事件が起こっているわけですが、それについてはどのような感想を持ちましたか？

オウムがやったとは最初のうちは考えられませんでした。たしかにタントラ・ヴァジラヤーナが説かれて、教団内部でもかなり空気がおかしくなっていたわけですが、まさかサリンまで持ち出すなんて想像も及びません。なにしろゴキブリすら殺せない教団ですものね。それに中にいたときに、「科学技術省」の滑稽な失敗談をスタッフからよく聞かされていましたので、そんなむずかしいことできるわけないよと考えていました。テレビとか新聞とかは「オウムがやった」というようなことを言っていましたが、最初のうちは教団も上祐（史浩）も「自分たちはやっていない」と断言していましたし、最初のうちはそちらのほうを信じていました。でも捜査が進むにつれて、教団の答弁に矛盾が見えてきたし、納得がいかなくなってきました。日記を読み返してみると、気持ちがオウムを離れていったのは、その年（九五年）の八月くらいですね。八月には、地下鉄サリン事件をオウムが起こしたというのはもう事実だと思うようになっていました。

オウムには納得できない、こんなことはとても実践できないと思って教団を飛び出してはきたものの、戻ってきた現世にはやはり馴染むことができませんでした。現世とオウムとを比べると、煩悩を超えていこうとするオウムの姿勢のほうがどうしてもまともに見えてしまいます。自分が身を投じたオウムというのはいったい何だったんだろうと、改めて深く考えました。いったいそれのどこが正しくて、どこが間違っていたんだろうと。

家を出てからあとは、コンビニで働いたりアルバイトをしながら生活してきました。今では親とも和解しました。オウム時代の友人とは連絡を取り合っていますし、会ったりもします。中にはまだ全面的にオウムを認めている人もいますし、地下鉄サリン事件などについては過ちをおかしたことを認めるけれど、教義そのものは間違っていないと考えている人もいます。様々ですね。しかしいずれにせよ、ぱっとオウムを断ち切って、そのまま現世に戻って、現世の価値観で生活を送っているという人はほとんどいません。僕自身についていえば、オウムに対する関心はもうすっかり消えてしまって、今は原始仏教に向かっています。（脱会した）他の人たちもみんな、何かしらのかたちで宗教的なところを残して生きているようです。

――欲望とか煩悩とかを消滅させるというのは、それはもちろん個人の自由なわけですが、そのときに自分の自我の行動原理みたいなものを他者＝グルに預けてしまう、というのは客観的に見て非常に危険をはらんだ行為だと私は考えています。そういう認識を持っていない信者、元信者はまだ数多くいるということですか？

きちんとそのへんが割り切れている人は稀なんじゃないでしょうか。ゴータマ・ブッダは「自己こそ自己の主である」「自己を島として他のものに寄らず」と言っています。つまり本当の自己を見いだすために、仏弟子は修行をするわけですね。そしてそこにある汚れ、煩悩を見極めて、それを消してしまおうとする。

でも松本がやっているのは簡単にいえば、「自己」と「煩悩」の同一化です。エゴをなくすためには、自己も一緒になくしなさいと言っているわけです。人間は結局「自己」を愛するからこのように苦しむのであって、その「自己」を捨ててしまえば、そこに光輝く自分自身があるのだと。これは仏教の教えとはまったく異なっています。一種の価値のすげ替えです。自己とは見いだすべきものであって、捨て去るべきものではないのです。地下鉄サリン事件のようなテロ犯罪は、こういう安易な自己喪失のプロセスから生まれてきたものだと私は思います。自己が失われれば、無差別殺人やテロに対して人は無感覚になってしまうんです。

結局オウムのやっていたのは、煩悩の根元的な解決の道をつけるというよりは、自己を捨てて、言われたとおりに従順に動く人間を作ることなのです。ですからオウムの成就者とは、要するに「オウムの色に完全に染まった」人のことであって、真理を体得できた本当の「解脱者」ではありません。現世を捨てて出家したはずの信者が、「救済」という名のもとにお布施集めに狂奔しているなどというのは、まさに倒錯です。

松本は「最初はまともだったけれど、だんだんおかしくなっていった」というふうには僕は考えていないんです。彼は部分的にせよ、最初からそういうことを念頭に置いていたのだと思います。間違いは初めから内在していたのであり、彼はそれを段階的に押し進めてきたということです。

――つまりは、彼の頭の中にはゆくゆくはタントラ・ヴァジラヤーナに行くという図面が、最初からちゃんとできていたということ？　途中で妄想が寄り道的にどんどん膨らんできて方向を歪めていったということではなくて。

両方あると思います。ひとつの要因として最初からあったと思うし、イエスマンの取り巻きに囲まれて次第に現実感覚をなくしていって、その結果妄想が膨らんでいったということもあるだろうし。

ただそれと同時に、彼なりに救済というものを真剣に考えていたのだろうとも思います。でなければ、誰も出家してまではついていかなかったでしょう。何かしらの神秘的なものも、多少なりともあったのでしょう。これは私自身についても言えることなのですが、ヨーガや修行は神秘的な体験をもたらしてくれるものですから。

——今の教団は麻原彰晃抜きで、問題のタントラ・ヴァジラヤーナを凍結させて、あとは今までと同じ教義のもとに教団を続けていこうとしていますが、それについてはどう考えていますか?

教団の教義・体質は何ひとつ変わっていないわけだから、たとえ今すぐには起こらなくても、そこからやがてまた新たに犯罪が生まれてくる危険性は、当然あると思います。しかも今教団に残っている人たちは、サリン事件のことにしても、潜在的には受け入れているはずです。そういった、同じ教義を引き継いでいることの危険性に対する自覚は、信者たちにはたぶんないでしょうね。自分たちの教団が犯罪を犯したという自覚も、たぶんないでしょう。彼らは自分たちの利益と、教団の良い側面のほうに目を向けているんだと思います。

私としては、地下鉄サリン事件の被害者の皆さんのこととか、あるいは直接罪を犯してしまったかつての仲間たちのことを思うと、今でもオウムを信じて活動をしている人たちに向かって「何をやっているんだ」と言いたい気持ちを強く持っているのですが、彼らに直接それをぶっつけてもおそらく、ますます殻を硬くして内にこもっていくだけでしょう。少しずつでも事実を示して、自分で気がついてくれるようにしていくしかないんです。

私自身がこれからどうやって現世との折り合いをつけていくのか、これはむずかしい問題です。何かの団体に属するというのはもう懲りたし、あとは自分ひとりでやっていくしかないのかなと思います。まあ、自分の中の欲望も打ち消しがたいところもありますが、自分ひとりの力で一歩一歩努力してやっていくしかないかなあと。

――大学一年生のときから、なんのかんの七年間オウム真理教団の中に入っていたわけですよね。その歳月が自分から失われてしまったというような感覚はありますか？

それはありません。過ちは過ちだったかもしれません。でもそれを乗り越えていくことによって、そこに価値が出てくるだろうと思うんです。ひとつの転換として。

中にはオウムでの経験を一切捨ててしまって、新聞も報道も何も見ないようにしている人もいます。目を閉じて、新聞も報道も何も見ない。でもそういうふうにしていると、失敗から何も学べませんよね。そんなことしていたら、また同じような過ちを犯すことになりかねません。試験の間違いと同じで、どこから間違えたのか、それを追及しなければいけないんです。そうしないと、次にもまた同じ箇所で間違いを犯してしまうことになります。

「実を言いますと、私の前生は男性だったんです」

神田美由紀
一九七三年生まれ

一九七三年に神奈川県に生まれる。父親は勤め人、ごく普通の中流家庭だ。小さい頃から神秘的なものに惹かれる傾向があった。十六歳のときに麻原彰晃の本を手にして読んで感銘を受け、二人の兄と一緒に、兄弟全員でオウム真理教に入信する。やがて修行に集中するために高校を中退し、出家した。

彼女と話していると、この人にとってオウム真理教というのは、理想的な「容れもの」であったのだなと納得してしまう。たしかに「現世」で生きているよりは、教団に入って修行をしているほうが、この人にとっては遥かに幸福であったに違いない。現世のものごとにはまったく価値を見いだすことができないし、自分の中の精神世界を追求する以外のことにはほとんど興味を持つことがない。だから現実を離れて一途に精神の修行に励めるオウム真理教団は、ひとつの楽園のようなものだったのだ。

もちろん十六歳で教団に入って純粋培養されて……という「人さらい・洗脳」的な

捉え方も可能なのだろうが、それよりはむしろ「世間にはこういう人がいてもいいじゃないか」という考え方のほうに、私の気持ちは傾いてしまうことになる。何もみんながみんな、「現世」の中で肩をすり合わせてひしひしと生きていかなくてはいけないというものではないだろう。世の中の直接の役に立たないようなものごとについて、身を削って真剣に考える人たちが少しくらいはいてもいいはずだ。問題は、こういう人たちを受けとめるための有効なネットが、麻原彰晃率いるオウム真理教団の他には、ほとんど見あたらなかったということにある。そして結果的に見れば、そのネットは、たまたま巨大な悪の要素を含んだものだったということにある。結局のところ、単純な言い方をしてしまえば、楽園などというものはどこにもないのだ。

動機の純粋さというものについて考えるとき、現実はひどく重くなる。純粋さに排除された現実は、どこかで復讐の機会を狙っているようにさえ見える。美由紀さんと話をしていて、ふとそう考えてしまった。

現世の人とこんなに長く話をしたら汚れがうつってしまうんじゃないですか、と別れ際に質問したら、ちょっと困ってから、「理論的にはたしかにそういうことになります」と正直に答えた。真面目な人だ。自家製のパンを食べさせてもらったのだが、さっぱりとしていて、なかなか美味しかった。

生まれたのは神奈川です。家族は両親と、兄が二人です。父親はわりに堅いところに勤める人でした。えーと、そうですね、まあ勤め人だからということばかりでもないんでしょうが、一般的に見て、やっぱり真面目という感じの人でした。仕事なんかはずいぶんきっちりとやる人だという話を、ほかから耳にしたこともあります。だからまあ、家庭よりはどちらかといえば仕事のほうに中心があったのでしょうが、それでも日曜日なんかにはいろんなところに連れていってもらいました。お母さんは優しい人でした。いろんなことを心配してくれたり、自分では気がつかないようなことも注意してくれたり、そういうあれこれと世話をしてくれるタイプの人でした。ええ、ごく普通の家庭です。よそととくに変わったようなところはありません。家庭内の問題みたいなものもこれといってありませんでした。

私は小さい頃から、神秘体験をたくさんしていました。たとえば夢とかを見ても、それが現実とまったく変わらないんです。夢というよりは一種の物語といいますか、長くて、ものすごくくっきりとしていて、目が覚めても細かいところまで全部記憶しています。その夢の中で私はいろんな世界に行ったり、幽体離脱みたいなこともやっていました。そういう体験を毎日のように繰り返していたんです。物心ついたときからずっとそうでした。幽体離脱というのは、身体がぴたっと固定されて、呼吸が停止して、それで飛んでいくというような状態になります。とくに疲れて寝たときには強烈な体験をすることが多かったです。一種の神秘体験です。

そこではこの世の中ではあり得ないようなことを経験できるんです。たとえば夢の中で超能力を使えたり、空を飛んだり、今の世界にはまだ存在しないような乗り物に乗って、それを運転することもできたりします。「なんでこんなものを運転できるんだろう？」と、自分でも不思議に思ったんですが。

それはいわゆる「夢」とは違うものです。すべて現実とまったく変わりません。「これは夢であって、現実とは違うんだ」というようにはっきりと違いが見分けられるといいんですが、現実と似たようなものが夢の中に出てきたりすると、「あれ、これは現実だっけ？　そうじゃないんだっけ？」と混乱してしまうことになります。だんだんそのふたつのあいだの区別がつかなくなってくるんです。どっちが本当にリアルなのか、それがわからなくなってくる、というか、逆に夢のほうがずっとリアルになってきたりもするわけです。そのことで私はけっこう悩みました。「この世ではいったい何が真実なんだろう？　どれが本当の私の意識なんだろう？」って。

そういう体験の影響は、やっぱり非常に強くあったんじゃないかと思います。お父さんやお母さんにもそれについて話はしていたんですが、私の話すことは、やっぱりうまく理解はできなかったようです。「そんなこともあるのかなあ」というような、半信半疑の反応でした。

私はどちらかというと内向的な性格でしたが、友だちもいちおうはいましたし、学校でも普通にやっていました。勉強はそれほど好きなほうではありませんでしたが、得意な科目についてはすごくやっていたと思います。たとえば国語とか、そういう科目です。本を読むのも好きでした。SFファンタジーなんかが好きだったです。そういう本は兄たちが勧めてくれました。漫画とかアニメとかもよく見ていました。数学なんかは駄目でした。スポーツもそんなに好きではありませんでしたね。

母親にはよく「勉強しろ」と言われました。勉強したほうが良い学校にも行けるし、良い学校に行けば良いところにも就職できるし……、というような普通のことです。でも正直に言って、勉強にはあまり関心が向きませんでした。とくに高校受験なんかになると、そういうことにぜんぜん価値が見いだせないというふうになってしまいました。それが重要なことだとは、私にはどうしても思えないんです。

夢は見続けました。夢の中で私は実に様々な体験をしました。いろんな世界を通り抜けてきました。それが、なんというのかな、一時的には楽しいかもしれないけれど、永続はしないんですね。いつかは崩れさってしまうわけです。戦争みたいなものも体験しました。その中ではたくさんの人が死んでいきました。そういうときには死に対する恐怖をありありと感じましたし、まわりの人々が死んでいくことに対する深い哀しみも体験しました。そういうことを何度も繰り返しているうちに、この世界は無常なんだということに気づくようになってきたんです。何事も永遠には続かない。だからこそこの世には無常なるが故の苦しみというのがあるのだと。

——つまりあなたにとっては、現実の生活とはパラレルに、意識の中に「もうひとつの生活」があり、そして現実の生活においてよりは、むしろ「もうひとつの生活」において、様々な感情的な体験をくぐり抜けることによって、そのような明確な認識に達したということなんですね？

そうです。身近なところで現実的に人の死というものを体験したことはなかったんですが、テレビで病気にかかった人が死にかけたりしているようなところを目にすると、「ああ、やっぱり現実の世界も無常なんだな。ここにも同じような苦しみがあるんだ」と思いました。（私の中で夢と現実とが）そういう繋がり方をしていたんです。

高校は神奈川の公立高校でした。高校生になると、中学校のときとはやっぱり話す内容が違ってくるんです。異性との恋愛の話とか、ファッションの話とか、カラオケ・ボックスがどうのとか、話の中心になるのはだいたいそういった遊びの話です。でも私はそのようなことにはまったく価値を見いだせなかったんです。だからそういう話に加わることができませんでした。

だから一人で本を読んでいることが多かったです。自分でも文章を書いていました。私の場合、夢が物語ですので、筋を追って書いてしまえばそのまま本のかたちになってしまうという感じでした。実際に、作家の中にはそういう人はいるんじゃないでしょうか？　夢を題材にしたり、そこからヒントを受けたりして、それで小説を書いてしまうというような人が。

私自身について言えば、私はとくにボーイフレンドが欲しいとか、そういうことは思いませんでした。まわりの人に恋人ができても、それが羨ましいとも思いませんでした。そういうことに価値が見いだせなかったんですね。

十六のときに兄が「これは良い本だよ」って言って、オウムの本を何冊か貸してくれたんです。はじめは『生死を超える』とか『イニシエーション』とか『マハーヤーナ・スートラ』あたりだったと思いますけれど。その本を読んでみて、「ああ、私がこれまで求めていたのはこれだったんだ」と思いました。読んでもうすぐにでも入信しようと思いました。

本の中に書かれていたのは、私たちが真の幸福を得るためには解脱をしなくてはならないということでした。解脱というのは、最終的なものになれば、永遠に幸福が続くものです。たとえば私は生活の中で幸福を感じても、それがいつまでも永続するわけではないという事実に対して、小さな頃からいつも無常のようなものを感じていました。だからもし幸福が永遠に続くのであれば、それはどんなに素晴らしいことだろうと思ったのです。それも私だけにじゃなくて、すべての人にそういうことが可能になったとしたら、それはいいだろうな、と。そういう意味で私は、「解脱」という言葉にものすごく惹かれたんです。

――そのあなたの言う「幸福」というのは具体的に言って、たとえばどういうものでしょう？

たとえば友だちとあれこれおしゃべりをしていて、やっぱりすごく楽しいときがありますよね。家族と話をしていても、とても楽しいことがあります。そういうときには幸福を感じました。今感じているそんな気持ちが、このままいつまでも続けばいいのにと思いました。そうですね、私にとっては会話というものが大事だったんです。遊んだりすること自体には、それほど興味がありませんでした。

解脱というのは何かというと、要するにやっぱり苦しみがあって、単純に言えば、そういうのが全部消えてなくなってしまう状態が解脱なのかな、というふうに理解しました。だから解脱をすれば、この無常な世界の苦しみから脱却できるのだろうと。解脱に至るまでの具体的な修行法みたいなのは本に書いてありましたので、まあ入信するまでは、しばらくは自分でそれを毎日やっていました。自宅で本を見てアーサナ（ヨーガ）

をやり、あと呼吸法も毎日やっていました。

二人の兄もやはり本を読んで、オウムに惹かれて、入信したいと言っていました。そうなんです、やっぱり兄弟三人、考え方がなんとなく似ていたんですね。上の兄も、私ほど強烈ではありませんが、だいたい同じような種類の夢の体験をしていました。下の兄も少なからず、そういう体験はしていたようです。

それで三人揃って世田谷道場に行きまして、そこの受付で、入信の申込用紙をくださいと言いました。最初から入信するつもりでしたので、すぐに名前と住所を書き込み始めたんですが、「ちょっと話をうかがいましょう」と言われて、奥に通されてその道場の大師の方とお話をしました。どうして入信をしたいのかと動機を聞かれて、三人とも「悟りと解脱です」と答えたら、非常に驚かれました。まあ普通は、現世利益ですとか、超能力とかいった動機が多いらしいんです。

それで大師の方からいろいろとお話をうかがったんですが、そのときに思ったのは、非常に何というのかな、道場の中にいると、すごい安心感のようなものを感じるんです。空間そのものが安らぎを与えてくれるんです。それで結局、三人ともその日のうちに入信しました。入会金は、半年分の月会費も含めて、全部で一人三万円くらいだったと記憶しています。私の手持ちのお金ではちょっと足りなかったので、そのぶんは兄に借りました。

――子供が三人も一度にオウム真理教の信者になっちゃって、ご両親は何か言わなかったですか？

はい。そのときはまだ、とくに世間的に騒がれてもいなかったし、いちおうヨーガ教室みたいなものだと言っておきましたから。あとになって教団が世間で何かと取りざたされるようになってからは、あれこれありましたが。

入信してしばらくはずっとチラシ折りをやっていました。いわゆる奉仕活動と呼ばれるものです。教団の宣伝のチラシを折って、それをポストに入れたり、あるいは街頭で直接手渡ししたりします。日曜日にはよく支部に行って、そういう活動をしていました。これは楽しかったですね。やっぱり奉仕活動のあとには、「やったあ！」という充実感があります。なぜかよくわからないんですが、心が明るくなっていくんですね。そういう経験をしました。奉仕活動即ち功徳です。功徳を積むと上昇エネルギーが強まります。オウムではよくそういうことが言われているんです。

そこで友だちもできました。それから私の中学校の時の友だちも入ってきて、一緒にビラを配ったりもしました。いいえ、積極的に誘ったというのではありません。ただ私が「こういうのもあるのよ」という話をしたら、「ああ、私も入信したいな」ということになっただけです。

入信してから修行を続けて、間もなく、ダルドリーシッディーというものを体験しました。これは空中浮揚の前段階と言われているものなんですが、要するに身体がぴょんぴょん宙に跳ねるんです。それが家で呼吸法をやっているときに突然出てきました。それからはまあ、いつでも自由にできるようになりました。最初は自分でもわからないうちにぴょんぴょん跳ねちゃうんですが、そのうちに自分である程度コントロールできるようになります。

でも初めてのときはすごくて、大変でした。跳ねちゃって（笑）。どうしようかなと思って、困ってしまいました。家の人とかもちょっとびっくりして見ていました。それが来るのは、私はかなり早いほうだと言われました。やはり霊的に小さい頃から進んでいたんじゃないかと思います。

入信してからしばらくのあいだは、高校に通いながら教団の活動をしていたんですが、学校での生活に価値を見いだせないという気持ちは、私の中でますます強くなっていきました。意味がないというか、はっきり言ってむしろ、「嫌だ」という感じになってきたんです。要するにやっていることが正反対なんですよ。たとえばクラスメートはみんな先生の悪口とかばんばん言うんですが、オウムには「人の悪口は言わない」という戒律があります。そういうところに強く矛盾を感じるというか、ついていけないというふうに思いました。まわりの話にもぜんぜんついていけません。今の高校生というのはみんな、口を開けば、いかにして楽しみを求めるかという話になっちゃうんです。しかしオウムでは「楽しみを追い求めない」ための実践をします。まったく逆です。当然話なんか合いません。

あと、解脱と悟りを得るためには、在家よりも出家して修行したほうが早いというのは事実です。ですからやはり早く出家して解脱と悟りを得たいなあということは、ずっと私の頭の中にありました。在家で修行しながら、自分がどんどん変化を遂げているというのがわかるし、もっと変わりたいという気持ちは強かったです。

出家したいという希望を教団に伝えますと、「まあそれほど出家したいんであれば、してもかまいませんよ」という返事が返ってきました。


――出家するというのは煩悩を捨てていくことであるわけですが、美由紀さんの場合はこれは捨てるのはつらいというような「煩悩」は何かありました？


出家をするときには、やはりすごい迷いや葛藤がありました。今まで家族と一緒に暮らしていたのに、これからはもう自由に会うこともできないわけです。私にとってはそれがいちばんつらかったことです。それから食事にしても、出家してしまうと、もう規定されたものしか食べることができません。まあ、食事については実際にはそんなにつらくはなかったんですが、それだけじゃなくて、「ちゃんとやっていけるだろうか」という不安はやはり大きかったです。

上の兄はすでに、大学を中退して出家していました。両親は「せめて大学だけは出てくれ。出家するのはそれからでもいいじゃないか」というようなことを言って説得したのですが、考えは変わりませんでした。二番目の兄はずっと在家のままで、出家する意思はなかったようです。

私が家を出ていくときには、両親には泣かれたりもしました。強く引き留められました。でも私が今のままの状態でいたら、本当の意味では両親に良い影響を与えることはできないと思いました。だから私は一般に言われている「愛情」ではなく、(もっと大きな意味あいでの)「愛」というものをとりたかったんです。自分が本当に変わることによって、その結果、両親にも良い影響を与えることができるんじゃないかというふうにも考えました。もちろん別れることは苦しかったです。でもそう自分に言い聞かせて、出家に踏み切りました。

出家して最初に行ったところは山梨県の清流精舎でした。そこで修行をしまして、それから東京の世田谷道場に移りました。支部活動ということで配属されたわけです。具体的にはそこで在家の信者さんの対応をしていました。あとチラシを印刷して信徒さんのところに持っていったりもします。信徒さんがそれを配るわけです。新しい生活の中で「寂しい」と感じることはやはりありましたが、出家したことについては後悔はしませんでした。教団の中で新しい友だちを作ることもできました。その当時は私と同じ年代の女の子がどんどん出家して入ってきたので、世田谷道場でも、その子たちとみんなでけっこう楽しくやっていました。話がすっと合っちゃうんです。話題ですか？　やっぱり、どうやったら修行が進むかとか、そういうことですよ（笑）。結局みんな、現世に価値が見いだせずにここに入ってきた人たちですから、どうしてもそういう話になります。一年ばかり世田谷道場にいて、それから富士山総本部に移って、そこで事務のワークをやりました。そこに一年半いまして、それから上九一色村の第六サティアンに行きました。そしてそこで「お供物」づくりというワークにつきました。これは神々にお食事を供養するワークです。神々に供養したあと、サマナ（出家信者）が食べて供養するわけです。

——要するに食事ですね。だいたいどういったものを作るんですか？

そうですね、パンとか、クッキーみたいなもの、ある時期にはハンバーグみたいなものもありましたし、ご飯とか、昆布、唐揚げとか、そのときどきによってメニューは少しずつ違うんですが、ラーメンを出していた時期もありました。原則としては菜食です。肉類は使いません。ハンバーグなんかも大豆タンパクを使ったものです。

作るほうの人数もそのときによって多くなったり少なくなったりしますが、最後の頃は三人でやっていました。みんな女性で、決められた人しかそこで働くことはできません。お供物というのは神聖なものですから。

——美由紀さんにはそういうワークをする資格があると認められたわけですね？

ええ、そういうことになると思います。でもこれは実際にはかなり大変なワークでした。ほとんど肉体労働と言ってもいいくらいのものです。毎日毎日朝から晩まで（食事を）作って、疲れはててばたんということもありました。一時期はサマナの数が非常に多かったものですから、作る量も多くて、それだけで半日かかるという状態でした。もう休む暇もなく動きっぱなしという感じです。

そうです。百人サマナがいれば、百人のぶんの食事を作って、それを祭壇にお供えするわけです。ただ作るだけじゃなくて、それを祭壇のお部屋まで運んで持っていって、並べなくてはなりません。そこにあげて、それをあとでまたサマナに配分しなくてはなりません。

メニューは上の人が決めます。いちおう基本的には、今の日本人に必要な栄養素を計算しまして、それで「これなら問題がない」というようなかたちで、メニューを構成されたのだと思います。味ですか？　味については、外部から見えた方にもときどきお出ししたんですが、やはり「質素だ」とみなさんおっしゃいます。あまり美味しいと煩悩が増える恐れがあるので、まあそのへんは適当にということもあります。要するに「味覚にとらわれない食事」ということですね。とくべつ美味しいものを作るのではなく、あくまで生きて活動していくために必要な栄養を与えるというのが、私たちのワークのそもそもの目的です。

パンとかクッキーとかも自分たちのところで焼くんです。工場も広くて、そこにはパンをこねるための機械とか、カットする機械、焼く機械、全部揃っていました。食品の仕入れは、それ専門の人がいて、別にやっていました。

うーん、調理のためのとくべつな訓練というようなものはありません。開祖（麻原彰晃）からよく注意を受けたのは、「ひとつひとつ心を込めて作りなさい」ということですね。あと（食事を）作ったあとに機械なんかを洗うのですが、「機械を洗うときには、自分の心を磨いていると思って洗いなさい」と言われました。だから普段作っているときにも、やっぱり少しでも心を込めて作らなくては、とできるだけ気をつけていました。出家前、家にいるときには、とくに料理って興味はなかったんです。たまにはやっていましたけれど、日常的に作っていたというのではありません。でも上九一色に来てから四年間というもの、第六サティアンの中でずっと毎日お供物作りをしていました。

――第六サティアンには麻原彰晃が住んでいたんでしたよね？

はい。いくつかお住まいはあったんですが、第六が中心です。でも同じサティアン内と言っても、私たちのいるところとは場所が離れています。ときどき顔を合わせる機会はありましたけれど。たまに私たちの作っているものを食べていただけることはあったと思うんですが、それは稀でした。普段は別の方が（教祖の食事を）作られていたのだと思います。

ワークと並行して修行を続けているわけですが、やはり修行をしているうちにだんだんいろんなことがわかるようになってきます。自分の煩悩のあり方だとか、エネルギー的に自分が今どんな状態にあるのかとか、そういうことがはっきりと見えるようになってきます。そしてそれに対応するかたちで、修行の内容を変えていったりします。解脱をするまでに四年かかりました。

――解脱をしたというのは、教祖が決めるわけですか？　「よし、これで君は解脱を果たした」というように。

ええ、最終的にはそうだと思います。まあ解脱するためには条件がいろいろとあるんですが、そのいくつかの条件をクリアしたと判断された上で、解脱しているかどうかを（教祖に）見定めていただくわけです。一般的に言えば、集中的な修行に入っているときに解脱を遂げるというのがほとんどの例だと思います。解脱をするための極厳修行というのがあるんです。そこで修行をしているときに、いろんな神秘体験のようなものが起こるんですが、それがある程度揃い、またそれにプラスして、心の状態もクリアになった、というところで解脱の段階に達することになります。解脱をすると、ホーリーネームが与えられます。まああとになってくると体制が変わって、解脱していなくても、ある程度までいけばホーリーネームがいただけるということもありましたが。

――あなたの場合は、小さい頃から夢とか幽体離脱みたいなものとかを経験してきたわけですが、出家して教団に入ってからはそれはどうなりましたか？

出家してから、霊性がさらに高まっていって、ますますいろんな不思議な体験をするようになりました。また前に比べて、そういうものを自分の力でうまくコントロールできるようにもなりました。夢を見ていても、「これは夢なんだから」と認識できますし、それを自分の思うようにコントロールすることも可能になりました。それから自分の前《ぜん》生《しょう》を思い出したり、またたとえばまわりにいる人たちが、次はどの世界に転生するのだというようなことも見えてくるようになりました。

前生のことを思い出すときには、ここに現実にいながら、そのときにあったことをありありと体験できるんです。そのときには、「これは私の前生なのだ」と、一瞬のうちにばちっとわかります。瞬間的に理解できるんです。これは一種の悟りみたいなものなのです。

実を言いますと、私の前生は男性だったんです。それで自分の小さい頃のことを思い出してみますと、たしかにいろんなことがうまく合致するんですね。私は小さい頃、いつも男の子と間違えられていました。それで「変だなあ。どうしてだろう」といつも不思議に思っていました。でも自分の前生が男子だったとすると、「なるほど、そういうことだったのか」とぴったり理解できます。

——性別以外のことはいかがですか？　たとえば、前生で犯した罪というのは、今の人生にも影響を与えているわけですか？

そうです。私の場合、たとえば小さい頃の経験でも、楽しいこともあったけれど、苦しいこともあったわけです。それはつまり、要するに前生での悪い部分を清算しなくてはならなかったということではないのでしょうか。

——決してけちをつけるつもりはないんですが、多かれ少なかれ、誰だってそういうものなんじゃないんですか？　霊性とか転生とかに関係なく。普通誰でも、嫌なことくらいあるでしょう。

そうですけどねえ。うん。ただ、まだ小さくて、良い状態も悪い状態もなく、現実での生活をほとんどしていない頃から、そういう経験をしてしまったというのは、やっぱり前生から引き継がれている部分があるんじゃないかと。

——現実での生活をまだしていない段階でも、たとえばすごくお腹が空いているときに食事を与えられない、お母さんにすごく抱いてもらいたいときに抱いてもらえない——これは不幸な体験ですよね。前生とも罪とも関係なく。それは年齢的段階の差こそあれ、自分が現実とどのように関わっていくかという「痛み」の問題だと僕は思うんですが。

だから、それがわかるのは確実に特定された場合ですよね。

地下鉄サリン事件が起こったとき（一九九五年三月）にはやはりいつもと同じように第六サティアンでお供物作りをしていました。事件のことを耳にしたのはオウムの人からでした。こういうことが東京で起こって、オウムがやったと思われているらしい、というような内容でした。私はオウムがやったとはまったく考えませんでした。誰がやったのかはわからないけれど、誰か別の人がやって、それが世間でオウムのせいにされているのだろうと。

その前に上九一色の施設の中でサリンが撒かれている、毒ガス攻撃を受けているということが言われていましたが、それについてはある程度真実だと受けとめていました。

なぜかというと、具合の悪くなっていく人がまわりでも急激に増えていたからです。私もその中の一人でした。肺から血が出る、口から血が出るという状態だったんです。具合が悪くなって寝込んでしまうこともありました。あとは血痰が出たり、頭痛・吐き気、それから身体が疲れやすくなりました。ですからやはり、毒ガスが撒かれていたのは事実ではないかと思います。そうでなければ、あんなに急にみんなが揃って具合悪くなるわけはありませんからね。今までそんなことは一度もなかったんです。

強制捜査が入ったときには、やはり正直に言ってびっくりしました。自分たちは何にも悪いことなんかしていないと思っていましたから。なんだか一方的にそういうふうに（悪者に）されてしまっているという気持ちでした。第六サティアンにも捜査は入りました。お供物を作っているところも全部捜索されまして、（食事を）作っているところを中断されてしまいました。だからサマナに食事を配給することができなくなってしまったんです。それでみんな一日断食というかたちにならざるを得ませんでした。警察はやはり怖かったです。まわりの人たちが暴行を受けているのを目にしました。突き飛ばされて脳震盪《のうしんとう》を起こしたり。

――あなたはずっと第六サティアンにいて、この事件前後に、まわりで何か異様なことが起こっているという感じを受けたことはありませんか？

ありませんでした。私はずーっと第六でお供物作りをしていましたから。そういうのを聞いたこともありませんし、目にしたこともありません。私たちと他の信者との横の繋がりというのは、第六サティアン内部でしかないんです。ワークが忙しくて、あまり外に出ていくことはありませんでしたから、よそのことはわかりません。よく話をする友だちといえば、やはり同じお供物作りをしている同年代の女の子たちでした。仲はよかったです。

――サリン事件実行犯が逮捕されて自供を始めますね。そして教団が事件に関わっていたことが明らかになってきます。それについてはどう思いました？

あの、そういうニュースは実際に入ってこないんです。ほとんどそういう話は聞きませんでした。少なくとも私がいたところではそうでした。なにしろ山奥の人里離れたところです。新聞もテレビもありません。だからそういう理解は、あんまりしてなかったですね。

もちろんそうじゃない（情報を排除してはいない）人も中にはいました。報道だってその気になって手に入れようと思えば入れられます。私の場合は、そういうものに興味がなかったんです。オウムがやったとはまったく思っていませんでしたし。テレビもアニメもとくに見たいとは思わなかったので、そういうものにはできるだけ触れないようにしていました。

心が揺れるようになったのは、翌年になって、破防法の適用の話が出てきてからですね。これが適用されてしまうと、今までの仲間たちがみんな離ればなれになってしまいます。そうすると集中して修行もできなくなるし、これまでのように護られた環境で生活していくことができなくなります。自分で生計を立てなくてはならないということになりますから。それには不安がありました。

――つまり破防法が適用されると、出家生活が送れなくなって、働いてお金を稼がなくてはいけない。そうすると修行が妨げられる。だからそのことで初めてショックを受けたのだと。でもその時点で、「オウムがやったかもしれない」という疑念は、事件の一年後にも、美由紀さんの中にはまったくないわけですね。

はい。そうです。疑いというものはありませんでした。まわりの人たちもみんな同じ気持ちでした。だいたい第六にいた人たちは、外部との接触がほとんどありませんでした。やはりそういうデータが入ってこなかったので、みんなそうなっちゃったんじゃないかと思うんですが。

結局上九一色から強制退去させられるその日まで、私は第六サティアンでお供物作りをしていました。お供物作りが途切れてしまうと、サマナの食べるものがなくなってしまいますものね。最後にはサマナの数はずいぶん少なくなっていました。みんな少しずつ外に出ていっていたんです。というのは、急に外に出されても、生活の基盤というものがなければ生きていけません。初めに少しアルバイトしてからじゃないと、アパートの家賃も払えませんよね。サマナというのは業財《ごうざい》しかもらっていません――業財というのは、毎月サマナがもらえるお金のことですが――ので、手持ちのお金といってもほんのわずかなものです。ですから先に少しずつ外に出ていって、そういう生活の基盤を作っておいたほうがいいだろうということで、残っているサマナの数は徐々に少なくなっていきました。やはり寂しかったですね。櫛の歯が欠けるようにだんだん人が少なくなっていって、私がいちばん最後にという感じでした。退去したのは、九六年の十一月一日のことでした。

それから埼玉に移りました。そこにはオウムの人が十人くらい住んでいました。大家さんが「オウムの人でもかまいませんよ」という心の広い方でしたので。まあ、借り手のない中途半端な物件だったということもあります。ちょっとビルみたいな感じのもので。生活費はみんなでアルバイトして稼ぎました。働ける人が働いて、働けない子供とかお年寄りとかを支えるというかたちでやっていました。

私は第六サティアンでお供物作りをしていた経験を生かして、いざというときにはパン屋さんを始めようと思いまして、そのビルの一階に店を出す用意をしていたんです。資金は私の家族から支援してもらいました。

――しかし、ずいぶん理解があるご両親ですね。

ええ。理解があるほうだと思います(笑)。それで今はパン屋さんをやっています。最初はちょっと可愛らしいんですけれど「空飛ぶお菓子やさん」という名前でスタートしたんですが、マスコミの報道によってつまずいてしまいました。開店届を出した段階で、新聞とかテレビとかにわっと出てしまいました。たぶん役所のほうからマスコミに流れたんじゃないかと想像するわけですが。とにかく店の名前もはっきり出されてしまいましたし、テレビでも映像が流されてしまいました。そのせいで取引先からも「もうおたくとは取引できません」と断られたりしました。「オウム信者が始めた店だ」ということで。要するに現実的にもう商売をやっていくことができないような状態に、一時期追い込まれてしまったんです。

こうなると、もう一般のお客には売れません。ホームページとかも利用してやっていたんですが、名前が出ちゃったせいで、これも全部キャンセルです。店の名前を変えて新たにやりなおそうとしたのですが、これもなかなか上手くはいきませんでした。取引先の方が品物を運んでくださるんですが、それを警察の人がブロックするんです。「あなた何しにあそこに行くんですか?　あそこはオウムがやっている店ですよ。知ってるんですか?」って話しかけるわけです。これでは商売になりません。外で販売をしようかと思って、車での販売の許可のようなものも取るには取ったんですが、今の状況を考えますと、どうせ警察がついてきてあれこれ邪魔をするだろうし、そんなことをされたらとても生計を立てるどころじゃありません。

そんなわけで、今では作ったパンをサマナと信徒のみなさんに買っていただいています。週に二回パンを作って、それをサマナの方のところに配達しているわけです。それでなんとか成り立っています。というようなことで、外部にはまったく売っていないんですよ、今のところ。

でも、今でもまだ警察の人たちはお店の前にいます。そして普段見かけない人が店に寄ってくると職務質問しています。「ここはオウムがやっているんだよ」みたいなことを言っているようです。意図はよくわかりませんが、警察も何かやっているというポーズを取らなくてはいけないんでしょうか。警察の方に「パンをちょうだい」と言われて、さしあげたこともあります。そしたらまたあとから「もっとちょうだい」と言われたんで、「そんなの、買ってくださいよ」って言いました。

近所の人たちのところにもときどきうちで作ったケーキなんかを持っていくんです。そのときにいろいろとお話をしたりもします。「あんたたち、何か変なことをするんじゃないかと心配していたんだけど、ちゃんとほんとにパンとかケーキとか作っていたのね」と言われたりします。こういうのって、やはりマスコミの影響ですよね。

――サティアンを出て、こうして現世で生活するようになって、サリン事件のこととか、あるいは坂本弁護士事件とかについて、今ではどう考えていますか？　世間の九九パーセントまでの人は、そのような一連の事件はオウム真理教団が起こしたと認識しているわけですよね。

そうですねえ、やっぱり今まで自分が生活して経験してきた中でのオウム真理教と、外部で言われているオウム真理教とのギャップがあまりにも激しすぎて、自分の中でうまく整理がついていないというか、どう判断していいのかわからないところがあります。
事件についていえば、そのような真実もあったのかもしれないと、今では思うようになっているんです。ただ、今の裁判でも、証言なんか見ていてもころころ変わりますよね。何が真実で何が真実じゃないのか、やっぱり迷ってきます。

――「そのときに誰がどう言った」というような事実についての細かい証言はたしかに変わりますけれど、あの五人の教団幹部が、不特定多数の乗客を殺すために地下鉄の中でサリンを撒いたという事実は揺らぎませんよね。僕が知りたいのはその事実についての意見です。僕はべつにあなた個人を非難しているわけではないんです。ただあなたがそれについてどのように考えているかを知りたいんです。

やっぱり、うーん、信じられないというか、考えられないというか。私個人の出家生活の中でいえば、私は殺生という行為を一度だってしたことがありません。ゴキブリ一匹、蚊一匹殺していません。自分がそういう実践を今までしてきて、まわりの人たちもそういう実践をしてきているのをこの目で見てきています。ですから、信じられないんです。いったいどうしてなんだろうと。

タントラ・ヴァジラヤーナについての説法はたしかに聞いたことがあります。でもそれを現実に即したこととして考えたこともありませんし、それに沿って行動したこともありません。それはこれまでに聞いた膨大な教義の中の、最後のちょっとした一部分としてしか受け取れなかったんです。

私にとってのグルというのは、修行上で困ったことがあれば助けていただける存在でした。そういう認識を私は持っていました。そういう意味で、私には必要な存在であると捉えていました。

――絶対的な存在というのではなかった？　絶対帰依というのではなかった？

絶対的……そうですねえ、もちろん開祖が「これをできますか？」というようなことを訊かれることはありました。でもそのときも、自分で判断して「それはちょっとむずかしいです」というようなお答えをしたこともありました。おっしゃったことは何もかも「はい」と聞いていたわけではありません。まわりを見ていても、そういうことはありませんでした。だから私の印象では、絶対的な存在というようなものでもありませんでした。マスコミはそういうイメージで捉えているようですけれど。

やはり、人それぞれじゃないでしょうか。中にはやはり言われたことを「はいはい」と聞く人もいるとは思いますが、自分の考えというものをちゃんと持っていて、それに沿って物事を進めていく人もたくさんいたと思います。

――もしあなたがそういう立場に立たされたらどうですか？　教祖を絶対的なグルだと認めていて、自分たちを導けるのはあの人しかいないと信じていて、それで「やれ」と言われたとしたら。

その地下鉄サリン事件の実行犯と言われている人たちにしても、実際にこの目で見たりしていましたけれど、けっこう自分というものをしっかりと持っていた人たちだったと私は思うんです。自分がこうだと思えば、それを意見として誰の前でもはっきりと口に出せる人たちだったと認識しています。ですから私にはそういう仮定自体が、すんなりとはできないんです。私が内部で見ていた彼らの姿を思い起こすと、そういうことがどうしてもうまく想像できません。その人たちが完璧にそういう実践をされていたところを実際に見ていたのであれば、それは納得することもできるんですけれど、そうじゃない部分もかなり見聞きしているので、本当にそうなのかなというところがあって、やはりひっかかってしまいますね。

ですから私としては、開祖の裁判を見ていても、まだ曖昧な部分があまりにも多すぎるんです。ですから今はまだ見守っていくしかないなと思っています。開祖が実際にそれを明らかにされるまで、今の段階では私には何も判断することができないんじゃないかと。開祖の弁護士もおっしゃっているように、開祖が本当に命令したかどうかというのは、まだ真実がわかっていないですよね。

――じゃあ、判断は最後まで留保し続けるということですか？

まあ、やった可能性がゼロだと言っているわけではないですよ。でも今の段階でははっきりと決めるのは早すぎるということです。もうちょっとしっかりとした事実が出てこないことには、自分の中で納得できないです。

――パン屋開店の資金をご両親が出してくれたということですが、そういう良い関係はずっと続いていたんですか？

はい、一旦成就してから家にも行きましたし、成就してからは何度か電話もかけています。勘当されるとか、そんなことはまったくありません。いつでもいらっしゃいと言われています。でも現世に戻るというのは無理です。現世に何か素晴らしい、自分が向上できるようなものがあれば、また変わっていくかもしれないですけれど、そういうものは今のところありません。そういうものはオウム真理教の中でしか見いだせませんでした。

七年か八年か教団の中で暮らしてきまして、心が揺れることはありました。修行をしていると、自分の中のけがれみたいなのが噴き出してくることがあるんです。修行の途中でどんどん自分の内側に入っていきますし、そうすると自分の中にある心のけがれとか、煩悩とかが、くっきりと見えてきますし、それが外に噴き出してきます。普通の人はお酒を飲んだり遊んだりして、それをごまかせるのでしょうが、修行中の私たちにはそれができません。ですから直接向き合って、それに打ち勝つしかありません。とてもつらいです。そのときには心がたしかに揺れます。でもその揺れがどんどん引いていった段階で、「ああ、やっぱり私はここで修行を続けていこう」という気持ちにあらためてなります。実際に本気で現世に帰ろうとか、そんなふうに考えたことは一度もありませんでした。

私と一緒に入った中学校のときの友人は、今でもまだ教団に残って修行しています。出家した上の兄は、事件が起こる前に実家に戻りました。そこで出家はやめて、在家というかたちでやり直すことになりました。うーん、そうですね、さっきも言いました修行中のけがれの噴出のようなものに負けてしまったからではないでしょうか。それに打ち勝てないと、解脱というものは得られないんです。

「ここに残っていたら絶対に死ぬなと、そのとき思いました」

細井真一
一九六五年生まれ

札幌出身。高校卒業後、漫画家を志望し、東京に出て芸術専門学校で学ぶが、半年で中退。フリーターをしている間にオウム真理教に巡り合って入信する。最初は教団の印刷工場で働き、それから漫画の技術を生かすことのできるアニメ班に移り、最後に科学技術省で溶接の仕事をする。九四年には師に任命される。化学プラントのある第七サティアンの建設にも携わった。考えてみたら教団にいるあいだは修行はろくにやらず、ワークばかりしていた、と本人は述懐する。でもそのおかげで様々な現実的体験を積むことができた。

強制捜査後に自分にも逮捕状が出ていることを聞かされて警察に出頭したが、二十三日勾留の末に起訴猶予で釈放された。六月に留置場から脱会届を教団に郵送した。以後札幌に戻ったが、現在は再び東京で暮らしている。当時のサティアン内部の光景を細かく描いたイラストレーションを何枚か持参して、説明しながら見せてくれた。

——すらりとした色白の青年である。オウム教団脱会者で作られた「カナリヤの会」のメンバーであり、オウム真理教や麻原彰晃に対しては批判的な姿勢をとっている。

父親は普通の勤め人です。兄が一人。小さい頃、一時期京都に住んでいましたが、だいたいは札幌で育ちました。小学校って好きじゃなかったです。というのは、実は僕の兄が障害者だったんです。知恵遅れというか、情緒障害みたいなもので、特殊学校に通っていたので、小学校のときによく兄のことで馬鹿にされ、つらい思いをしました。

幼い頃から母親も兄の介護につきっきりになっていました。僕のことはあまりかまってくれなくて、自分一人で遊んでいるしかありませんでした。母親に甘えたいという時期に甘えられなかったという記憶が強く残っています。何かあると「お兄ちゃんはかわいそうなんだからね」と言われました。そういう部分では僕は、兄のことを憎いと思っていたかもしれません。

けっこう暗い子供だったかもしれないです。それが決定的になったのは、兄が亡くなったときです。僕が十四歳のときです。兄はB型肝炎がもとで死んだんだけれど、僕にとってはすごい大きなショックでした。というのは、兄だっていずれは幸福になれるはずだという希望みたいなものを、僕は心の底にずっと持っていたんです。最後にはきっと救われるだろうと。それは一種、宗教的なイメージみたいなものでした。でもそれが現実の冷ややかさにたたきつけられてしまったみたいで、僕は本当にがっくりしてしまったんです。現実というのは、自分が期待していたように、いつか弱者に救いを与えてくれるようなものではないんだなと。

ちょうどその頃に『ノストラダムスの大予言』が流行りました。一九九九年には人類は滅びてしまうんだというやつですね。それは僕にとっては非常に心地よく聞こえました。結局のところ、僕が世界そのものを憎んでいたからだろうと思います。政治の世界では田中角栄が汚職をしているとか、インチキが横行していますし、世の中というのは不平等だし、弱者はどこまでいっても救われません。そういう社会の限界、人間の限界みたいなことを考え出すと、僕はどんどん鬱の状態になっていきました。

でもそんな話をしたくても、心を開いて話せるような相手はいません。みんな受験勉強に熱中しているか、あるいはがらっと違って車とか野球の話とかばかりです。高校の時は美術部に入っていたんですが、まだそれほど注目を浴びてはいなかった大友克洋の漫画に夢中になっていました。ものすごくリアルで、非常に生々しくて、内容は暗いんですが、「こういうのって、ひょっとしたら本当にあるのかな」っていう気持ちにさせられるんです。『さよならニッポン』とか『ショート・ピース』とか『ブギ・ウギ・ワルツ』とか、あのへんはよく模写していました。

僕は家を出て東京に行きたかったので、高校を卒業すると千代田工科芸術専門学校というところに入りました。そこには漫画専攻科というのがあったんです。でも半年くらいで学校はやめてしまいました。どうしてかはわからないんですが、そのときまで自分がずっと引きずっていた人に対する壁とか、世界に対する壁とかが、急にぐっと大きく高くなったような気がしたんです。東京に出てくることによって。まわりの人はとても良くしてくれたんですよ。女の子もけっこう寄ってきたし。「この子とは気が合うな」というようなこともわかるんです。でもわかっていても、自分でどうしても壁を作ってしまうんですね。学校の授業がつまらないというのではありません。やはり人間ですよね。まわりの人間とのつきあいがうまくいかない。みんなとよく遊びに行ったりしたんだけれど、飲んだりしていてもちっとも面白くないんです。いつも自分だけ醒めていきます。そして世界に対する嫌悪みたいなものがますます強くなっていきます。

今考えたら、「なんで？」と思いますよ。せっかくいろんな人とつきあうチャンスがあったのに、こちらで拒否していたわけですからね。でもそのときはとにかく自分自身を追いつめていたし、それしかできなかったんです。半年で学校をやめちゃいまして、あとはフリーターをして暮らしていました。アルバイトをしながら、一人で漫画を描く勉強を続けていました。少しは仕送りもありましたし。でも十八か十九で一人でうちにこもって勉強をしているというのはきついです。閉鎖された空間にじっとしているわけですから、精神的に参っていっちゃいます。対人恐怖症みたいなものにもかかってしまいましたし。
とにかく人が怖いんです。他人というのは自分を陥れたり、傷つけたりするものだと思いこんでしまうんです。心がどんどんすさんでいきました。幸福そうに歩いている男女を見かけたり、楽しそうな家族を見かけたりすると、「そんなもの木っ端微塵に砕けてしまえばいい」と思ってしまうし、同時にそう思ってしまう自分に対して嫌悪感を抱くことになります。
僕は兄が死んだあと雰囲気の暗くなった家を出たくて、上京したわけですが、どこまで来ても心の安らぎはみつからなかったわけです。どこに行っても結局は駄目なんだと思うと、外の世界がつくづく嫌になりました。アパートの部屋から外に出ると、そこはもう地獄みたいに感じられたものです。あげくの果てに潔癖症みたいなものにかかってしまいました。家に帰ってきたら手を洗わないではいられないんです。それも洗面台に向かって三十分も一時間も休みなしに手を洗っているんです。こんなことやっているなんて不健康だなとは自分でも思うんです。でも止めることができません。そういう生活が二年か三年続きました。

――二、三年もそんな生活がよく続けられましたね。きつかったでしょう。

ええ、その二、三年はほとんど人と話をしていません。たまに家族と話したり、あとはバイト先の人と話すくらいでした。睡眠時間がどんどん長くなってきまして、十五時間を超えてしまうんです。それくらい眠らないと、体の具合が悪くなります。胃の調子も悪かったです。急激に胃が痛み始めます。全身が真っ青になって、脂汗がだらだら出てきて、呼吸がはーはーと荒くなります。このままの状態がいつまでも続いたら死んでしまうかもしれないと不安になりました。

そのときに食餌療法《しょくじりょうほう》とヨーガを試してみようと思いました。そうすることで自分の生活をもう一度立て直してみようという気になったんです。本屋に行ったら麻原彰晃の『生死を超える』という本が置いてあったので、立ち読みしました。そこには「クンダリニー覚醒は三カ月で達成できる」と書いてありました。僕はそれを読んでびっくりしちゃいました。すごいというか、そんなの本当にできるのかなあと。僕はヨーガに関しては、以前『神智学大要』なんかを読んでいくらか予備知識を持っていましたので、立ち読みだけでだいたいの技術を頭に入れて、部屋に帰ってそれを実行に移しました。食餌療法と並行して、そこに書いてあった訓練を三カ月間続けてやったんです。僕は凝り出すと、それに一点集中する性格なので、毎日欠かさずにそれをやっていました。一日四時間くらいかけて。

僕の場合はクンダリニー覚醒なんかよりは、ただ健康になりたいという目的でやっていたのですが、二カ月くらい経ったときに、尾骶骨《びていこつ》がぶるぶると振動を始めました。クンダリニー覚醒の前に起こる特有の現象です。でも僕はまだ半信半疑でしたね。まさか、という感じで。でもそのうちに尾骶骨に強い熱を感じました。強烈な熱湯みたいなものが、とぐろを巻いて背骨を上昇してくるという経験もしました。それが大脳まで達して、脳の中を暴れ回るのが感じられます。まるで生き物のようにのたうつんです。それには僕も驚いてしまいました。自分の意志とは関係なく、自分の体の中で何かそういうものすごいことが起こっているわけです。そのとき僕は気を失ってしまいました。

まさに麻原彰晃のマニュアルどおり、三カ月でクンダリニー覚醒が達成されたわけです。彼の言ったことは実に正しかった。それで僕はオウムに関心が集中しちゃったんです。当時『マハーヤーナ』というオウムの機関誌がありまして、それが五号まで出ていたんですが、全部買ってきて読みあさりました。そこに写真入りで紹介されていた上祐（史浩）とか石井久子とか、大内早苗とか、みんな非常に魅力的でキャラクター性があるし、彼らの体験談なんかも読んでいてものすごく引き込まれました。こんな人たちがみんな参ってしまうんだから、「尊師」もきっとすごい人間に違いないと思いました。

オウムの本を読んでいちばん心地よかったのは、「この世界は悪い世界である」とはっきり書かれていたことです。僕はそれを読んですごく嬉しかった。こんなひどい不平等な社会は滅んでしまったほうがいいと僕もずっと思っていましたし、きちんとそう言ってくれているわけですしね。ただし僕が「世の中なんてあっさり滅んでしまえばいいんだ」と考えているのに対して、麻原彰晃はそうじゃなくて、「修行して解脱すれば、この悪い世界を変えることができるんだ」と言っているのです。これを読んで僕は燃え上がるような気持ちを持ちました。この人の弟子になって、この人のために尽くしてみたいと思ったんです。そのためなら現世的な夢も欲も希望もみんな捨ててもかまわないと思いました。

――世界は不平等であると言われましたが、具体的にどういうところがいちばん不平等だと思いますか？

もともと持って生まれた才能とか、家柄とか、頭のいい人間はどう転んでも頭がいいし、足の速い人間はどう転んでも足が速いとか。それで弱者と呼ばれる人たちはどこまで行っても日の目を見ないんだと。そういう運命的なものってありますよね。それじゃあまりにも不公平じゃないかと、僕は思っていたんです。でも麻原彰晃の本を読むと、「それはすべてカルマだ」って説明されているんです。ある人は前生《ぜんしょう》で悪いことをやっていたから、今の人生でこのように苦しんでいるのだし、逆にある人は前生で良いことをやっていればこそ、今はこのように優れた環境で能力を発揮して生きていけるのだと。読んでなるほどと思いました。じゃあこれから悪業をやめて、功徳を積んでいけばいいんだと。

僕はもともとは食餌療法とヨーガで健康を回復して、少しでも身体的にまともになろうと、正常な日常生活に復帰しようとしていただけなんですが、オウムに巡り合うことによって、そういうふうに思ってもいなかった仏教的な方向にどーんと発展していっちゃったわけです。まあとにかく、ぼろぼろになっていた僕をなんとか立ち直らせてくれたのは、オウムの本だったということはできます。

八八年の十二月だったかな、僕は世田谷の道場に行って入信し、成就者という人に会って話をしました。いろいろとアドバイスみたいなものをしてもらいました。そのとき富士山総本部で一年に一回やっていた「狂気の集中修行」というセミナーに参加しなさいと言われました。ええ、まったくすごいネーミングです（笑）。それを十日間受けることによって、非常に修行が進むから、これは是非受けたほうがいいと言われたのですが、でもそれには十万円のお布施が必要ですし、そんな金は僕にはありません。だから「僕はお金ないから行けません」と言いました。それに入信したてなのに、すぐにそんなにハードな修行をやるのは危険じゃないかとも思いました。でも、その担当をしていたのは新実（智光）だったんですが、すごく強引に誘われて、結局参加しました。

当時はまだ教団自体そんなに大きくなくて、出家信者はせいぜい二百人くらいでした。そのせいもあって麻原彰晃には入信してすぐに会うことができました。今みたいじゃなくて、もっと筋肉質できりっと引き締まった感じでした。そのときは、なんかのっしのっしという足どりで力強く歩いて道場に入ってきました。威圧感というか、ものすごいものを感じましたね。まわりをすべて一目で見すかしてしまうような、そういう恐ろしさのようなものを僕はひしひしと感じました。みんなは「優しい人ですよ」と言いますが、僕はむしろ最初見たときには怖かったです。

シークレット・ヨーガという一対一の話をする機会があるんですが、そのときに僕は「君は完全に大魔境だね」と麻原彰晃に言われました。魔境というのは、修行が進むにつれて精神的な障害が起こる場合があるんですが、そういう状態のことです。僕は「修行を進めるために、一日も早く出家したいんです」と言いました。すると「ちょっと待った」と言われました。「魔境から逃げることはできない。ちゃんと修行して、魔境から脱出するように努めなさい」というようなことを言われました。時間としてはだいたい五分くらいのことでした。

次に見たときは、麻原はそっと道場に入ってきて、にこにこしながらバクティ（信者が行う奉仕活動のこと）を眺めていました。それを見て、この人は実にいろんな顔をもちあわせているんだなと思いました。そのときはたしかにぜんぜん怖くないんです。にこやかで、そばで見ているだけで、僕のほうもすごく嬉しい気持ちになりました。

入信して三カ月くらいで出家していいという許可が出ました。麻原彰晃がシークレット・ヨーガのときに直接僕にそう言ったんです。君は出家してよろしい。ただし条件がひとつある。今やっているバイトをやめて、しばらく製本工場に勤めなさいと。そんなこと言われて僕は驚いちゃったですよ。なんでまた製本工場なんだろうと。すると「実はオウムで今度印刷工場をやろうと思っているのだが、製本の技術を君に学んできてもらいたいのだ」と言われました。「はい、わかりました」と僕は返事をしました。すぐに製本工場に住み込みの仕事をみつけました。

でも製本工場って実にいろんな種類の機械があるんですよねえ。折り機もあれば、バインダーもあれば、断裁機もある。断裁機にも種類があります。どこからどこまでを覚えればいいのか、僕にも見当がつきません。簡単に「製本技術を学んでこい」って言われただけですから。でもとにかく目につくものを必死になって覚えました。日曜日も誰もいない工場で一生懸命機械の構造を研究しました。僕はあまり理科系の知識ってないんですが、それでも「ここを押したらこうなるんだ」「これがこう繋がって動いているんだ」とか、わかるようになってきました。オペレーターはやらせてもらえませんでしたが、見よう見まねでいろいろと覚えました。それを三カ月くらい続けた頃に、「すぐに出家するように」という指示が入りました。僕は荷物をまとめて工場をあとにしました。

出家したら、もうアイスクリームとか好きなものなんて食べられません。それはいささか辛かったです。異性のことよりも、むしろ食べ物のほうに僕はひっかかっていましたね。二度とジュースも飲めないんだって。だから出家する前の日にはいろいろ食べたり飲んだりしました。もう最後なんだと思って。

もちろん両親は大反対ですよ。でも僕は自分が出家すれば両親にも結果的に恩恵を与えることになるんだと信じていましたから、とくに気にしませんでした。本来であれば百二十万円のお布施をして、六百時間の立位礼拝を終えてからじゃないと、正式にサマナ（出家信者）としては認められないのですが、なにしろ製本工場が急ぎだったもので、僕の場合は免除になってしまいました。

富士山総本部から車で一時間くらいのところに狩宿と呼ばれる場所がありまして、そこにプレハブ小屋がありました。当時の印刷工場です。僕はそこに、製本をやるメンバーと一緒に寝泊まりすることになりました。そのときに僕は仰天したんだけれど、製本の知識をいくらかでも持った人間は僕一人しかいなかったんです。僕は自分は製本スタッフの一人だと思っていたらそうじゃないんです。出家早々で新人で、製本リーダーにされてしまったわけです。そんなのびっくりしちゃいますよね。人数は製本が十人から二十人、印刷が十人、製版が二十人くらいでやっていましたかね。ええ、けっこう大きいです。

でもオウムが買う機械といったら、もう何十年も倉庫に放り込まれていたようなとんでもない代物です。製本だけじゃなく、印刷部でもそれはみんな同じだったみたいです。みんなぶうぶう文句を言っていました。何もかもぼろぼろの骨董品なみの中古。そんなもの立ちあげるだけで一苦労です。だいたい僕だってそんなに機械のことを詳しく知っているわけじゃないんですから。ですから機械が入ってから、実際に立ちあげるまでに三カ月くらいはかかりましたよね。立ちあげてもろくに動かないものだってあるし。まあよくやったよなと思います。機械がなんとかかんとか動いたのは、村井（秀夫）率いる科学班の奮闘も大きかったですが。

最初に印刷製本したのは、月刊誌『マハーヤーナ』の二十三号でした。機関誌をはじめとするオウム発行の書籍類は、それまではすべて外注だったんですが、このときからなんとか自分のところでできるようになりました。

僕は出家してみて驚いたんですが、いったん出家をしちゃうと、修行時間というのはいっさい設定されていないんです。どうしてだろうと思って上の人に訊《き》いてみたんですが、その人によると、功徳のない状態でいくら修行をやっても進まない、だから今はワークをすることによって功徳を積んでいく段階なんだということでした。それで一年間ずっと製本のワークをしていました。ハードな毎日だったですよ。一日四時間睡眠当り前の世界です。とくに衆議院選挙の時はひどかったです。僕の記憶ではトイレに行くときにも機械は休めないで動かしていましたね。そのとき僕は折り機を担当していたんですが、それに紙をのっけてセットするときに時間が空くんです。そのときにぱあっと走っていってトイレを済ませるとかね、そういう具合でした。一分一分がとても大事だったんです。

選挙が終わって、印刷量もずいぶんと減ってくれました。それでみんな暇になって、ぼおおっとしていたんです。ちょうどその頃は波野村が大変な騒ぎになっていて、あっちに行っていた人たちは大変だったと思うんですが、印刷工場にいる我々は毎日が平和という生活でした。ワークがなければ好きに修行していたり。その時期ちょうど師もどこかに行ってしまっていたんです。だからみんな適当にのほほんとやっていて、ある人間なんかどこにいるのかもわからないというような状態でしたよ。

僕も製本のリーダーをやっていて、最初は僕がいなかったら動かないという状態だったんですが、そのうちに誰でも動かせるというふうになってきたので、そろそろ部署を替えてもらえないかって上にもっていったんです。ここにいても時間を持て余すだけなんだしと思いまして。本当は部署替えというのは自分では口を出せないものなんですが、僕は漫画を描く技術がありましたので、そのへんのあまった紙に『ジャータカ』っていう経典を漫画にして描いて、二十ページくらいの本にしたんです。そしてそれを三話作りまして、上に見せたんです。上にいたのは岐部（哲也）でした。「自分は実はこういう漫画の技術を持っているのですが、もしそれが救済のために生かせるのであれば、部署替えを希望したいと思います」という手紙も添えました。手紙は岐部から松本知子に渡ったようでした。

僕はもともと期待していなかったんです。そんな勝手なことをする人間はいないし、たぶん相手にもされないだろうと。でもある日、総務から電話がかかってきて、「細井さん、明日からデザイン班に異動になりました」って言われたので驚きました。デザイン班の中に漫画班というのがありまして、人も一人しかいなくて、最初は簡単なことしかやっていなかったんですが、そのうちに教団制作のオペレッタにアニメーションを加えるという企画ができてきまして、それで急遽サマナの中から少しでも絵を描けそうな人間がかき集められました。全部で二十人か三十人です。そして僕が後にそのアニメーション班のリーダーに任命されました。

僕は学生の頃から、一人で興味を持ってずうっと映画のシナリオの勉強をしていまして、絵コンテがなんとか描けたんです。アニメーションというのは、絵コンテが作品の質を決める割合が大きいため、僕がそのグループの中心みたいにされてしまったわけです。

けっこう腕の良いメンバーが集まったんですよ。動画の技術を持っている人とか、背景が得意な人とかがいました。それからいちばん有り難かったのは、アニメの撮影助手をやっていたっていうのがサマナの中にいたことです。アニメーションにとってカメラって本当に重要ですから、これは非常に助かりました。僕らはチームを組んで、けっこうたくさんの作品を作りました。全部で三年くらいやっていましたね。今考えてみれば、アニメーションをやっていた時代は、僕にとって比較的平和な時代でした。

でも平穏とは言っても、内部の人間関係というのは相当ずたずただったです。普通の場合、部のリーダーは「師」がなるんですが、僕はまだ師じゃなくてスワミというその下のほうの位でした。だから上からは叩かれるし、下からは引きずり降ろされそうになるしで、大変でした。たとえば少しでも質の良い作品を作るためには、現世のアニメのビデオを見て、細かい技術を研究しなくちゃならないんです。でも上の人間は「そんなものは見ちゃいけない」と言います。でも見なくちゃできません。できなければ上から叱られます。でも見ようとすると、「尊師が見るなとおっしゃっているのに、どうしてあなたはそれを見るのか」と内部から突き上げる者もいます。つまりアニメ班の内部が仕事優先の「少しでも良い作品を作るべきだ」派と、修行優先の「これは修行なんだから尊師の言うことを聞いていればいいんだ」派に分裂しちゃったわけです。それでまとまりがだんだんつかなくなってきました。他にもまあいろんなことがあるんですが。

あと男女間のことも大変でした。教団内で男女が仲良くなりすぎてしまって二人で駆け落ちしてしまうというケースが頻繁にあったので、麻原が説法で「女性サマナは男性に近づくな。近づかないだけではなくて、憎め」ということを言ったんです。そういうこともあって、僕なんかはずいぶん槍玉にあげられました。なにしろものすごい殺伐とした空間だったです。

——あんまり解脱に向かっているようにも見えないですね、それじゃ。

ほんとにね。いい加減切れそうになりましたよ。やめようかと思った時期もありました。実際には、内側ってすごくどろどろしたものだったんです。どろどろの人間関係です。救済願望みたいなのがあったから、それでも一生懸命がんばってやっていましたが、もうぼろぼろですよ。
　僕も、もうやめたいっていう手紙を二度ばかり上に出したんです。もうオウムにいることはできませんって。九二年くらいだったかな。すると上が村井とかを寄こすわけです。それでまあいろいろと言われまして、引き止めにあいます。そんなわけでそのまま、またずるずると……。

――そのときもしオウムをやめていたら、外の世界でうまくやっていくことはできていたんでしょうかね？

　そうですね。あの時期、僕がどのレベルまでものを考えていたのか、よく思い出せないんですが、出家してからあと、あきらかに僕が世界を見る目というのは変わっていましたね。というのは、出家したあと僕が入っていた空間というのは、とにかくごちゃ混ぜの世界なんです。そこには自分がこれまで会えなかったような人たちがいっぱいいました。ばりばりのエリートから、体育会系の人から、芸術的な才能を持った人まで。そういうごちゃ混ぜ空間の中で、僕は自分と同じような人間的な弱みを他人の中にもしっかりと見てしまっているんです。
　そういった中で、やっぱり今まで深く憎んでいた差別とか、学歴とか、そのへんのことがどこかに吹っ飛んでいっちゃったんです。みんな同じじゃないかと。成績の良い奴は良い奴でやっぱり同じように悩んでいるんだと。なーんだ、そんなものかと思いました。それは僕にとってすごく貴重な体験だったですね。

それからサマナの人たちって、徹底的に外の世界を嫌っているんです。外の世界で普通に生活している人たちのことを凡夫って言うんですが、凡夫は地獄に落ちるしかないんだとか、さんざん悪いことを言います。出家修行者なんて、たとえば外で他人の車にぶっつけたって、悪いとも思いません。こっちは真理の実践者なんだという感じで、相手を上から見おろしています。自分たちは救済のために急いでいるんだ。それでぶつかって、お前らの車がちょっとへこんでも、そんなことは知らんということです。こういうのはちょっとひどすぎるんじゃないかって僕は思いました。いくらなんでも、ここまで馬鹿にしたり憎んだりしなくてもいいんじゃないかって。僕もそれまで現世のいろんなものを憎んでいたはずなんですが、そういうのを見ていると、逆に「もういいや」という感じになってきました。今まで憎んできたものがもうそんなに憎くなくなっちゃった。

――面白いですね。普通カルトみたいなのに入ると、そういう傾向がますます深まっていくものなんだけれど、あなたの場合は相対化されちゃったんだ。

やっぱり中間管理職の体験がきつかったんです（笑）。アニメ班が事実上の解散になったのは九四年でした。アニメ班のメンバーの多くが会議室に呼ばれまして、「これからは君たちは科学班の手伝いにまわってもらうことになった」と言われました。あとになってこれが「科学技術省」という名前になります。仕事の内容は溶接でした。溶接工が急遽必要になったのだけれど、アニメ班なら手先が器用だから、きっと向いているだろうと。それを聞いて僕は唖然としてしまいました。アニメ作りと溶接とではずいぶん違います。

いったい何のために溶接が必要なのか、僕には見当もつきませんでしたが、その前にスパイ検査というのを受けさせられました。アニメ班の全員がそれを受けたのですが、僕はそれには疑問を感じました。もともと麻原彰晃って神秘的な存在であるわけです。だったら神通力をつかって「こいつはスパイだ」って見抜けばいいじゃないかって思いました。

アニメ班のほとんど全員が溶接班に入れられまして、そのまま上九（一色村）に移動しました。そこの第九サティアンでタンクとか攪拌《かくはん》機とかを大量に作りました。もちろん僕らは溶接の知識はありませんから、メインのグループについていて、その補佐みたいなことをしていました。とにかく早く作れという指示があって、みんな一生懸命やっていたんですが、なかなかできなくてずるずると遅くなっていました。九四年五月の終わりまでには完成させろという指示が麻原から出ていました。巨大なタンクですよ。ものすごく大きいです。二トン・タンク。鉄板をぐーんと丸めていって、筒形になるでしょう、そのつなぎ目を溶接して、そこに既製の鏡板をかぶせて、また溶接します。相当技術がないと作れないものなんですが、よく作れましたよね。感心しちゃいます。仕事はやはりハードでした。中には一日十六時間くらい働いているのもいます。みんなぼろぼろになっていますし、時々お供物（食事）が下りてこないこともあって、そういうときには二日間何も食べないことだってあります。さすがにそういう場合にはみんな文句を言います。中には「やれないよ」という感じで、仕事をやらなくなるのもいます。僕だって慣れないものですから、怪我するわ、火傷するわ、顔なんて真っ黒です。眼鏡もぼろぼろになってしまいました。でも逃げ出す者は一人もいなかったです。「とにかくこれは救済のためなんだから」と思って、自分に言い聞かせてやっているんです。

そのうちに僕は師に任命されました。たぶん元アニメ班を率いて溶接の仕事にはげんだことが上に評価されたんでしょう。もっとも師になるといっても、帯とクルタをもらって、「がんばれよ」って言われて、それだけのことです。でもやっぱり師になると、世界観みたいなのが変わってしまいますね。今まで友だちみたいに接していたのが、とつぜん敬語を使うようになったりして。師と、その下とでは、ものすごい差があるもんだなあとあらためて思いました。

師になってからは、第七サティアンにも出入り自由になりました。警備班が厳重に警戒して、許可された少数の人間以外はそこに入ることはできません。第七サティアンの中には、第九サティアンで僕らの手で作られたタンク類がずらりと設置されていました。ものいかにも化学工場という感じでした。なんともいえず不気味な感じがしましたね。ものすごい重圧感がそこにはありました。でもいったいそれが何を作るものなのか、僕にはわかりません。三階建てのビルくらいの高さがあって、巨大なタンクがそこにずらっと配置されています。またその臭いがなんともいえない。化学洗剤をいっぱい混ぜたような臭いです。それから不気味な光。金属がみんな錆び付いて、床が濡れています。不気味な白い靄《もや》のようなものがただよい、そこで働いている人たちはみんな体調を崩しています。みんな作業しながらふらふらとしていまして、眠いのかなと最初は思っていたんですが、実は体に変調をきたしていたんですね。

なんだかわからないけれど、けた違いの金のかけかたといい、これがオウムの最前線らしいなということは想像がつきました。これによって救済が一気に進むのだろうと。そのような作業の光景を目にすることができるメンバーは限られていましたから、自分もその中の一人に選ばれたということを光栄に感じました。でもこれはいったいなんだろう、武器には見えないしな、と不思議には思っていましたが。

九四年の秋には（たしか秋だったと思うんですが）事故もありました。僕が第七サティアンの三階でひと休みしていたら、奥の吹き抜けのプラントからドライアイスを水に浸けたときに出るみたいな白い煙が流れてきたんです。隣にいた人が「逃げたほうがいい」って言うんで、慌てて逃げました。それをちょっと嗅いじゃったら、目は見えなくなるし、喉は突き刺すみたいに痛む感じになりました。酸性系の臭いです。ここに残っていたら絶対に死ぬなと、そのとき思いました。とにかく危険な場所だったです、第七サティアンというところは。

九五年の一月一日に第七サティアンの内部を隠せという指示が下りました。「機械設備をシヴァ神の顔にしてしまえ」という例の隠蔽工作です。僕がそれの美術監督に選ばれました。巨大な発泡スチロールが深夜にばんばん運び込まれてきまして、それをプラントのとくにまずい部分に張り付けてかぶせるんです。

――でもそんな大きなタンクがたくさんあるのに、かぶせきれないんじゃありませんか？

まず吹き抜けプラントの前面に、板で壁を作っちゃうんです。そこに発泡スチロールのシヴァ神の顔をくっつけます。そしてあとに残ったまずい部分は段にしてしまって、木で囲い、そこに祭壇を作ります。二階はコンパネでばーっと隠しちゃって、迷路みたいなかっこうにして、写真の展示場みたいにします。とにかくなんとしてでも騙《だま》すようにという上からの指示でした。一カ月かけてやりました。早川（紀代秀）が率いるCB

I（建設班）が中心になって作業をしました。電気関係は林泰男が担当しました。僕は美術担当です。僕が顔なんかをデザインして、それをCBIが実際に作っていくんです。できあがりはまずかったですね。顔なんかあまりに下手クソなんで、どうしようもなかったです。

でもあれで騙されちゃまずいですよ。あれはいくらなんでもわかりますよ。島田裕巳さんなんかが来て、実際に見て、これは宗教施設だと断言したわけですが、位置的にも視覚的にも矛盾だらけです。「こんなのムリだよ」と僕は思っていたんですが。でもみんな早川が怖いからそんなこと口にはできませんでしたがね。

地下鉄サリン事件があった三月二十日には、僕は溶接班を離れて清流精舎に行きまして、科学技術省ナンバー2だった渡部（和実）の補佐をやっていました。部品の管理をやっていたんです。東京の地下鉄でサリンが撒かれたという話を聞いたんですが、オウムの犯行だとはまったく考えもしませんでした。これまでの話のいきさつから、フリーメーソンだかアメリカだかからの攻撃に対して、教団が武器を手にとって戦うことはあるかもしれないけれど、まさかいくらなんでも、無差別攻撃まではやらないだろうと。それじゃもうテロですものね。

でも翌々日かな、上九に警察がどどっと来ました。二千から二千五百くらいの警官が集まっていると。それを聞いて「これはえらいことになったな」と思いました。清流は

第一回の強制捜査からは、なぜか洩れていたようでした。それで僕らは清流にあった危険な図面なんかをいろいろ集めて、燃やして処分しました。村井の部屋にも行って、そこにあった武器関係の本なんかを燃やしました。防弾チョッキも見つかったので、これはまずいと思ってバラバラに断裁しました。清流の強制捜査がおこなわれたのはたしか、國松長官の狙撃事件が起こったあとでした。

ひょっとして「サリン事件はオウムがやったんじゃないか」と考えるようになったのは、サリン噴霧車だと思われるものを実際に目にしたときでした。あれは四月だったかな。強制捜査の前だったかあとだったか、ちょっとはっきりしないんですが、僕の記憶ではあとだったと思います。

――それはどこにあったんですか？

清流です。その煙突のついた大型の噴霧車を見て、僕はびっくりしてしまいました。こんなの見つかったら大変じゃないかと。それはすぐに上からの指示があって、十人くらいで解体してしまいました。

強制捜査のあと清流にいた五十人くらいは、もう仕事がなくなったので、みんな東京に行ってビラを撒いたりしていました。でも僕は第五サティアンに行って、製本の手伝いをしたり、村岡達子の下で漫画を描いて本にしたりしていたんです。警察の別件逮捕を風刺したような漫画です。そうこうするうちに村井が刺殺されました。僕はそれを聞いて、もちろん驚いたんですが、同時になんだか安らいだ気持ちになりました。そのときの気持ちをここで説明するのはとてもむずかしいんです。でもなんというのかな、あ あ、これでオウムも終わったんだなあという気持ちです。なんともいえない気分だった。きっと自分も麻痺していたんでしょうね。麻痺してわからなかったのだけれど、本当はもう抜けて戻りたかったんだと思います。でも抜けるだけの気力もなくて、ただその空間に融合していればいいという感じでいたんですね。また自分の立場というのもありました。師になった者が抜けるというのは、プライドが許さないということです。そういうごちゃごちゃがあって、本当は抜けたいという気持ちがあったにもかかわらず、それを押し殺していたんですよ。

麻原彰晃に対する尊敬の念というのはもうずいぶん薄くなっていましたよ。なにしろあの人はちょんぼの連続でしたから。予言なんかもう外しまくっていましたからね。石垣島セミナーでも外しているし、オースチン彗星でも外しているし、サマナの中でも「尊師の予言はほんとに当たらないよなあ」とよく言われていました。

村井だって上からわけのわからないことを言われても、ただ「はいはい、はいはい」とかしこまって聞いているだけです。そういう現状に気づいてからは、僕はそのへんのことにすごい疑問を感じていました。下のほうの人たちもぶーぶー文句を言っています。

そういうなんとも打算的な雰囲気の空間で、僕だっていい加減嫌になっていました。でもだからといってやめる気力もありません。もう自分が歯車みたいになってしまっているから、やめても何をすればいいのかわかりません。でもそこで村井がぽっと死んでしまって、これで自分はやっともとに戻れるって感じになったんです。

村井の存在は僕にとっては大きかったんです。考えてみれば僕の行くところ、どこでも必ず村井が関わっていました。印刷工場も村井がらみだし、アニメ班もそうです。機材なんかのことで関わっているんです。でも僕にとっては麻原に次ぐオウムの象徴でもある村井の死を前にしても、悲しいという気持ちは起きませんでした。「ああ、これで抜けられる」という気持ちのほうが強かったです。ほんとうはこんなことを言っちゃいけないんですがね。

でもそう思っていたら、抜ける前に警察に逮捕されてしまいました。誰かに「林（郁夫）とか土谷（正実）が自供して、科学技術省の人の中から逮捕者がいっぱい出るらしいよ」とか言われて、「じゃあ俺も逮捕されるかもな」なんて冗談で言っていたら、本当に逮捕状が出てるんです。新聞に僕の名前が載っていた。殺人及び殺人未遂で。九五年の五月二十日のことだったかな。もちろんそんな、人を殺したような覚えはありませんが、殺人及び殺人未遂といえば死刑か無期懲役です。これには驚いてしまいました。逃げて隠れていてもしょうがないし、上からも勧められて、自分から警察に出頭しました。山梨県警です。それで最初は黙秘していたんです。「黙秘します」って、三日くらいは黙っていたかな。でもそんなのいつまでも続けられません。黙秘していないと無間地獄に落とされるって教団から脅かされていましたが、そんなの僕としてもう信用できませんでした。落とされるのならもう落とされたっていいよ、という感じで洗いざらい正直にしゃべりました。

取り調べは厳しく、担当の警官には「第七サティアンで作っていたのがサリンであることは知っていました」って書けって、しつこく強要されました。「知らないものは知らない」ってずっとつっぱねていたんですが、最後にはもう精神的に追いつめられちゃって、ついつい「知っていました」と嘘を書いちゃったんです。あとで検察の人に事情を説明しましたが。

結局起訴猶予で釈放ということになりました。起訴になるかならないかというのは、第二サティアンあたりでサリンを作るための会議に参加したかしないかで決まったらしいです。僕は参加しなかったんで、助かりました。最初警察では「サリンを撒いたのはお前じゃないのか」とまで言われて、ずいぶんいじめられました。きつかったですよ。まあ小突く程度で、そんなに暴力は振るわれませんでしたが、毎日やられるんで心臓に来てしまいました。毎日三回尋問があります。時間もけっこう長いです。もうぼろぼろになってしまいましたね。勾留されていたのは二十三日間でした。

釈放されて、札幌に戻りました。それから精神的にちょっとおかしくなって、一カ月くらい入院していました。呼吸困難になって、感覚がだんだん薄れていくんです。ふわっとなって、呼吸ができなくて危ない、という感じでした。いろいろと検査をしたのですが、結局精神的なものだろうということになりました。

――もしあなたが村井に呼ばれて、「お前がサリンを撒け」と命じられたとしたら、どうなっていたんでしょうね？

もちろんためらうと僕は思います。僕は豊田亨とか、そっちの人たちの考え方とはちょっと違います。僕は麻原に直接言われたことだって、自分が納得できないことはそのまま握りつぶしたりしていましたから。やれと言われたことを全部そのままやっていたわけではないんです。でもまわりの雰囲気というのは大きいですよね。逃げたらただじゃおかない、殺すぞ、みたいなことになっていたら、あるいはわからないですね。実際にやった人たちだって、やはり迷ったと思いますよ。自分たちが警察とか自衛隊とかから現実に攻撃を受けているのなら、進んでやっちゃったかもしれないけれど、ぜんぜん関係のない人たちを攻撃するわけですからね。

ただ僕が指名される可能性はあまりなかったと思います。僕は科学技術省の中ではエリートじゃないんです。科学技術省の中でも「頭脳班」と「下請け班」というのに分かれていたんです。僕のやっていた溶接なんかの仕事は「下請け班」、つまり現場の下請け労働です。それに比べると、豊田なんかはエリートの「頭脳班」で、麻原に可愛がられていた連中なんです。科学技術省には全部で三十人くらいの師がいますが、僕はその中でも下のほうでした。地下鉄サリン事件に関わっていたのは、上のほうの師たちです。

ただ僕なんかが聞いても「え、こんな人が？」という人たちがメンバーに入っていましたね。武闘派の連中なら「やはりそうか」とも思うんですが、そうじゃないエリートの人たちがほとんどです。きっと「こいつならやるに違いない」という基準で麻原が選んだのだろうと思います。そういうエリートの人たちって、ほんとに「いい子」なんですよ。上から言われたことはなんでもはいはいって聞きます。村井だってそうです。なんでもそのまま聞いちゃうんです。批判もしないし、逃げもしない。なんだって引き受けちゃう。偉いですよ。そんなことを三年も四年も続けていたら、普通みんな砕けてしまいますがね。

林泰男だけがちょっと違うんです。林泰男は「下請け班」に属する人間です。エリートじゃない。生え抜きの科学技術省じゃなくて、建設班あがりですよ。ただ師が長かったんで、上のほうに行っていただけです。実際彼なんか豊田に向かって言っていましたよ、「今度人事異動があったら、俺なんかどうせ科学技術省から外されるんだから」なんてね。だからほかのメンバーに対してコンプレックスみたいなのがあったかもしれません。まわりの連中は超伝導とか素粒子とかを研究する超エリートなのに、あの人は電気屋さんですから。

林泰男はもともとはいいやつだったんですが、どんどん人格がおかしくなってきましたよね。九〇年くらいは僕と同じステージで、仲良く話をしていたこともありました。でも九二年に師になってからおかしくなったんです。なんか高飛車な態度をとるようになり、横柄になっていきました。最初のうちは温厚な男だったんですが、最後になったらもう、まわりに八つ当たりして、部下だって平気で潰しちゃうようなタイプになりました。切れちゃっていたんだと思いますよ。

科学技術省といえば初めから麻原に優遇されていました。僕のいたアニメ班はお金が必要になってもぜんぜんもらえません。でも科学技術省にはぽんぽんお金がまわってきます。すごい差があるんです。また科学技術省の中にも差はあります。頭脳班は下請け班に大きな差をつけています。世の中というのはどこにいっても、最後まで不公平にできているんです。誰かがよく言っていましたよ、オウムで出世したきゃ東大生か美少女になるしかないんだよって(笑)。

――結局六年間くらいオウム真理教団の中にいたわけですが、その歳月が無駄になったとか、そういうふうには思わないですか?

無駄になったとは思いません。とにかくいろんな仲間に出会えて、同じように苦しんだりして、それがすごく良い思い出になっています。人の弱みとか、そういうものを目にしてきて、自分も成長できたと思いますし。充実していたというのも何か変ですが、明日は何があるかわからないという、冒険みたいな雰囲気がありました。あるいはものすごい大きなワークを与えられて、自分の意思を集中してなんとかやり遂げられたときの高揚感みたいなものもありました。

今は精神的にはずいぶん楽になりました。もちろん普通の現世の人にとっての苦というのはありますよね。たとえば失恋するとか。そういう「楽じゃない」部分もあります。でもそれはまあ、普通ですよね。普通一般の人と同じ、という感じでやっています。

ただここまで安定した精神状態になるまでには、けっこう時間がかかりました。二年くらいかかったんじゃないかな。教団を出てからしばらくの間は、ものすごい無気力な状態が続きました。教団の中にいたときには「自分は真理の実践者だ」というバックボーンがありますから、その推進力でもって、限りなく前進していけたんですが、今はそれがもうありません。自分を動かすために自分で力を持ってこなくちゃいけないということになります。教団を出てから、それにだんだん気がついてきたんです。そしてそのことで鬱になってきちゃった。苦しかったですよ。

でも昔と違っていたのは、けっこう自分に自信が持てるようになっていたということです。教団の中で僕なりにいろんな現実的な経験を積んできたから、「今はちょっと駄目だけれど、きっと今にこの道で立ち直ることはできる」という確信を胸に持っていたんです。それが大きかったですね。

今は東京で暮らしています。今この現実の世界で生きていくための力というか、柱というか、それはやはり仲間たちですね。元信者の仲間たちです。そういう気が合う仲間たちといると、「自分だけじゃなくて、この大変な世の中にみんなで一緒に生きているんだ」ということがよくわかりますし、大きな励みになります。

「麻原さんに性的な関係を迫られたことがあります」

岩倉晴美

一九六五年生まれ

神奈川県に生まれる。色白でほっそりとしていて、なかなか魅力的な女性である。オウム女性信者の「美人系」に属すると言えばわかりやすいだろうか。終始にこやかで、相手に気を遣い、能弁というのではないが、質問されたことにははきはきと答える。どちらかというと人なつっこくて、いろんなことに細かく神経を配る人だが、芯はけっこう強いのではないかという印象も受けた。

短大を出て普通の会社のOLになり、その頃はけっこう派手に遊んでいた。でもそういう生活にだんだん満ち足りなさを感じるようになり、ふとしたことで知ったオウム真理教の世界に心を惹かれていく。そして会社を辞め、出家する。

一時期は麻原彰晃の「お気に入り」になっていたようだが、なんらかの事情があって記憶を電気ショックで消去されることになった。その後長期間にわたって忘却の中をさまよいつづけ、我に返ったのはサリン事件の直前だった。だからオウム時代の記憶は部分的に、ほぼ完全に失われている。それ以前とそれ以降の記憶は明確なのだけれど、その二年近くの自分の足跡を彼女はたどることができない。

そういうことの後遺症はとくにない、と本人は言う。でもオウムとは今後もう一切の関わりを持ちたくないと強く決心している。それは彼女にとってはもう「終わった」ことである。オウム時代の失われた記憶をとくに探し求めようとも思っていない。「文藝春秋」に連載されている信者のインタビューのいくつかを読んで、「勘弁してくれと思った」と語る。

現在は美容関係の仕事についているが、技術を身につけ、貯金をして、いつか独立したいと思っている。家賃三万円の「夏は暑く冬は寒い」アパートに住んで、質素に暮らしている。「でもオウムにいたおかげで質素なのはぜんぜん苦痛にならないんです」とにこにこと笑いながら言う。

父親は冷たい人でした。冷たいというか、とにかくちょっと変な人なんですよ。ほとんど話なんてしたことありません。どんな会社に勤めていたのか、仕事の内容も知らないんです。そんなことにぜんぜん興味もなかったし。

小さい頃からお父さんに可愛がってもらったことなんて一度もありませんでした。お父さんのことを冷たいと思っていたのは、私だけじゃありません。お母さんもそう思っていたし、親戚中みんなそう思っていました。父は自分自身が子供みたいだったのかな。自分が可愛いみたいなところがあって、自分がやっていることを邪魔されたくないというふうに思うのかな。何か細かいことをやっているのをそばで見ていると、「向こうに行ってなさい」とか言われます。だからそういうときは家を出て、すぐ近所にある親戚の家に遊びに行きました。そこの家はもう子供も大きくなって独立していたので、幼い私のことをずいぶん可愛がってくれました。本当に優しくしてくれました。自分の家にいるより、そっちにいたほうがずっと可愛がられているという実感がありました。もしそこがなかったら、いったい自分はどうなっていたんだろうなって思うことがあります。

ほんとにおかしくなっていたかもしれない。

私が十九歳のときに両親は離婚しました。よそに女の人ができちゃって、それで離婚ということになったんです。そのときのごたごたは、それはもうすごかったです。半年か一年か、それくらい続きました。そのとき私は短大に行っていたんですが、本当に嫌だと思った。両親が争っているのをそばで見ていると、どっちもどっちだなというか。もちろんお父さんが悪いことは確かなんだけれど、お母さんが言ったりやったりすることを見ていると、やはり嫌だなあと思ってしまいます。結婚したいという気持ちなんかぜんぜん起きませんでした。

その頃はボーイフレンドもいたんです。でも自分が結婚生活をしていけるという自信がまったく持てないんです。結婚する年齢になっても、そんなことはたして自分にできるんだろうかと、臆病になってしまいます。「この人とだったら」とかって、うん、思えないです。相手のことが好きでも、結婚のことを考えると、どうしても怖くなってしまう。ふだんつきあってデートなんかしているときには楽しいし、ぜんぜん問題はないんですが。

――子供のときはどういう子供だったんですか？

腕白でした。はきはきしていたというか、少しうるさかったかもしれない。ただ小学校のときにからだをこわして、半年くらい学校をお休みしました。それからときどき偏頭痛に悩まされるようになって、大人になるまでバッファリンなんかいつも飲んでいましたね。それでも元気で野生児みたいなところは変わりませんでした。友だちも普通にけっこういました。勉強はできなかった（笑）。

中学校、高校は私立の女子校でした。そこでも普通に遊んでいました。ただ同世代の男の子には興味が持てませんでした。まわりの人たちは「彼氏ができた」とか言っているんだけど、そういうのを聞いても「いったいどこがいいの？」みたいな感じでしたね。同世代の男の子とか、みんな脂ぎたぎたして、汚いって感じがあったから。男の子を見てうっとりとかしなかったですね、ぜんぜん。汚いし、臭いし。あんなのいったい何がいいんだろうって。

――趣味とか、そういうのはありました？　これをやっていると楽しいとか。

楽しいっていったら、学校が終わってどこかに行って、ＤＣブランドとかそういうのを見たり、お買い物したり、そういうのかな。べつに派手なことをしていたわけじゃないんですが、洋服は好きだったですね。

高校を出て短大に行きました。どうでもいいようなところです。まあしようがないやって感じで、とにかく行った。それから短大を出て、渋谷にある会社に就職しました。

んです。

事務です。どうしてその会社に勤めたかっていうと、お休みが多いし、いいかなあとか、それくらいです。とくに何かをやりたいとか、そういうことって私にはぜんぜんなかった。離婚のごたごたなんかを見ていて、もうなんだっていいやという感じになっていたんです。

私は実家から渋谷まで通勤していたんですが、その頃は私と母親との二人暮らしでした。父親は離婚して家を出ていましたし、妹も一人暮らしをしたいからということで独立していました。妹はどちらかというとクールというか、マイペースの人でした。私とは性格がかなり違います。

就職したのは一九八五年で、その当時って景気が良かったじゃないですか。会社で旅行とか温泉とかどんどん行けるし、いいなあと思っていました。そうですね、とにかく遊ぶのに忙しかったですね。外に出かけるのが好きだから、私はあんまりお酒は飲めないんですが、それでも酒好きの友だちなんかに誘われるとよく飲みに行っちゃいました。それで夜遅くなって、女の子の友だちのところに「泊めて」とかそういう感じだったです。週のうち半分くらいしか家には帰らなかったって感じですかね。

そんなわけで、週末は疲れて寝ているということも多かったですが、それでもまあお休みのときにはいろんなところに遊びに行ったりもしました。ディズニーランドとか豊島園とか、まあ普通のところです。女の友だち同士で行ったり、ボーイフレンドと行ったり。外国も行きました。バリとか。ボーイフレンドも何人かいたんですが、それでもやはり「結婚したい」という気持ちはぜんぜん起きませんでした。やっていけないだろうな、という気持ちが強かったです。

――はたの人からすれば、楽しくやってるなというふうにきっと見えたんでしょうね。

たぶんそう見えたんじゃないかと思います。でも心の中ではあれこれと考えこんでいました。たとえば「私なんかべつに特技もないし、他人に比べて何か秀でたところもないし。かといって結婚したいというような気も起きてこないし……」というようなことですね。でもまわりの人にそんなことを言ったら、きっとみんなびっくりしたと思います。「ええー、なに、そんなこと考えてんの？」というような感じで。

とくに二十代半ばになって、これまで仲のよかった人たちが結婚したりして会社を辞めていったり、あるいは離れていったり、というふうにだんだんなってきますし、二十歳の頃に比べたらもうそんなに若くもないじゃないですか。だからそういう生活を続けていることがむなしいなと感じることもあったと思います。

――それでオウム真理教に心を惹かれていくということになるんですが、入信した直接のきっかけは何だったんですか？

ある日髪を切りに行こうと思って、いつもは知り合いのところに行くんですが、そのときは時間がなくて、たまたま近所のお店に行ったんですよ。それでそのときなんか料金をすごく安くしてもらって、そのあとも何回か行ったんですが、ある日そこの男の人にオウム真理教のパンフレットを見せられました。「実はここに入ろうと思っているんだよ」とか言って。それを見てそのときは「なに。あやしーい！」と思いました。

彼に浄化法とかそういうのを教えられました。水を飲んで吐くとか、胃の中を空にするとか、あとは紐を鼻に入れてこうするとか。それで、私は身体が弱いじゃないですか。アトピーも多少出ていましたし。ほら、今でもこのあたりに（と腕を見せる）出るんです。彼にそう言うと「じゃあ一度やってみなよ」ということで、ためしにやってみたんです。そしたらアトピーがぴたりと止まっちゃいました。一回やったら次の日にはもうなくなっていた。

あと、それまではずっと食欲がなくて、子供用のお茶碗に半分くらいしか食べなかったんですが、それ以来丼とかでぱかぱか食べられるようになっちゃって、親も「えーっ」みたいな感じで。頭痛もやみましたし、すごい元気になっちゃったんですよ。

それで「へえっ、これはすごいんだ」と思いました。その男の人からは「一緒に入信しようよ」って誘われたんですが、最初は「えー！」とかって、ずっと渋っていました。でもしつこく誘われているうちに、だんだん「入ってもいいかな」という気持ちになってきました。

——ちょっと確認しておきたいんですが、オウム真理教というのが単なるヨーガの団体とかじゃなくて、宗教だということは、そのときにはわかっていたんですね？

はい、わかっていました。ちょうど選挙もあって象の帽子とかもかぶっていましたし。でも教義云々とか麻原さん云々とか、そういうのにはまるで興味はありませんでした。これだけ身体の具合が良くなったんだから、ちょっと足を運んでみるだけの価値はあるかなあというくらいの軽い気持ちです。だから「とりあえず入信してみてもいいか」って。きっとそこには好奇心みたいなのもあったんだと思います。

最初は近くの道場に行きました。そこで成就している人と話をしました。何を話したか覚えていないです。そのときの印象はあまりないんです。もともとくに何か期待があったわけじゃないですし、こんな感じかなって。適当にしゃべって、適当に書き込みをして。

——教義のことをいろいろと説明されても、適当に聞いていた。

ふふふ。そうです。

──書き込みをしたということは、その場で入信を申し込んだということですよね。向こうの話は適当に聞いて、教義のことはよくわかんないけど、とにかく入信しちゃおうと。これまで僕が話をうかがった人たちは、もっといろいろ考えて迷って入信してましたね。あなたの場合、ちょっと話が早いような気がするけど。

うーん、まあ早いとは思いますね。入会したのはいいけれど、入会金は三万円、半年分の会費が一万八千円、合計四万八千円かかると言われました。それで「私はそんなお金ない、やだよ」と言ったら、その誘ってくれた人が「じゃあ半分出してやるよ」と言って出してくれたんです。べつに彼氏でもなんでもないんですがね。うん、すごく親切です。親切というか、導くというのが功徳になって、それが自分に返ってきますから、そういうこともあったんだと思います。で、半分くらいだったらまあいいかと思いまして。

入信すると、義務みたいなのも出てきます。奉仕活動みたいなものですね。ときどき道場に行って、決められた作業をしなくてはいけない。最初はあまりそういうの行く気もなかったんです。来てくださいって言われても、行かない人は行きませんからね。でもその誘ってくれた人も行こう行こうって熱心に言うし、近所だし、まあ行くかあと思って、行きました。

道場に行くと、スウェット姿の出家した人たちが静かで淡々としていて、そういうのを見ていると、ああこういう時間の過ごし方もあるんだなと思いました。会社とか通勤電車とか、そういうがちゃがちゃした世界とはまったく違っています。そういうところに身を置いていると、とても居心地良く感じました。そこで私もただ黙ってビラを折ったり、チラシを配りに行ったりしました。ぜんぜん苦痛じゃないんです。そういうことをしていると、ホッとするような感じがしました。まわりの人たちもみんな親切で、穏やかな良い雰囲気でした。休日に道場に行ったり、あるいは会社が終わってからどこにもよらずにまっすぐに道場に直行して、ビラを折って、それから家に帰ったりとか、そういうことをしばらくやっていました。オウムって二十四時間営業ですから、行きたいと思ったときにいつ行ってもいいんですよ。

会社って、そのころ不倫とかずいぶん多かったんです。社内不倫。そんなの見ていて嫌だなあと思いました。自分の親がそういうのをしていたわけですから、そんなのほんとにとんでもないみたいな。そういうところから道場に来ますと、ぜんぜん雰囲気が違います。もう「ボヤーン」としていて、そんな中で何も考えずに淡々とビラを折ったりして。すごく気持ちがよかった。

そのときには母親は再婚していました。わりに早く相手が見つかっちゃって、ふふふ。それでその新しいお父さんと一緒に三人で住んでいたんですが、でもきさくな人で、本物というか、実の父親よりもむしろ私は過ごしやすかったです。

私が出家したのは石垣島セミナーのあとでした。私の場合、入信から出家までのあいだがすごく短かったんです。セミナーがあったのが、たしか九〇年の四月だから、入信して二カ月ですぐに出家しちゃったんですね。

石垣島の場合、ハルマゲドンみたいなことが言われていたわけだけれど、そういうのを教えられていたのは古い人たちだけで、私みたいな在家の信者には何も知らされませんでした。在家の場合、お布施の額によって、この人はここまで知らされるというようなことがあるんです。私の場合、とにかく石垣島に行ってくださいみたいなことです。細かい説明はありません。何十万か費用がかかりました。それは貯金を下ろして払いました。その頃には「もういいかなあ」みたいな感じになっていたんです。このまま今の生活を続けていくのもなあ、と。セミナーに行くときには会社をいきなり休みました。適当な嘘をついて。だからすごい顰蹙《ひんしゅく》をかったんですよ。

石垣島に行って「なんだこりゃ」と思いました。でも指示が出たらみんなでさっと動くとか、そういうのってあるじゃないですか。こういうの楽だなあって思いました。自分で何も考えなくていいわけですからね。言われたことをそのままやっていればいい。自分の人生がどうのこうのなんて、いちいち考える必要がないんです。砂浜のところでみんなで呼吸法とかをやっていたりして。

そのときはもう「みんな出家するしかない」というような感じになっていました。そのときに石垣島に行った在家の人たちはほとんど出家しています。私も出家しました。

出家したら家も出なくてはいけないし、会社も辞めるし、お金も全部お布施します。それが二十歳くらいだったら、たぶん出家はしなかったと思います。でも二十五くらいになっていたし、うん、もういいかなあって。

――それは石垣島のあの隔離された特殊な状況に置かれたということも影響しているんでしょうか？

うーん、それだけじゃなくて、出家するのは時間の問題だったと思います。そういうのがなくても、結局は惹かれていったと思います。自分でものを考えなくていい、決断しなくていいというのはやはり大きかった。任せとけばいいんだぁって。指示があって、その指示通りに動けばいいんです。そしてその指示は解脱をしているという麻原さんから出ているわけですから、すべてはきちんと考えられているんです。

教義自体にはそんなに興味は持たなかったというか、「これは素晴らしーい」とかいう感じではなかったですね。ただいろんな煩悩がなくなるというのは、すごいなあと思いました。そういうのがなくなっちゃうときっと楽だろうなと。たとえば親に対する情とか、おしゃれをしたいという気持ちだとか、他人を嫌うのは煩悩だとか、そういうことですね。

でも実際に教団に入ってみると、そこは一般の社会とほとんど同じなんです。たとえば「何々さんは嫌悪が強いよね」とか言ったりするんだけど、それって結局は悪口じゃないですか。ただ使っている用語が違うだけで。なあんだそんなのぜんぜん変わらないじゃないって私は思いました。

とにかく会社も辞めました。強引に辞職届を出しちゃったんです。適当に嘘をつきました。海外に出て勉強をしたいだとか、そういうこと。ずいぶん慰留されましたが、「お願い、とめないで」とか思って、つらかったです。正直なことは言えませんし。でもそのときにはもう気持ちははっきりと決まっていました。

お母さんはオウムってぜんぜん知らなかったんです。ワイドショーなんか見ない人でしたから。でも出家してもうこれからは会えなくなるんだと説明すると、ちょっと泣いていました。ぜんぜんそんなことを考えてもいなかったんですね。急に元気になって、食欲も出てくるし、変だなと思っていたとは思うんですが。「そろそろ子離れしなきゃいけない時期なのかなあ」とか言ってました。

――なんか、まだよくわかってないみたいだけど（笑）。それで出家生活はどうでした？

親に会いたいとか、帰りたいとかいう人も中にはいたんですが、私はその時点ではべつに普通というか、よかったぁ！　とまでは思わなかったけれど、こんな生活もいいな、こんなものかなと、それくらいです。

阿蘇の波野村に行って、そこで生活班というのに入れられていたんです。ご飯を作ったり、洗濯をしたりというようなことです。そのときに初めて麻原さんに会いました。いきなり「来てください」とか言われて、「はあ？」と思って行ったら、麻原さんがプレハブの建物の中に一人でいて、そこに呼ばれたんです。それで二十分くらい二人だけで話をしました。

なんか雰囲気からしてすごかったですね。「あなたはこうだね」なんて言われて、それがぴたっと当たっていたりすると、なんかやはり……。どんなことが当たるか？　たとえば「現世でこんなことをしてきたんでしょう」とか。それから「現世の時にあなたは遊びすぎて、功徳を使いすぎた」とか、そんなことを言われました。あと、そうだ、「あなたは何人の男とつきあったでしょう」とか。そういうこと。そんなふうに直接会って話ができるというのは「特別なんだよ」ってまわりの人たちに言われましたが、そう言われても「ふうん？」って感じです。

――でもそういうのはあらかじめ調査をしておけばある程度はわかることですよね。現世で何をしていたとか。

そうです。わかりますよね。でも相手は最終解脱者で、あの独特な雰囲気で、もそもそっとそんなことを言われると、「わあ、すごい!」って思っちゃうわけです。やっぱり。いちばん最初は怖いなあと思いました。この人にはウソつけないなあって。でも結局のところたいした話は何もしていないんです。そこで何を話したのか、ほとんど記憶にも残っていません。

阿蘇の生活はきつかったです。寒いし。それから出家してみると、まわりにいる人たちがもうみんな変な人たちばかりで、やだーとか思いました。変というか、もう自分勝手な人ばっかり。常識というのがないし、なにしろ自分のことしか考えてないんです。それで、同じ支部出身の人たちにはまだ比較的普通の人がいたんで、その人たちと固まっていました。麻原さんにも一度言ったことがあるんですよ。「なんか変な人多くないですか、ここ」って。「そんなことはない」って麻原さんは言ってましたが。

それに比べると、上の人たち、幹部の人たちはぜんぜん変じゃないです。すっごくいい人たちでした。仲のよい師たちとはこっそりと本音の話をしたりすることができました。飯田(エリ子)さんとか、新実(智光)さんとか、村井(秀夫)さんとか、こういうことを言うと不愉快に思う人もいるだろうけれど、でも私にとってはみんないい人でした。でも下のほうは変な人たちが多かった。肌が合わないんです。

阿蘇から東京に戻ってきて、東京本部で事務の仕事をしているとき、麻原さんから私のところに毎日のように電話がかかってきたことがありました。「調子はどうか」とか「ワークのあいまにこういう修行をやってみてはどうか」とか、そんなことです。内容はたいしたことじゃないです。しかしそういうふうに言われるとやっぱり嬉しいものです。誰にでもそういう電話をかけているわけではないですから。まわりの人たちも「それは過去世において徳があるからよ」とか言ってくれるんです。ところがあるとき電話がぴたりとかかってこなくなる。すると「ああ、なんでこないの？」とか思っちゃうんです。つらくなる。今考えるとなんか変なんですが、あの中にいるとそう思っちゃうんです。

一度麻原さんに性的な関係を迫られたことがあります。富士でダビング班というところに入っていたときのことです。ダビング班って、説法を録音したテープなんかを、機械を使って何メートルとか測ってダビングする仕事をするんです。それまでの東京本部とか富士の事務の仕事があまりにも忙しかったので、そういうのんびりとした仕事につきたくて、ダビング班に入れてもらえるように麻原さんに頼んだんです。半日修行して、あと半日ダビング班の呑気な仕事をして、というのが私の求めていた快適な暮らしだったから。東京本部の事務をしていたときには、なにしろ忙しくて、三時間しか睡眠がとれないなんてこともざらでしたものね。

そのときは（性的な関係は持たず）未遂で終わりました。それで、ああよかったと思いました。麻原さんから呼ばれて部屋に行って、そんなことになったわけですが、その前から二、三回それっぽいことを言われていました。電話がかかってきて、「生理はこの前いつあったんだ？」なんて訊かれて。「はあ？」とか思って、「いつだったかな」なんて考えて。今度特別なイニシエーションがあるというようなことを言われました。それでへえーとか思って、仲のいい古い師とかに訊いたら、「実はそれはね」って教えてもらったんです。要するにセックスをするわけです。

迫られたんですが、私はがちがちになっていました。こういう状態です（肩をすくめるようにして、身をしっかりと固める）。それで麻原さんは眼がよく見えないんですが、そのかわり勘が良くて、雰囲気とかそういうのがよくわかるんです。それでわたしががっちがちになっているのがわかったんでしょうね。途中でやめました。ちょっと触ったらもうこんな感じになっているし。で、ああよかったと思いました。

でも普通の信者からしたら、（性的な関係を迫られることは）すごい喜ばしいことというか、有り難いことになるわけですよね。

――あなたの場合はそうではなかった？

うん。やだなあと思って。もちろんグルとして麻原さんを尊敬する気持ちはあるんです。そのときの状況によって話し方ががらりと変わったりするとか、みんなそういうところにやはり惹かれちゃうんだと思います。言葉に対してはすごく気をつかう人です。でもそれとこれとは別というか、なんか嫌だったですねえ。そういうイニシエーションがあるだろうとは思うけれど、麻原さんが、そんな、やだなあと。なんて言ったらいいのかな……自分が持っている麻原さんのイメージとは違うような気がした。

——でも上の人たちは、麻原が女性サマナと性的な関係を持つことがあるというのを知っていたわけですね。

古い師が、飯田さんとか石井（久子）さんとかはそういうことがあると言っていて、「私も昔あった」と言っていました。それが良いことだとか、悪いことだとか、そんなふうには考えなかったですね。「へえ、タントラって奥が深いんだな」というくらいしか思わなかったです。そんなもんなんだって感心しちゃった。

——でも麻原と肉体関係を持つことを拒否したことで、何かリアクションみたいなのはなかったんですか？

それがわからないんです。そのあと記憶を消されちゃったから。電気ショックを受けて。ここにまだそのときの電気の跡が残っています（髪をあげて首筋を見せてくれる。白い跡のようなものが列になって残っている）。ダビング班に入ったくらいまでのことは覚えているんですが、そのあとのことはまったく思い出せません。どの時点で、どういう理由で記憶を消されることになったのか、私にはぜんぜんわからないんです。まわりの人に尋ねても、誰も教えてくれません。ただ「それは君が誰それ君とあやうくなったからしいよ」と言われたことはあります。私はそんなこと何も覚えていなかったから「ねえ、もっとそれ教えてよ」と迫ったんですが、「消したんだから、教えるわけにはいかない」と言われました。

——その誰それ君とはとくに何かがあったわけではないんですね。

ぜんぜん覚えていないんです。当時麻原さんから注意を受けていた人がいて、私はその人のことをすごく好きだったんですが、それとはぜんぜん違う人だったんで、「え、なんでその人なの？」と不思議に思いました。

麻原さんは男女の仲がどうこうという情報をキャッチするのに熱心で、誰かと誰かがくっつきそうになるとまめに阻止します。私のところにも電話がかかってきて、「岩倉さん、君は何々君と破戒しただろう」って言われたりしました。それも自信満々で言うんです。でもその人と私とはぜんぜん関係ありません。だから「は？　してませんよ、そんなこと」と言うと、「あ、そうか。わかった、わかった」と言って電話を切ります。おっかしいとか思って。そういうこともありました。

とにかく記憶を消されて、はっと正気に戻ったら、そのときはもうサリン事件の年

（九五年）の初めになっていた。ダビング班に入ったのが九三年くらいだから、そのあいだの二年近くの記憶がすっぽりと空白になって抜けてしまっています。ただね、京都のスーパーで働いていたなという記憶が、あるとき突然ぱっと戻ってきたんです。京都にあるオウムの経営するスーパーで。出し抜けにそのときの光景を思い出したんです。季節は夏で、私はTシャツを着て、ラーメンにかしゃかしゃと値札をつけているんです。洗剤もこうやって棚に並べていたなあと。怖いです。そのあいだ自分がどこで何をしていたのか、まったくわからないわけですから。

眠りから覚めるみたいにふと気がつくと、それは上九のシールドルームの中でした。シールドルームというのはもともとは師の部屋として修行なんかに使われているところなんですが、私の場合は監禁みたいな状態でした。広さは一畳もないくらいで、密閉されて、ドアには穴も空いていません。冬だからよかったけれど、夏だったらすごく暑かったと思います。外から鍵をかけられていて、トイレとシャワーのときだけ外に出してくれるんです。

自分よりあとから出家した人が世話をしてくれていたので、「これ、いったいどういうことなんですか？　私にはぜんぜんわからないんですが」と訊いたんですが、何も教えてくれません。知り合いの師を見かけたんで「どうして私がここに入れられているんですか？」と訊きました。そうしたら「無知のカルマ、動物のカルマが出ているからだ」と言われました。でもそんなの絶対にウソだと思った。無知のカルマでこんな扱いを受けるわけがないじゃないかと。

階段のところに自分の荷物が置いてあったんで、そこから必要なものを取り出しているときに、村井さんが通りかかったんです。「頑張ってるか」って言うから、「何がどうなっているのかわからない」というようなことを言うと、「じゃあ今日はシールドの何番にいるから、夜鍵を開けてもらって話をしにおいで」と言われました。それで世話をしている人にそのことを言ったら、「そんなの、会わせるわけにはいかない」と断られました。

だからトイレに行くときに逃げて、なんとか村井さんのところに会いに行こうとしました。でも途中で世話をしている人に捕まってしまって、もみあいになって、Tシャツまで破かれてしまいました。それはすごかったですよ。でもこのまま連れ戻されたらおしまいだと思って、大声で騒ぎました。わーわーきゃーきゃー叫んでいたんです。そしたらみんな出てきて、村井さんも出てきて、「じゃあこっちに来なさい」ということになりました。

村井さんというのは昔はすごく優しい人だったんです。でもそのときはぜんぜん雰囲気が違っていました。すごく冷たかった。「駄目じゃないか」とか「しっかりしないと」というくらいのことしか言ってくれない。

でもその頃にはそろそろ強制捜査が入りそうだというので、個室に入れておくのはまずいから、第六だかそっちの方に移されました。それからまた富士の事務に移されました。しかしもう麻原さんが逮捕されるかどうかという時期でしたから、事務と言ってもほとんど仕事はないし、楽なものでした。

――その頃にはサリン事件が起こっていて、大変な騒ぎになっていたわけですが、オウムが何か悪いことをしたというふうには思っていなかったんですか？

思っていなかったです。そのときはまた警察のでっちあげだろうというくらいに思っていました。何か理由を作って、信者の新しいデータでも押収しに来たんだろうと。（自分がひどい目にあわされていても）教団に対してがっかりするとか、とくに深い疑問を持つとか、そういうこともなかったです。どうなっちゃったのかな、村井さんも前とはぜんぜん人が違うし、なんか変になったのかなとは思っていましたが。

私が上九を出たのも、指揮系統が無茶苦茶になってきて、それが嫌だったからです。正悟師クラスが全員逮捕されてしまって、師がそれぞれに勝手な命令を出し始めて、そういうのを目にしていると「もういいや」と思って。麻原さんがいなくなったんだから、もうこれはおしまいだなと。出ていくときにはとくに問題はありませんでした。出ようと思ってそのまま出ていきました。

――現世に戻ることには不安はありませんでしたか？　現実社会でうまくやっていけな

いんじゃないかとか。

それは思わなかったですね。現実の社会に戻ってもやっていけると思っていました。そのまま母の家に戻りまして、そこに一カ月くらいいました。母は私のことをとても心配してくれました。「毎日毎日テレビでやっていて、気が気じゃなかったよ」と言われました。テレビの報道でサリン事件のことを見ていて、初めのうちはみんなに「これはでっちあげなんだよ」って説明していたんです。でもそのうちに「出てくる人たちがみんな同じ証言をするなんてことはあり得ないのかな」と思って、黙り込んでしまった。「やっぱりオウムがやったのかな」と。結局のところ時間が解決してくれたというか。

それで一カ月くらいたって、働かなくちゃなと思いました。新しいお父さんの手前で母が気を遣っているのがわかりましたから。かわいそうだなって。それでとりあえずの資金として十万円もらって家を出て、温泉旅館の仲居さんになりました。敷金とか権利金とかかけないで自立するにはどうしたらいいのかと考えて、そうだ温泉だと思ったんです。温泉で住み込みで働けばいいんだと。

オウムに入っていたことはもちろん面接では黙っていて、それで採用されたんですが、そのうちに公安の人が来てばれてしまいました。女将さんは「誰にも言わないから安心して働きなさい」と言ってくれましたが、でも嫌ですよね。そこで七カ月働きました。給料はそんなによくなかったです。月に二十万くらい。でもチップが大きかったです。

チップが勝負だと思って、もう毎日毎日奴隷のように一生懸命働きました。そしたら同じお客さんから一日三回チップをもらったこともあります。来たときと帰るときに二度もらったことも何度かあります。そこで貯金をして、運転免許を取って、車を買いました。ここ（東京近郊の県）では車がないと生活していけないですから。

――話を聞いているとずいぶん前向きというか、実行力がありますね。

しようがないからですよ。しようがないんだと思ってやっていた。でも今から考えると、仲居さんなんてよくやったなあと思います。

今は美容関係の仕事をしています。ここにも一度警察が来ました。そのときは頭にきました。だって私は記憶とか消されちゃっているんだし、私のほうが被害者なんだよと思いました。冗談じゃないって。でもしばらくたったら、「ああ、私は被害者じゃなくて、加害者の側なんだな」って思うようになったんです。だから警察に対してつんけんするのもやめて、知っていることは全部きちんと話すようにしました。

今は健康ですよ。食欲もあります。身体に痛みがあるというようなこともありません。ただ記憶が戻ってこないだけ。オウムのときの人とはまったくつきあっていません。連絡もとっていないし、親にも「電話はとりつがないで」と言ってあります。オウムでの生活もぜんぜん懐かしくありません。

――あなたは正悟師クラスの人とも親交があったわけですが、そういう人たちがサリン事件を起こす可能性というのはあったと思う？

指示されたらやっちゃうだろうなとは思います。とくに新実さんなんかはもう絶対にしちゃう。広瀬（健一）さんなんかともちょこちょこと話はしたんですが、ほんとに素朴な人です。なんていうのかな、やはり同情しちゃいますよね。命令されて「嫌です」なんて言える雰囲気じゃありません。それこそ「喜んでやります」という感じですよ。

――裁判では多くの実行犯の人が「命令を断りたかったけれど、断ったら殺されるかもしれないんで、嫌々ながらやった」と証言しているわけだけど、実際はそうでもなかったということですか？

うーん、どっちなんだろう。でもあの状況だったら、みんな自分が選ばれたんだからと喜んで、進んでやっていたと思いますよ。普通のサマナには適当にやっている人たちも多いですが、正悟師になるとみんな真剣というか、完全にいっちゃってます。

――今はこうして現世に戻ってきて働いているわけだけれど、どうですか。以前は「私

なんてとくに秀でたところがあるわけじゃないし」というふうに考えて、生きていくことに疑問を持っていたわけだけど、今はどうなんだろう？

まあ、ないなりに生きていけばいいじゃない、みたいなところはあります。昔と同じ悩みが今もあるかと訊かれたら、それはないです。オウムに入る前は親しい人に対しても「私なんか……」みたいなことは口に出せなかったんです。これ以上は言わないでこのへんでとめておくというか、人に自分の弱みを見せるということができなかった。でも今ではそれがはっきりと言えるようになりました。

親戚が見合いの話なんかも持ってくるんです。そろそろ結婚したらどうかって。でもオウムとか、そういう凶悪犯罪をおかすところにいた人間は、結婚なんかしちゃいけないんじゃないかなって思います。もちろん私が犯罪をおかしたわけじゃないんですが、すくなくともそこで一生懸命何かをしていたわけだし。

さびしいと思うことはありますよ、それは。とくに去年はそうでした。友だちと一緒にご飯を食べに行ったり、どこかに遊びに行ったりもしますが、でも何もない日もあるし、一人でここに帰ってきて、花火がぽーんとあがっているのを見ていたりすると、ぽろってなっちゃいます。今はもうそれもなくなりましたけど。

オウムで会った人たちの中には魅力的な人たちもけっこういました。現実社会の中で知り合った人たちとはぜんぜん違うんです。なんていうのかな、現実の社会では人間同士の関係ってすごく表面的ですよね。でもオウムではひとつのところで一緒に生活していますから、ちょっと家族に似たような感じになります。

子供は好きです。妹の子供なんか見ていると、ものすごく可愛い。でも結婚して家庭を作って自分の子供を持ちたいとか、そういうことは元オウム信者ということもあって、むずかしいという気がします。相手に話すことを考えると、たぶんできないし……。やはり自分の家庭があまりうまくいっていなかったというのも大きいでしょうね。幸福な問題のない家庭に育った人って、たぶんあんまりオウムには入ってこないんじゃないかと私は思います。

「裁判で麻原の言動を見ていると、吐き気がしてきます」

高橋英利
一九六七年生まれ

一九六七年、東京・立川市に生まれる。信州大学理学部で地質学を学び、大学院に進んで測地天文学を専攻した。望遠鏡で天体を観察することには、小学校の頃から魅せられていた。地下鉄サリン事件にショックを受けてオウム真理教団を脱会。その後テレビなどのメディアに出て教団を批判し、『オウムからの帰還』（草思社）という本を出した。彼がどのようにしてオウム真理教団に入り、そこから出てきたかという事実はその本の中に詳しいので、このインタビューではあえて触れなかった。非常に興味深い本であり、またよく書かれているので、詳しい事実を知りたい方は読んでいただければと思う。

高橋さんは大学院在学中に、信州大学の松本キャンパスに講演に来た麻原彰晃と話をし、そのあとで井上嘉浩に勧誘されて入信した。その後、研究室での活動が忙しくて、なんとなく消極的に教団から抜けてしまうことになるが、やはりどうしても「現世」では集中して勉学に打ち込むことができず、あらためて入信、今度は出家信者となった。松本サリン事件の直前、九四年五月のことである。

教団では科学技術省に所属し、村井秀夫の下で仕事をする。麻原彰晃から直接、コンピュータの「地震予知ソフト」の開発を命じられ、苦労して作り上げたソフトの出したデータが、そのまま阪神大震災の勃発を予言することになり、「よくやった」と褒められる。

きわめて論理的に明晰に話をする人で——これはあるいはオウム真理教信者（元信者）に共通して言えることなのかもしれないけれど——論理が通らないと納得しない。そのかわり論理が通れば、それを積極的に受け入れようとする。そういう生真面目なところが少なからずあるように見受けられた。たしかにそのような目でまわりのものごとを見ていくと、「現世」というのは矛盾と混乱に満ちた耐え難い場所になるかもしれない。この人の場合は、論理的思考力が優れているだけに、ますます「意味の言語化」という、ある意味では出口のない、マクロとミクロが交錯する個人的サイクルにはまりこんでしまうことになったようだ。気持ちとしてはわかるのだけれど。

現在は測量関係の会社に入社して、ごく普通に仕事をし、生活をしている。しかしオウム真理教が何であったのかということについては、一生をかけて真剣に考えていきたいという。だから今でも、暇があればオウム真理教関係者の裁判に通って傍聴している。

大学時代は美術部に属して、いろいろと活発にやっていました。でも自分の中では、乖離《かいり》がかなり激しかったと思います。つまり外に出て外向的に振る舞っている自分と、内的な自分との乖離ですね。たしかに明るく熱心に活動しているし、友だちもたくさん作ったし。でもいったん自分の部屋に帰ると、ものすごく孤独な世界にすっぽり入り込んでしまうんです。そしてまわりには、そういう世界を共有できるような友だちは一人もいないんです。

子供の頃からそういう傾向はありました。小さい頃、よく押入れに入り込んでいたのを記憶しています。親と顔を合わせるのがイヤだったし、部屋の中にいても自分の空間というものを持つことができなかったんです。子供の頃って、親からいろいろと干渉を受けますよね。そこから逃れて、安らぎを得ることができる空間というのは、押入れの中しかなかったんです。ちょっと変わった趣味かもしれないけれど、真っ暗な中に一人で閉じこもると、自分の意識がきりきりと先鋭化されるような感覚があります。暗闇の中で自分自身と向き合うというか。だからオウムのリトリート（隠遁性）みたいなのは、ある意味では僕は昔から好きだったんです。

布団の中にすっぽりともぐって寝るのも好きでした。頭から布団をかぶってしまうと、自分が別世界に入るんです。意識はまだ起きているんだけれど、起きていながら、夢の世界との中間地点に入るわけです。そこでは僕は、自由にどこにでも旅をすることができます。その布団の中で、自分だけの精神世界みたいなのを構築しちゃうわけですね。そういうのがちょっとやめられなくなっちゃった。

中学時代にはプログレのロックをよく聴いていました。ピンク・フロイドの『ザ・ウォール』ですね。ああいうの聴いちゃいけないです（笑）。気持ちがとてもペシミスティックになります。グルジェフという存在を知ったのは、キング・クリムゾンを通してです。キング・クリムゾンにロバート・フリップというギタリストがいるんですが、彼がグルジェフの信奉者だったんです。グルジェフにはまってから作風が一変してしまいました。そういう音楽から人生観に影響を受けたというのは、けっこう大きかったんじゃないかと思います。

高校は立川高校だったんですが、そこでは体育会系でした。バスケットとバドミントンをやっていました。どちらもけっこうハードでしたね。

大学に入ってからは、社会とはなんとか一線を画して生きていきたいという気持ちが、僕の中で強くなってきました。いわゆるモラトリアム人間です。僕らの世代は日本が裕福になった時代に育って、そこから社会を眺めているという意識がありますよね。そしてそこにある「大人の社会」に、僕はどうしても馴染むことができなかったんです。なんだかすごく歪んでいるように感じられました。それで、そういうのとは違うもっと別の生き方、世界の眺め方がどこかにあるんじゃないか、そう考えるようになりました。大学時代って自由な時間をかなり持てますから、頭の中でそういうイメージがどんどん大きく膨らんでいきました。

若いときにはそういうことってありますよね。自分の頭の中ではいろんなことを考えているんですが、実際の自分の生活というリアリティーの次元に落とされてしまうと、自分の拙《つたな》い生みたいなものばかり目についてきてしまいます。そういう苛立ちみたいなものが、僕の中には強くあったのだと思います。

そういう苛立ちの状況から僕が解放され、あるいは立ち直っていくために、当時僕はいろんなところに首を突っ込んでいました。どこかから、自分が生きていくための活力みたいなものを得ようとしていたのだと思うんです。現世での生活上の苦しみがあり、現実社会の矛盾に対する疑問があります。そういうものから脱却するために、自分なりに理想社会というものを思い描きますし、だからこそ、それに合致するような理想社会を旗印として掲げている宗教団体にうまく乗せられてしまうわけです。

オウム問題というと、すぐに親子関係のこじれとか軋轢《あつれき》といった話になってしまうことが多いんです。でもそんなに簡単に割り切れる問題じゃないと僕は思います。現実的な挫折とか、家庭の不和とか、そういうこともたしかにオウムが人をひきつけるひとつの原因としてあるかもしれません。しかしそれより大きな要因は、むしろ世界の行き過ぎに対する終末的な感情というか、そういう僕たち全員が持っているものじゃないかと思います。そのような普遍的に僕たち人類全員が、日本人全員が感じていることに着眼すれば、（多くの人々がオウムに惹かれていった原因は）家族の不和とか、そういったちっぽけなことでは括《くく》れないはずです。

――ちょっと待ってください。日本人は本当にみんな終末観を持って生きているんですか？

みんなが持っているというふうに簡単に一般化することはできないかもしれません。できないんですが、終末観にひしひしと侵されていく感覚というのは、みんな心の中に感じていたんじゃないでしょうか。潜在的な、目には見えないけれどそこにあるものに対する恐れといいますか。ですから、日本人全員がそういう終末観に脅かされているかどうかというのは、結局のところ、その闇のヴェールをすでに剝いで見てしまった人もいるし、まだそのヴェールを塞いでいる人もいるというレベルの違いに過ぎないんじゃないでしょうか。もしそのヴェールをすっと開いて、その奥を見つめてしまえば、誰でもたじろぐというか、一種の恐怖感に脅かされることになると思うんですよ。

恐怖感は、近未来に対するものです。自分たちの生活の土台となっている社会そのものが、近未来にいったいどうなっていくのか、その行く末を深く案じる気持ちです。これは、頂点に上りつめるというか、ひとつの国が裕福になっていけばいくほど、強くなっていく感覚だと思うんです。そういう暗い影が増していくわけです。僕はそう考えています。

――でもそれは「終末」というよりは、むしろ「下降」とか「没落」という表現のほうが近いような気がするんですが。

そうかもしれません。でもやっぱり『ノストラダムスの大予言』というのが、僕の小学校から中学校くらいにかけての時期にずいぶん有名になりまして、その終末感覚みたいなものがメディアを通じて、僕の意識の中に情報としてかなり深く食い込んでいたと思うんです。これは僕一人のただの個人的な認識ではないはずです。単純な世代論みたいになっちゃうとちょっとまずいかもしれないですが、あの当時、日本人はみんな「一九九九年の終末観」というものを、ずいぶん頭に植え付けられたと僕は思うんですよ。僕はそのときに計算しました。一九九九年には僕は三十二歳になります。ああ、僕は大人になってから、大変な世の中を生きなくちゃならないんだなと思いました。そういう暗い感覚があのときにすでにできちゃったんです。

オウムの出家信者というのは、要するに一人ひとりが自分の中に終末を受け入れているようなものなんです。出家するときに自分をすべて投げ捨てることによって、彼らは現世のものをすべて終わりにしてしまっているわけですからね。つまり、終わりを一度受け入れてしまっている人たちだけがそこに集まっているんです。まだ近未来に対する希望なんかが自分の中に残っている人は、やはりそれなりの執着があります。"執着があれば、自分を投げ捨てることなんてできません。しかし出家しちゃった人というのは、崖から思い切って飛び降りてしまったようなものです。崖から飛び降りるというのは、一種快感があるものなんです。これを経験した人たちは、そうすることによって何かをかわりに得ているんです。

ですから終末というのが、オウム真理教のひとつの軸になっています。ハルマゲドンが来るから出家しなさいと勧めて、全財産をお布施させて、それが教団の資金源になっています。

——でも終末観を売り物にしている教団というのはオウムの他にもたくさんありますね。「エホバの証人」もそうだし、ウェイコのブランチ・デビディアンもそうです。オウムとはどこが違うんでしょう？

ロバート・リフトンという宗教学者に「終末観を中心にした教義を持っているカルトは多いけれど、終末を自分から呼び寄せ、自分からそっちに突き進んでいったのはオウム真理教しかない」と言われたことがあります。そのときに、そうなのか……、と思いました。

僕には今でも、オウム真理教のある部分でのきわめて強い原動力の存在と、その行方について、どうしても納得のいかない部分があるんです。あれだけのすごい活力を有していて、たくさんの数の人々をしっかりと引きつけていたものが——人々という中にはもちろん僕も入っているんですが——いったいどうしてこんなことになってしまったんだろうと。

僕は学生時代にいろんな新興宗教から勧誘を受けました。いろんな教会だとか道場にも足を運びました。でもあの当時、世の中の行く末について本当に切実に考えて、真剣に宗教観を打ち立て、その宗教観に基づいた生き方を熱心に模索し、また厳しく実践するという点では、オウムを超える宗教はひとつもありませんでした。オウムがなにしろいちばんすごかったです。僕はその実践性を前にして舌を巻いてしまったんです。観念的になったり、馴れ合いで穏やかに落ちついてしまう他の宗教とは違って、修行もとにかくハードです。まず自分の身体を変革し、その変革の延長の上に世の中を変えていかなくてはならないという宗教観には、非常にリアリティーを感じました。（救済の）可能性がもしあるとするなら、それはこういうところから始まるのかなと、僕はその当時思いました。

たとえば地球に食糧危機というのがありますが、オウム食みたいにみんなで食糧の摂取を少しずつ減らしていけば、そういう問題はうまく解決するのではないかと言われました。供給を増やすのではなく、身体のほうを変えていくわけです。僕もたしかにそうかなと思いました。オウムの人はみんな少ししか食べませんからね。これから人類がこの地球と調和的に生きていくとしたら、そういうふうに考えなくてはいけない時代が来るのかもしれない。

――それはなんかカート・ヴォネガット・ジュニアの小説『スラップスティック』みたいですね。あそこでも食糧問題を解決するために、中国人がみんな身体のサイズを半分にしちゃうんですが。

それは面白いですね。

実は僕は、二回に分けてオウムに入信しているんです。それで一回目はそうでもなかったんですが、二回目に入ったときには暴力の影みたいなものをすごくはっきりと感じました。一日目からもう「ああ、これはまずったかなあ」と思ったくらいです。支部にいますと、これは在家信者中心ですから、教団はやっぱり明るい仮面をかぶっているんです。普通の生活をしている人たちが相手ですから、そこでは温和なイメージを振りまいています。ところが上九一色村に行きますと、ここには出家信者しかいません。出家信者というと、すべてを投げ捨てて集まってきた人ばかりです。ある意味では、みんなすでに切れちゃっているんです。そこでは切羽詰まった切実な感覚が、それこそもうほとばしっているんです。

で、僕が入ったときには、僕にいきなりついたワークがコスモ・クリーナー作りでした。当時教団は自分たちは外部からサリン攻撃を受けていると主張していまして、その毒性を半減するために考案されたのがコスモ・クリーナーです。その機械の部品をお前は作れと、のっけからそれです。

僕が出家する少し前に教祖の説法がありました。こほこほと咳こみながら、「私は今、毒ガスに狙われている」と彼は語りかけました。どす黒い顔で、ぐったりしながら説法するんです。これはものすごいリアリティーがあって、僕なんかまさにその臨場感に押されて出家しちゃったようなものです。「私はもうあと一カ月しかもたない。このままだと教団は滅んでしまう。その前に、私を信じているものは、私の下に集まってほしい」、そう言ったんです。「君たちは私の楯になってくれ」と。これは実に強烈な説法でしてね、当時信者として在家にいた人たちは、みんなあれでぐらっときました。もし宗教に対する信仰というものがあるとして、教祖がこんなに大変な状況に置かれているときに、自分に何もできなかったら、これは信仰にならないじゃないかと。これで一挙に二、三百人は出家していますね。要するに僕もその波に巻き込まれてしまったわけです。宗教的な探求心と、グルに対する忠誠心とが、うまくすり替えられていったんだと思います。

何か変だというのが見えてきたのはやはり、「キリストのイニシエーション」を受けさせられたときですね。これは信者全員に麻薬性の薬物を飲ませるイニシエーションだったんですが、そのやり方がどう考えてもあまりにも杜撰《ずさん》だった。もし宗教の名の下にそういう薬物を使って、精神世界に没入させようとすることを、かなりあやしげではあるけれど、いちおうひとつの手段として認めるにしても、どうせやるならもっと丁寧にやってもらいたかった。まあＬＳＤに近いものだと思うんですが、受けた信者はみんなおそらく、そんなもの初体験ですよね。だから中には気がおかしくなっちゃう人だって出て来るんです。そしてそういうおかしくなった信者たちが、そのへんに野放しにされているんです。そのような光景を目にしていると、つくづく嫌気がさしました。精神世界に突入させることを目的として、教祖が決めてやっているにしても、これじゃあまりにも管理が不行き届きじゃないかと。

僕はこのキリストのイニシエーションに対しては強烈な拒否感を感じました。それを受けた後で、このまま脱会しようかと真剣に悩んだくらいです。涙が出てくるくらいのショックで、「いったいなんだよ、ここは？」って考え込んじゃいました。僕だけじゃなくて、キリストのイニシエに関しては幹部クラスの人たちだってずいぶん揺れていましたよ。成就者として麻原にべったりだったような人でさえそうでした。教団はもう腐り始めているんだなという感じさえありました。

僕は自分で「冒険入信」って言っているんですが、何か知らない未知の世界を開くためには、そのシステムを——「郷に入っては郷に従う」って言うじゃないですか——ある程度許容していかなくてはいけない。だから僕はそのシステムをいちおう自分の中に受け入れてはいるんです。でもその世界観、生活観をそのままきっかり受け入れているわけではありません。そういうところが僕にはあったんです。だからオウムのいささか特異な生活体験に進んで馴染もうとする感覚が一方にあり、それと同時に一歩退いて、ちょっと醒めた目でそれを見ようとする自分がいたわけです。

よく「高橋君、どうしてあなたは教団にマインド・コントロールされなかったんですか？」って質問されるんだけれど、そういう言われ方をしても、僕としても困っちゃうんですね。要するに僕は、自分にとっての宗教というものを模索するひとつの段階として、オウム教団を捉えていたということになるかもしれません。でもそうは言っても、こういうのもまだ出家して一年しかたっていなかったから余裕を持って言えることであって、もし三年くらい前から入っていたらどうなっていたか、それは僕にだってわかりません。まだ一年くらいなら、自分の思考システムみたいなものがある程度残っていますからね。

それで出家して一カ月の時点で、キリストのイニシエーションのことでがっかりしちゃって、もうやめようかと真剣に考えたわけです。でも「僕は現世を捨てて出家します！」と威勢のいいことを言ってここにやってきたわけです。それが一カ月くらいで

「やっぱりだめでした。戻ります」って、簡単には口にできないです。恥ずかしいですものね。これはプライドの問題かな。まあ、宗教とプライドというのはそもそも矛盾したものなんですがね……。

僕はその頃、教団に対する疑問があまりにも募っていて、与えられたワークもろくに手につかないような状況でした。たとえば（解脱のためには殺人さえも許容する）ヴァジラヤーナの教義なんて、そんなに簡単にすっと受け入れられるようなものじゃありません。だけどまわりには、そういう問題についてまともに相談できる信者はいないし、教祖は雲の上にいて直接話をすることなんかできません。まわりにいる信者に「教団のこういうところはちょっとおかしいと思いませんか？」と疑問をぶっつけても、「それは高橋さん、教団についていくしかないですよ」という通り一遍の答えしか返ってきません。だから僕は、これはかなりの幹部の人にあたってみないとだめだと思ったんです。

そうこうしているうちに、やがて僕は新実さんと飯田エリ子さんとナローパ師（名倉文彦）に呼ばれて、イニシエーションというかたちでこってりとしぼられるんです。「どうしてお前は教団の生活ができないんだ？」とか、「修行になっていないじゃないか」とか、「グルに帰依していない」とかいろいろときつく言われました。

僕はそのときに、これはよい機会だからと思って、自分が感じていたいろんな疑問を思い切って彼らにぶっつけてみたんです。いや、待ってくれ、自分には今、教団に対してこれだけの疑問があって、それで純粋に魂をなげうって教団の活動に励むことができないんだ、と。そして自分が感じてきたことを、すっかり全部説明し切っちゃったんです。そしたら飯田エリ子さんが言いました、「私たちもそれは同じなのよ。でもグルについていくしか、私たちには道はないのよ」と。

「あなたはグルのことがよくわからないのに、どうしてそのグルについていけるんですか？」と僕は彼女になおも質問しました。「たしかに私もグルを信じていますよ。しかしグルがいったい何者なのかを知らないのに、その人に（無批判に）ついていくことはできないでしょう」と。そう追及しても、答えはやっぱり同じでした。「グルを信じて、とにかくついていくしかないの」ということです。

それで僕はもうがっくりしちゃったんです。マハームドラーの成就者で、みんなの尊敬を集めている人（飯田エリ子）がこの程度のものなのかと。あなたはそれでも成就しているんですか、と。この程度なら、これ以上訊いてもしょうがないやと思いました。科学技術省の上司である村井秀夫にも思い切って質問してみたのですが、答えはまったく返ってきません。何も言わずただ黙り込んでいるだけです。あとは教祖に直接聞くしかなさそうです。それからはあきらめて、黙って修行をすることにしました。

僕は教団の中では井上嘉浩に唯一精神的な結びつきを感じていたので、彼にそういう質問をぶっつけてみたかったのですが、アーナンダ（井上）はどこかのシークレット・ワークにまわっていて、まったく連絡がとれませんでした。そんなわけで、ほんとに悶々としながら数カ月を過ごしました。

教団に入って一年目くらいのことですが、僕は科学技術省にいて、上司の村井秀夫さんに地震関係の資料を集めてくれと命じられたんですが、その当時の教団の方向性は実に混沌としていて、粗雑で、そういう現状を考えると、安心してワークに集中することなんてとてもできないと、僕は常々考えていました。教団がこれから何をやろうとしているのかが、ぜんぜん見えないんです。だから村井さんに思い切って尋ねてみたんです。「どうも教団には闇の部分があるように僕には思えるんですけれど、どうなんですか？」って。僕は占星術に関わっていた関係で教祖の近くにいましたので、普通には見ることのできない幹部の行動を日常的に目にしていました。それが何かすごくものものしいというか、彼らのひとつひとつの行動が厚いヴェールに隠されているんです。そしてその闇の部分の中心にいて鍵を握っているのは、村井さんであるように思えました。だから彼に直接訊いてみようと思ったんです。でも目の前では切り出せないから、電話で話しました。村井さんはしばらく沈黙してから、「君は期待はずれだった」と言いました。その段階で、教団における僕の人生は終わったなと感じました。要するに「教団側の人間としては、駒として使うことはできない」と見なされたということです。

僕はオウムの犯罪を単なる暴走だというふうには思っていません。そこには彼らなりのひとつの明確な宗教的目的があったと考えているんです。暴走と言えなくもない部分もあるだろうけれど、そこにはしっかりと宗教観が介在しているはずだと。僕はそこのところをもっと詳しく知りたいのです。そしてそれをきっちりと説明できるのは、たぶん麻原と村井秀夫だけだろうという気がします。他の信者たちはたぶん駒として使われただけでしょうが、あの二人はそうじゃありません。彼らはその行動目的を自覚し把握した上で、それに沿って指示を出していたはずです。僕があそこの中で戦ったというか、一人で立ち向かった相手は、そういう二人のモチベーションみたいなものじゃなかったのかという気がするんです。

サリン実行犯になった人たちの多くは、完全に教祖絶対主義者で、教団に対してどんな疑問があろうとも、そういうものに対して目もくれずに、言われたことをそのままやっちゃうところがありましたが、それに比べて豊田亨君には、いちおう考えるところがありました。僕が何か教団に対する疑問を口にすると、少しは考え込んでくれるんです。そして「でもね、高橋君、世界はもうハルマゲドンなんだから、そんなことを言ってはいられないんだよ」と答えました。そういうふうに、いちおうは自分の思考システムを通して答えるだけの余裕が彼にはあるんです。でもそうじゃない人もたくさんいます。まったく自分の思考を通さずに「ただ教祖に従っていればいいんだ」というような人たちです。同じ信者でも、そういう人たちとは話ができないなと僕は思っていました。ひとつの教団といっても、中にはいろんな人がいます。

豊田君は僕と同じくらいの時期に教団に入ったので、個人的によく知っているんですが、出家してからわりに短期間のうちに幹部に昇格させられてしまって、「僕も教団の動きはまだよくわからないんだけれど、とりあえず幹部になってしまったから、そのように振る舞っているんだよ」と言っていました。その言葉を聞いて、彼も大変なんだなあと思ったことを覚えています。それはまだサリン事件の起こる前のことですが、「この男はきっと、僕なんかより果てしなくつらい立場にいるんだろうな」と想像しました。僕はしばらくのあいだ彼の運転手役をしていたんです。

ほとんどの幹部はじっくりと時間をかけて教団の人間になった人ですが、豊田君はいわば即席でなっちゃった人です。ほんとに早い出世でしたからね。そこらへんがうまく教団に使われてしまったというわけですよね。

――高橋さんはもし村井に「サリンを撒け」と言われたら、逃げてました？

逃げていたと思いますが、逃げ方にもすごくコツがいるんです。実行犯たちはうまく「逃げられない状況」を作られて、それからそこで虚を突くようなかたちで指示を与えられているんです。村井の部屋に集められていきなり「今日の話は実は……」と切り出されるんです。のっけからそう言われるんです。そして「これは上からの命令だからね」と。これはもう呪文みたいなものです。実行犯には、あの当時とても真剣に信仰している人たちが選ばれています。そして「君たちはとくべつに選ばれたんだ」とやられるわけです。使命感に訴えるんですね。もうどこにも行けないという立場に追い込んでおいてから、命令を与えるんです。帰依というのが、オウム真理教における信仰の土台です。その名のもとにすべてが整合化されてしまうプロセスがそこにはあります。それにやられちゃっているんです。

だから僕は現実問題として、実行犯に選ばれることはなかっただろうと思います。僕はまだペーペーだし、成就もしていません。つまり教団にまだ充分には信用されていなかったということです。そういう人間を彼らはおそらく選ばなかったでしょう。

――ひとつ疑問に思うことがあるんです。僕は地下鉄サリン事件の被害者にインタビューをしたんですが、その中に何人か、「自分がもしオウムの中にいて、ああいう状況でサリンを撒けと命令されたら、（会社で仕事をしている経験から言って）断れずにやっていたかもしれない」と言った人がいました。でも高橋さんは教団の中に実際にいたにもかかわらず、「僕はたぶん逃げた」と言うわけですね。どうしてだろう？

それはちょっと詳しく説明させてください。「逃げていた」という言い方は少しずるいかもしれませんね。もっとはっきり言いましょう。もう少し自分の心をえぐって言うと、僕はたしかに村井さんに言われたら逃げていたかもしれません。でももし井上嘉浩君に「高橋君、これは救済なんだ」と言われて袋を渡されたら、僕は本当に途方に暮れただろうと思います。一緒についてきてくれと言われたら、ついていきたくなったかもしれない。要するにそれは、人間と人間との絆の問題なんです。

村井さんはたしかに僕の上司でしたが、冷ややかというか、高いところにいるかけ離れた存在だったし、もし「サリンを撒け」という指示を彼から出されたとしたら、逃げちゃっていたんじゃないかと思います。もちろん「どうしてそんなことをするんですか？」ということを彼に問いただしますけれど、それでも「これは教団にとって必要なことなので、汚れ仕事ではあるけれど、どうしても君にやってもらいたい」というふうに強く言われたら、自分の本心をうまく隠して、そのときはいったん引き受けておいて、そして実行する前になんとかうまく逃げるんじゃないでしょうか。広瀬（健一、サンジャヤ）さんが迷っていったん列車を降りたのと同じような感じで、僕も「いったいどうしたらいいんだろう」と葛藤しながら、結局逃げ出すことになったと思います。

でも井上嘉浩君という人は、心が動かされるところがあるんです。彼は非常に真剣な宗教的使命感を感じていました。その彼が苦悶している状況を見てしまったら、僕は彼のために一肌脱いでしまいたくなっていたと思います。僕は正直に言って、あの当時は彼にすごく強い影響を受けていました。だから彼に「これは我々にしかできない使命なんだ」というふうに迫られたとしたら、僕はついていったかもしれない。そう思ったこともあります。

——これから自分がやる行為が他人を傷つけるかもしれない、というのとは別の次元で？

そうです。別の次元で動いてしまうということなんです。「別の次元で動く」というのは、人を行動に駆り立てる原動力のようなものについて考えるとき、論理的思考というのはきわめてやわなものじゃないかということなんです。たとえば「サリンを撒け」と命じられたとき、論理的思考ができるような状態に、果たしてあの人たち（五人の実行犯）があっただろうかと僕は疑問に思うんです。論理的に「これはいけない」と考えて、「じゃあやめよう」と判断できるような精神的な余裕があっただろうかと。そんな余裕もなく、ただパニックになって、その場の気運に呑まれたような状態で、言われたまま実行してしまったんじゃないでしょうか。もし論理的な思考というものが働くだけの余地があったなら、誰もあんなことやらなかったはずだと思いますよ。強烈なグルイズムの中で、個々の価値基準みたいなものはすでに全部崩されちゃっているんです。そのときは、「こんなことをしたら人がたくさん死ぬ」なんてことが頭の中に入ってくる余裕さえなかったのではないかと僕は想像しています。

僕だって三年くらい教団の中にいたらどうなっていたかわからない、というのはそういうことです。「僕は絶対平気ですよ」なんてとても言うことはできません。まだそのときには、自由に教団に対して疑問を感じて、それを人前で提示していく感受性が僕の中に温存されていたということです。でもどれだけ強く抵抗しても、押し止めようとしても、自己は否応なくどんどん崩されていきます。教団に入って、上からいろんなことを押し付けられて、「こんなことも受け入れられないのか。それは君の帰依が足りないからだ」と迫られ続けますから、それはどうしようもなく挫《くじ》けていきます。僕はなんとか持ちこたえられたほうだと思います。一緒に入った人たちでも、ずいぶん挫けた人はいました。

――じゃあ麻原彰晃本人に「高橋、お前やれ」と命令されたとしたらどうですか？

僕は麻原本人に問いただすと思います。もし彼が僕に納得のいく説明を与えてくれたなら、僕は聞きます。しかしそれがなければ、僕は納得がいくまで問いただしていくだろうし、その結果僕は任務から外されることになったと思います。僕はそれまでにも正直な気持ちを麻原の前で口にしていましたし、彼には「君は裏表のない人だ」と言われていましたから。でも正直に言って、麻原彰晃と村井秀夫にはおそらく僕の心は動かせなかったでしょうね。彼らは僕の前では心を開いてはくれませんでしたから。

では相手が井上嘉浩君だったらという問題ですが、さっき言った「ついていったかもしれない」というのと、「実際に行動に及んでいたかもしれない」というのとはまた別の問題です。これから起こることを何も知らされていない人たちを前にして、果たして何も感じずに黙々とサリンの袋に傘の先を突き立てることができるか？　そこまで自分というものを冷徹に放棄してしまえるものなのか？

——ちょっと待ってください。あなたはさっき「強烈なグルイズムの中で」という表現をしたわけですが、とすると、あなたはグルイズムの外にいることになりますよね。オウム真理教団の信仰の本質はグルイズムだから、これは論理として矛盾するんじゃないですか？

前にも言いましたように、僕はキリストのイニシエーションの時点で、（教団のあり方を）非常に疑問に感じていたんです。そして僕はそのときに、そのような疑問をすべて文書のかたちにまとめました。でもそれを持っていこうとしても、受け入れてくれる態勢が教団の中にありませんでした。そういう信者と教祖とが隔絶してしまっている状態に、僕は本当に幻滅しちゃったんです。

——じゃあその段階で、いったい何が高橋さんをオウム真理教に引き留めていたんですか？　そこには麻原彰晃がいて、教義があって、仲間がいるわけですね。そのうちのどれかですか？

僕にとっては、ほとんど何もなくなっていました。教団と教祖に対しては、その実態を見るにつれてどうしても疑念が生じてきて仕方ありませんでした。ただ僕はその信仰を、発端である井上嘉浩との出会いに賭けていました。それが僕を教団につなぎ止めていたほとんど唯一のものだったと言っていいと思います。

僕は教団の中で孤独でした。孤立していました。科学技術省の中では占星術の研究をやらされていたんですが、僕はそんなものにはまったく興味が持てません。僕もいちおう大学院まで行って科学に携わっていた人間です。天体の動きについての正確な科学的データを使いながら、それを結局占いにしか使わないというような怪しげな作業を続けていることにはすごく抵抗がありました。オウムの中では超能力願望みたいなものがひとつのテーマとしてあったようですが、僕はそういうものを目指す人の気持ちは、正直に言ってよくわからないんです。なんかずれているような気がしました。

じゃあ、つなぎ止めるものがほとんど何もないのに、どうして僕がなおも「疑念を捨てきれない」教団に留まり続けたのか、ということですね。それは結局のところ、僕がもうすべてを捨ててしまっていたからでしょう。オウムに入ったときには、僕はそれまでの写真を入れていたアルバムを全部焼きました。日記も焼きました。彼女とも別れました。全部捨てているんです。

――だってまだ二十歳ちょっとでしょう。まだまだやりなおせる歳だし、失礼な言い方

かもしれないけれど、捨てると言ってもそんなにたいしたものはないんじゃないかと思うんだけれど。

まあたいしたものには映らないかもしれませんが……（笑）、でも自分でも思うんだけど、僕はやっぱり頑なだったんですね。オウムの信者に共通しているのは、こういう一種の頑なさなんです。僕も含めてそうなんだけれど、どうでもいいじゃないかというようなことに頑なにこだわって一途に邁進《まいしん》する。でも集中力をもって臨みますから、そこからは充実感が得られるんです。教団のほうもそういうのをうまく利用します。で、修行というのも、ある程度のメニューをこなしたほうが充実感を得られますよね。オウムにあっては、充実感というのが餌なんです。だから激しい修行を与えます。それが激しい修行であればあるほど、そこから得られる充実感も大きいわけです。

僕はオウムに出家した当時、自分のほうから現世を捨てたんだという気分になって、まあ自分で自分に酔いしれていました。でも本当に自分の意思でもって出家したのかどうか……、ただ勝手にそう思いこんでいたのかもしれない。それが地下鉄サリン事件で突然たたき起こされたんです。そしてそのまま教団を脱会することになった。そしてこれまで神秘的だと思っていたものが、幻想として、あとかたもなく壊されてしまった。これはまるでぐっすり眠っているところを「火事だ！」とたたき起こされて、そのまま外に放り出されたみたいな感じです。だから僕としては、たぶんこの一連のオウム真理教事件は決して忘れてはいけないこと、風化させてはいけないこととして、一生かけて取り組まなくちゃいけないと考えています。オウム真理教という影の部分、闇の部分に自分の足をすくわれてはいけないと思っています。

——もう一度終末論について話を聞きたいんですが、オウムの語っている終末論というのは、ユダヤ＝キリスト教的な終末ですよね。「ミレニアム」なんてのはまさに西欧の発想だし、ノストラダムスについても仏教とは何の関係もありません。

オウム真理教のハルマゲドンというのは、それがどんなに独自の思想を持っていたにしても、結局キリスト教の終末観に負けちゃったんだと僕は思っているんです。負けたというか、吸い込まれたというか。だからオウム真理教がいちおうバックボーンにしている仏教、チベット密教的なものだけを見ていても、これらの一連のオウム関連の事件はうまく解明できないのではないかという気がします。

先ほどノストラダムスの例をあげて「終末観というのは僕個人のことではない」というふうに言ったのは、結局のところ、キリスト教信者であろうがなかろうが、僕らはいやおうなく終末的な気運というものを背負い込んでいるんじゃないか——そういうことなんです。

――終末観というものが正直言ってよくわかりません。しかしそこに、もしなにかしら存在意味があるとすれば、それはどのようにその「終末観」を自己内部で解体していくかということにあるんじゃないかという気が、ふとするんですが。

　そのとおりです。僕は実はそれを言いたかったんです。終末観というのは定まった思想体系ではなく、むしろひとつの過程ではないかと僕は考えています。終末観のあとには、必ずそれを浄化するムーブメントがあります。そういう意味ではオウム事件というのは一種の解放だったと思うんです。これまでに積もり積もった、日本人が今までにため込んできた意識の歪み、怨念みたいなものが、精神的な次元において一挙に解放されたのがオウム事件じゃないかと僕は捉えています。でもそのような現象や状況が、今回のオウム事件ですべてきれいに解消されたとは僕には思えません。潜在的に社会を冒しているウイルス的な終末観というのは、まだぬぐい去られていません。ぬぐい去られていないし、消化されてもいない。

　そんなものは個人的な次元でとっぱらっちゃえばいいじゃないかという意見もあると思います。でも僕がもし自分の手からそれを放すことができたとしても、社会的なムーブメントとして、潜在的に冒されてしまっているウイルス的な終末観というものは、決してぬぐい去られるわけではない。僕はそれが言いたいんです。

――社会全体といっても、普通の人は――というか、相対的なバランスを保っている人は――そのような「ウイルス的な終末観」を、自分なりにどんどん解体して、あなたの言ういわゆる「現世」の中で、別の何かに自然に置き換えていっているんじゃないですか？

解体作業ということですね。それは絶対になされなくてはならないと、僕も思います。僕は麻原彰晃という人は、そのような解体をすることができなくて、終末思想に負けていった人じゃないかと思うんです。だから結局自分の手で危機を作り出さなくてはならなかった。麻原彰晃という宗教家の終末観が、（より大きな別の）終末観に負けたのだと僕は感じています。

――子供の頃から感じていた押入れ的な「闇の世界」というのは、あなたのオウム真理教体験に結びついているんでしょうか？

昼の世界と夜の世界とがあるんです。僕が出家しようとまで思い詰めてしまったのは、昼間の世界では、僕の中で隠されていた願望のようなものがどうしても解消しきれないという認識があったからだと思います。だから昼間の世界を殺すというか、昼間の世界を自分から捨ててしまうような活動に入っていったのでしょう。だから僕はオウム真理教のドアを開けてしまった。これはとりもなおさず、自分の心の闇に出会うことと同じだったんです。

で、井上嘉浩君だとか、豊田亨君がやってしまったことを見ていて、もしかしたら僕が彼らだったかもしれないというのを、夢で見るんです。これはほんとに恐ろしい体験です。朝、脂汗をだらだらかいて目を覚まします。でもそれは夢じゃないんですよ。それは僕の目の前で実際に起こったことです。言い換えれば、潜在意識の中で眠っていた僕の闇の中のものが、すべてオウム真理教の影に吸収されてしまい、白日のもとに暴かれたということなんです。

僕はだからこそこれまで、オウム真理教関連の一連の事件に、自分なりに真剣に取り組んできたつもりです。裁判にもできる限り通いました。しかし裁判における麻原彰晃の一連の言動を見ていると、なんだか自分がほんとに馬鹿にされているような気がしてくるんです。吐き気がするというか、実際に吐いちゃったこともあります。ただもうやるせない気持ちです。あんなものは見る価値もないとも思いました。でもたとえああいう無様な姿に見えても、僕は彼から目を逸らすわけにはいきません。侮ることはできません。麻原彰晃という存在がたとえ一時的であるにせよこの世の中で機能して、それがあのような惨事を引き起こしてしまったという事実は、忘れちゃいけないと思うんです。たとえ自分の中でひとつのケジメがついても、自分の中の「オウム真理教事件」が乗り越えられなかったとしたら、次には進めません。

河合隼雄氏との対話

『アンダーグラウンド』をめぐって

この対話は平成九年五月十七日、『アンダーグラウンド』が刊行された約二カ月後に、京都市内で行われた。雑誌「現代」九七年七月号に掲載されたが、本書収録にあたって村上が構成しなおした。

村上　河合先生はセラピストとして面談をしておられるわけですが、通常そういう面談というのは何度も回数をかさねるわけですね。僕が『アンダーグラウンド』でやったインタビューはある部分では面談と似ているようにも思うのですが、ほとんどの場合お目にかかって話を聞いたのは一度だけです。そのへんの実際的な違いというのはどうなんでしょうか？

河合　その人と何回会えるかということによって、私もだいぶ態度を変えます。この人とはこれからも長いこと会っていくと思いますと、事実を把握したりとか、こちらの考えを言ったりとか、そういうのはほとんど放棄してしまいます。
たとえば来た人が「私はこういう問題で悩んでいるんです」と言われたときに、ぜんぜん父親について触れない場合があります。そういうときに「失礼ですけど、お父さんはどんな方ですか？」と尋ねない場合があります。それは訊《き》く必要がないんです。それよりもその人の「真実」のほうに興味があります。

ところがその人と会う回数が限られていたりすると、父親のことが聞きたくてしょうがなくなってきます。何度か会っているうちに、聞きたくて我慢できなくなってくることもあります。だいたいは聞かないようにしているんですが、あんまりたまらなくなったら聞きます。それから何か非常に大きな犯罪を起こしてこられた人とか、すぐにでも死にたい方とか、そういう場合はちゃんと聞きます。事実関係がわかってないと、これは怖いですから。やっぱりどういうふうに自殺したんかとか、これからまたしようと思うかとか、聞いておかないとね。それから殺人なんか犯した人の場合も、人を殺してどう思っているのかとか、そういうのをわかっておかないと、それによってこっちの会い方も変わってきますから。

村上　シリアスな問題を抱えている場合と、そうじゃない場合とでは、接し方が違ってくるわけですね？

河合　違ってきます。高校生なんかが来て、「僕は学校行ってへんでー」という話をしたりすると、「ふーん」と感心して聞いているだけです。「ところであんたのお父さんは？」なんてことは絶対に言いません。その人の真実が浮かび上がってくることが大事ですから。そっちに焦点をあてます。

　ところがこの『アンダーグラウンド』の場合は一回きりのインタビューですし、ある程度事実がわからないことには仕方がありません。そういう場合であれば、だいたい私も同じような接し方をすると思うんですが、ただし最初から事実を聞いていくことには慎重になると思います。初めのうちはなるべく相手の自由にしておくと思いますね。

村上　事実をどんどん聞いていくというのは、ある場合にはかなりきついことですね。僕がこの仕事をやっていていちばんきつかったのは、あるいはジレンマと言ってもいいと思うんですが、事件の話を口にすることによって良い方向に向かう人もいれば、逆にまた調子が悪くなってしまう人もいるということでした。それで、僕も途中からかなり悩みはじめたんです。

河合　それはよくわかります。

村上　でも僕はテーマのある一冊の本を書いて、事実をある程度明るみに出すためにインタビューをしているわけですから、事実について質問しないわけにはいきません。いったいどこまで聞いていいのか、どこまで書いていいのか、そのへんのことは考え出すとやはりむずかしかったです。もちろん河合先生の場合とはそもそもの面談の目的が違うわけですが。

河合　僕らはいつもそういうことを考えながら人に会っています。相手の方が言い過ぎそうなときには止めます。「それはまた今度にしましょう」とか。

村上　それは経験則みたいな感じでわかるんですね？

河合　そうです。経験則もあります。それから話を聞いているときには、僕らも自分の感情にはすごく鋭敏になっています。だから「ちょっと怖いな」という感じがしたときには、ぱっと止めるんです。

村上 でも本を書いている場合には、そんなふうには止められないですよね。

河合 そうなんです。目的がそもそも違いますから。でもね、そういう話をしてしまって、そのときは悪くなられたとしても、それは次に良くなるためのステップとしてそうなることもあるんです。だから簡単には良い悪いは言えません。「わー、言うてしもた」と落ち込んでいても、「でもやっぱりそうなんやな」と思い直して、もう一回ぐっと上がってきます。そういうこともよくあります。

村上 僕も話を聞いているとき、感覚はできるだけ鋭敏にしてはいるんです。いろんなことを本能で判断しようとします。でもそこまで先は読めませんよね。「結局はよくなった」としても、よくなるまでにどれだけの期間がかかるかなんてこともわかりませんし。

河合 そうですね。そこまではなかなかわかりません。でも「会って話そう」と向こうが言ったわけだから、それはある程度割り切らなくては仕方ないですね。それから自分の話したことが本になるというのは、けっこう大きなことです。自分の体験談としてわあわあしゃべると、家族やらまわりの人やらは「うるさいなあ」という反応を見せることも多いんですが、こうして本になって活字で読むと、腹におさまっていくんです。そういう意「ああ、そういうことだったのか」とまわりにもわかってもらえるんです。そういう意味では喜ばれたんじゃないでしょうか。

村上 それとは逆に、サラリーマンの方の多くは被害を「過小申告」してる場合が多いように感じました。ほんとは十つらくても、七くらいしか言わない。たとえ十言っても、活字にするときには七くらいにしてくれって言われます。そうしないと、「あいつは具合が悪いからもう使えない」ということになっちゃいます。それが会社なんです。そういうのって、書くほうは複雑な気持ちになってしまいます。

河合 あんまりいろんなことがむずかしいので、私は書くことを放棄してしまいます。私が今やっていることをそのまま文章にすれば、もっとみんなにアピールすると思うんです。その人たちの苦しみをそのままの形で書けば、苦しみというのがどういうものか、もっと正確に伝わります。でもそれはできません。我々の仕事には守秘義務というのがありますから。

私が書く場合には、もちろん相手の了解をとります。あるいはちょっと作り話をします。ところがね、作り話というのはなんとなく迫力ないです。不思議なもんですよね。と作り話をしたほうがかっこええ話ができそうにみんな思うかもしれんけど、我々がやると作り話というのは力がないんです。もちろん創作する方は別です。創作は自分の身体から出てくるやつだから。でも僕らがつくるのはただの作り話になってしまいます。

村上 僕が『アンダーグラウンド』を書こうと思った目的は二つあります。ひとつは、メディア的にプロセスされていない第一次情報を集めて並べていこうということです。

第二に、徹底して被害者の視線でものを見ていこうということです。なぜかと言えば、そういう立場から書かれた本がひとつもなかったから。

僕は多くのマスコミや評論家がやっているように、オウム真理教の側の精神性とか思想性をとりあげて今ここで解析していっても、とりあえずはどうしようもないんじゃないかという気がしたんです。そういう、意味の言語化みたいな迷路にはまりこんでしまうよりは、いったん出来事を普通の人の場に戻して、テクニカル・タームをとっぱらって、そこからあらためて事件を眺めたほうがいろんなことが見えやすいんじゃないかということです。

河合 でもこれは村上さんが聞いている態度によって、これだけのもんが出てきたんだと思います。僕は内容を見ていると、それがすごくよくわかります。村上さんはここでは聞き役で、ほとんど前には出てこないんだけれど、こういうことをしゃべるというのは、村上さんが聞いているから出てくるんであって、普通の人が聞いても出てきません。ほんとにそうですよ。

村上 それは具体的に言うと、どういうことなんでしょうか？　僕は夢中になって聞いていただけなんで、よくわからないんですが。

河合 たとえば私が震災のところに行くとしますね。「じゃ、ちょっとこの震災の体験談を聞かせてください。本に書きますので」なんてやったら、こんなふうに話は出てきません。「いや、もう大変でした」と言うかもわからんし、「家が潰れました」と言うかもわからん。でもそんな話をしているうちに、いやになってくると思います。つまりね、話をしていても、相手にわかってもらえないと話が続かんわけですよ。わかってもらえないと、気持ちは出てこないのです。相手によっては、話がものすごく簡単になってしまったりする。でもこの本の中ではみんな話がほんとに生き生きとしているでしょう。なかなかそういう感じでは人はしゃべれないものなんです。

村上　僕はもちろん事件に興味があったから、この取材を始めたわけなんですが、でも本当に興味があったのは人間なんです。作家ですから。だから最初の三十分か一時間くらいは事件とは関係のない個人的な話ばかりしています。どこで生まれて、どんな家庭で育って、どんな子どもで、学校で何をして、いつ結婚して、子どもが何人いて、何が趣味で、会社はどんなで……そんなことを延々話していました。どれもとても興味深い話で、全部書きたかったんですが、「個人的なことなので書かないでくれ」と言われたことは多かったです。

でもそういうことを話しているとだんだん相手がどういう人かわかってくるんです。自分の中でその人の像が結ばれていく。そこまでいって初めて「さて、その日のことなんですが」という話になります。そうすると比較的すっと出てくることが多かったです。もちろんうまく行かない場合もありましたが。

河合　もちろんうまく行かない場合もあるでしょう。でもサリンどうこうというんじゃなくて、その人がこういう人生を歩んできたというところが迫真性を持っている。「日本人、ようやってるなあ」という感じがすごくしました。

村上 よくやってますよね。話を聞いているとものすごいラッシュアワーですよ。それを毎日毎日何十年と続けている。でもそれに対して頭に来たり、「もういやだ」となったりする人がほとんどいない。もちろん中にはそういう人もいますが、少数派です。ほとんどの人は、文句も言わずに通い続けている。僕が「いやになりませんか」と訊くと、「ほかの人もみんなやっていることですから」という答えを返す人が多かったです。そう思わないとやっていられないということもあるんでしょうが。

サリンを吸ってふらふらになっても、大多数はそのまま会社に行っています。とにかく我慢強い。意識もほとんどないのにラジオ体操をしている人もいる。

河合 ほんとですね。ああいうのは僕ら、ぜんぜん違うな（笑）。

村上 ふたつの考え方があると思うんです。

ひとつは会社というのはこっち側のシステムであり、そこには一種宗教的な色彩さえある。こういう言い方をすると問題があるかもしれないけれど、そこにはある意味ではオウム真理教のシステムと通底している部分があるかもしれない。実際に被害者のサラリーマンの中には、自分だって同じ立場だったら命令を実行していたかもしれないと告白した人も何人かいました。

もうひとつは「いや、それはぜんぜん違うものだ。こちらのシステムはあっちのシステムとは異質のものだ。一方が他方を包含して、その間違った部分を癒していけるんだ」という考え方です。僕はその二つのどっちだとも、まだ今のところ簡単には言えません。

それにはまず悪とは個人的なものなのか、あるいはシステム単位のものなのかというところからはっきりさせていかないといけない。僕はこの『アンダーグラウンド』を書き上げてから、ずっとそのことを考えてきたんです。悪とは何か？　まだわからないですね。この問題を追求していけば、どこかの地点でそれがぼんやり見えてくるんじゃないかという気はしているんですが。

河合　いや、悪というのはほんとにむずかしい問題です。もともとむずかしいんだけれど、今この時代になって、ますますむずかしくなってきました。

村上　悪というのは、僕にとってひとつの大きなモチーフでもあるんです。僕は昔から自分の小説の中で、悪というもののかたちを書きたいと思っていました。でもうまくしぼりこんでいくことができないんです。悪の一面については書けるんです。たとえば汚れとか、暴力とか、嘘とか。でも悪の全体像ということになると、その姿をとらえることができない。それはこの『アンダーグラウンド』を書いているときも考え続けていたことですが。

河合　僕も『子どもと悪』という本を書いたんですが、それを書くときにすごく困りました。悪とは何か、ということで。

で、悪と創造性がどう関係するかということで話を始めるんですが、それは書きやすいんです。だけどそう書きながら、「ほんとはそこに書いている悪というのを、お前はどう定義するのか？」と言われると、これはむずかしいです。

ただね、一神教の人は定義しやすいんです。神様が悪と言うてるのが悪なんだから。ところがその一方で、一神教の人たちにも困ることがある。それは、「じゃあどうしてその唯一最高の神様は、この世界に悪をお造りになったのか」ということです。そう言われると一神教の人たちはすごく困ります。ところが我々みたいな多神教の人間は、こっちから見たら悪やけど、こっちから見たら善やとか、いろいろ言えます。だから悪の定義というのはほーんと、むずかしいです。

しかし子どもと悪というのは本としては書きやすいんです。大人どもが悪やと言うてるのは、べつに悪ではありませんと、そういうことが書きたかったわけですから。そういうのならどんどん書けます。だけどいつか悪のことを書きたいとは思っています。悪の心理学という本がないですね。悪の哲学はちょくちょくありますが。

善悪を二つに割ってしまって、これは善、これは悪というのは、へたをすると危険なことになります。善が悪を駆逐するというか、そうすると善は何をしてもかまわないということになってしまいます。それがいちばん怖いことです。オウム真理教の人だって、自分たちは善だと思うから、あんな無茶苦茶なことをやったわけですよね。ついつい悪いことをした……というのとは違います。

これは昔から言われていることだけれど、悪のための殺人って非常に人数が少ないです。それに比べると善のための殺人というのはものすごく多い。戦争なんかそうです。だから善が張りきりだすとすごく恐ろしい。でもだからと言って「悪がいいです」なんて言えませんから、すごく困るんですわ。

村上 取材していて感じたのは、ある年齢より高くなると、「絶対にオウムは許せん！」という人が多くなるということでした。そういう人たちはオウムのことを「あいつらは絶対的な悪だ」と捉えています。でも若い人たちになると、そうではない。二十代から三十代にかけては、「あの人たちの気持ちもわからないではない」という人がけっこう多かったです。もちろん行為そのものに対しては怒っているんですが、動機についてはある程度同情的だったです。

河合 善悪の定義というのはとてもむずかしいことですから、小さいときから生き方によってたたき込まれているものが強いんです。これが善だ、というふうに身体がそうなってしまっている。地下鉄職員の方の話を読んでいると、それがものすごく見事ですね。ある意味では感心もしてしまいますし。ところが若い人たちはそういうものを持っていません。判断が柔軟であると言えば、柔軟なわけですが。

村上 でも現代の社会において、いったい何が善で何が悪かという基準そのものがかなり揺らいでいるということは言えますよね。

河合 それは言えます。『子どもと悪』という本を書いていても思ったんですが、何が本当に悪かというのを、表面から言っていくのは、ものすごく困難です。この社会が悪だと思っているもの、これは書けるんです。そんなふうな言い方だったら、いくらでも言えます。ところがもうちょっと本質に降りていってものを言おうと思うと、いっぺんにむずかしくなってしまいます。

村上　僕が感じたのもそれです。地下鉄サリン事件、オウム真理教事件というのがなかなかうまく捉えきれないのは、結局のところ「何が悪なのか」という定義がしづらいからなんですね。サリンを撒いて多くの人を殺したという行為一点に絞って言えば、これはもちろん悪です。議論の余地はない。ところがオウム真理教の教義をたどって解析していくと、それはあるいは絶対的な悪ではないかもしれないという筋道も出てきます。あくまで解釈の問題じゃないかと。その乖離《かいり》みたいなのがあるんです。その乖離について追求していくことも、もちろん魅力的なアクセスではあるんだけれど、そっちから行っちゃうのはやはり危険なんじゃないかなという気がします。この事件を解いていくには、結局もっと地面に近いところに蝟集《いしゅう》している「本能的なコモンセンス」みたいなのが大きな力を持っていくんじゃないかと思うんです。

それで多くの被害者の個人的な話を聞いたわけなんですが、正確なビジョンはまだなかなかつかみきれません。それはその人たち個々の中でもやはり、それぞれに分裂が起こっているからじゃないかというふうに感じるわけですが。

河合　その答えはやはり村上さんが自分で出すしかないですね。村上さんがこのような被害のそれぞれの生々しさを自分で引き受けて、そこから答えを出すしかないんです。

でも頭で考えたらだめです。そういう意味でも、村上さんが今度書く作品（小説）というのは大変だろうなって思います。これだけの仕事をやったあとで書くわけですから。

村上 でも僕としては次とか、その次とかいうふうに、そんなに簡単に答えは出てこないだろうと考えています。何年かかるかしれないけれど、かなりの長期戦になると思うんです。逆に簡単に出してしまいたくないという気持ちもありますし。

河合 それは論理的な結論というのではなくて、あくまで生き方として自分の中にできあがってくるものですから、時間がかかるのはあたりまえです。

村上 僕がこの『アンダーグラウンド』を書いていちばんよかったと思っているのは、多くの読者から純粋に物理的な反応が返ってきたことです。たとえば読んでいておいおい泣いたとか、あるいは腹が立って腹が立って身体がおかしくなったとか、怖くてしばらくのあいだ地下鉄に乗れなかっただとか。そういう物理的な反応があったとても素直に書いてきてくれる人が多かったです。僕は小説家ですから、そういう反応がいちばん嬉しいんです。場合が場合だから、嬉しいと言ってはいけないのかもしれないけれど、頭で考えた結論とか教訓なんかよりは、こういうフィジカルな反応のほうがはるかに有効だという気がします。

河合 読者の側に立ってみても、いますぐ答えが出るというものではないですから、みんながいろんなことをひとつの体験として持って、もうひとつ先の答えをそこから自分で出していくということをしなくてはならんと思います。そう思って生きていかなくてはならないんじゃないかと。

村上　僕がこの仕事から得たいちばん貴重な体験は、話を聞いている相手の人を素直に好きになれるということだったんじゃないかと思います。これは訓練によるものなのか、あるいはもともとの能力によるものなのかわからないんですが、じっと話を聞いていると、相手の中に自然に入っていくという感覚があるんです。巫女＝ミディアムみたいな感じで、すうっと向こう側に入っていけるような気がする。これは僕にとって新しい体験だったです。

こういう気持ちってなかなか日常生活では経験できないと思うんです。熱烈な恋愛でもしないかぎり。でもこういう作業を続けていて、少しでも相手のことを理解しよう、相手を好きになろうと強く思っていると、やはり何か通じ合うところはありますね。

河合　そうです。我々の仕事もそれと同じです。僕がユング研究所にいるとき、僕らを指導してくれた面白い先生がいたんですが、その人がこう言っていました。クライアントの人に会ったときに、どこかひとつ好きなところが見つけられなかったら、会うのをやめたほうがいいと。どこかひとつ好きなところというのは、ものすごくええでしょう。

村上　よくわかります。

河合　無茶苦茶やった人とか、いろんな人が来るんです。それこそ殺人を犯した人だって来ます。でもどこか好きになれるところがあるというのは大事なんです。それがベースになるんです。どこも好きになれるところがないのにそれでも人に会うというのは失礼です。

村上 そういう人はいますか？

河合 僕はね、わりに人のことを好きになるタイプですから、そういうことは少ないですが、これまでに一人だけありました。それで断りかけたんです。申し訳ないけどよそに行ってくださいと、あなたとはお会いできませんからって。そう言おうと思いました。でもそのときに心の中から声があったんです。「絶対に会え」っていう声が聞こえました。だから「私は正直言ってあなたと会う気がしません。あなたのことはあまり好きじゃありません。しかしともかくあなたと会えという声が聞こえたので会うことにしましょう」って言って会いました。大変でしたが。

村上 どうなりました？

河合 それは意味がありました。そやけどほんとに大変でした。その人も何かのときに言われましたよ。「先生、そういえば最初のときに会いたくないって言われましたよね」って。「そうですね。ほんまにそうでしたな」と言ってやっておりましたが（笑）。そういうこともあります。

村上 僕の場合はほとんどの場合、相手とは一回しか会いませんから、一期一会という感じで相手のことが好きになれます。でもそれが二度三度になると、しんどいことも出てくるんでしょうね。

河合 そうなると「好き」ということはけっこう大変です。

村上　責任を引き受けなくちゃならない。

河合　責任を引き受けるということもあります。それから心の隙間に入ってきますからね、好きというやつは（笑）。

村上　僕はこの仕事をしてみて、河合先生のやっておられることはほんとに大変なんだなと実感しました。日常的に継続的にそれをずっとやっておられるわけだから。

河合　そうです。それはすごく鍛えられてないとやれません。そしてさっきのお話どおり、好きでないとダメです。しかしその好きがね、なんて言うんかなあ、だんだん深くなっていくんです。だから普通に好きというのとは違ってくるんです。普通に言うてる「好き嫌い」とは次元が違ってきます。だからこそいくら会っていても大丈夫というところがあります。

しかし村上さんの場合、好きで会っておられるからこんな話が出てきたんだと思いますよ、絶対。そうでなかったら、ここまでは出てきません。それは読んでいてものすごく感じました。

村上　もっともっと面白い話はあったんです。でも「これは書いてくれるな」という部分がいっぱいありました。僕としては残念なんですが。そういう意味では、僕のやったことはノンフィクションの作家の方法とは少し違っているかもしれない。僕はこの本を書いている途中から、事実そのものをあばいていくことにはあまり興味が持てなくなったんです。それよりはその人たちの立場に身を置いてものを見て考えていくことのほうに興味が移りました。だからそれがどんなに面白いことであっても、書いてほしくないことは、書かないでおこうと思ったんです。

河合　ノンフィクションをやっておられる方がどういうふうに言われるか、僕は知りませんが、今は科学主義というのがあるんですね。我々はファクトを積み重ねて、ファクトによってものを言っているんだと。だから新しいファクトを掘り起こす場合、どうしても自然科学に影響されているんです。そうすると「客観的にいかねばならない」ということになってしまいます。そうしないことにはファクトが出てきません。

でもたとえば僕がこうして村上さんと話をしていて、ぐっと気持ちがわかって、そこで「そのときの村上さんの気持ちはこうではなかっただろうか」と書くことはできます。でもある種のノンフィクションでは「村上春樹はこう思った」という書き方をします。もちろんそのへんのところをきちんと書き分けている人もいますが、往々にしてそういう書き方になります。そういうところがストイックだという言い方もできるんですが、悪く言うと真実からすうっと遠ざかってしまうところがあります。ファクトに引っ張られて、真実から離れていってしまうわけです。そういう意味ではこの『アンダーグラウンド』をノンフィクションの人たちがどう評価するかということにもとても興味があります。

村上　僕は単純に「フィクションではないものはみんなノンフィクションだ」と考えているわけですが、そうじゃなくて世間には「ノンフィクションとはこういうものだ」という見方もあるようですね。でも小説家としての経験から、計数化できるファクトというものがほんとに正確なものなのかという疑念は、僕の中に根深くあります。たとえばさびしい人気のない夜道で棒を持った変な男とすれ違うとします。実際には一六二センチくらいのやせた貧相な男で、持っている棒もすりこぎくらいのものだったとします。それがファクトです。でもすれ違ったときの実感からすると、相手は一八〇センチくらいの大男に見えたんじゃないかと僕は思うんです。手に持っていたのも金属バットみたいに見えたかもしれない。だから心臓がどきどきする。それでどっちが真実かというと、あとのほうじゃないかと思うんです。本当は両方の真実を並列しなくちゃならないんでしょうが、どちらかひとつしか取れないとなったら、僕はあくまで断りつきでですが、ファクトよりは真実を取りたいですね。世界というのはそれぞれの目に映ったもののことではないかと。そういうものをたくさん集めて、総合していくことによって見えてくる事実もあるのではないかと。

河合　それが非常に明確に書いてあるところがいいんですね。どっちつかずにごちゃごちゃにしてしまう人がときどきいます。そうすると読むほうはわからなくなってしまうんです。そういう意味では、これからノンフィクションの世界でもだんだん面白いことが出てくるんじゃないかと思っているんですが。

僕らはいわゆる事例研究というのをやっているわけでしょう。その場合はなんとなく無味乾燥なファクトを言う場合が多いわけです。ただ僕らは慣れているから、その無味乾燥なファクトを聞きながら、わあっとイマジネーションが湧いてきます。でも村上さんの場合は、そうではなくて生きた姿がそのままに出てきていますね。

村上　本に収められた証言を読まれて、この人には治療が必要じゃないかと思われた例はありますか？

河合　それはありません。ただ読んでいて「これはつらかったやろな」と思いました。「おかしい」というのではありません。こんな目にあっているんだから、そんな具合になるのは当たり前なんです。これはむずかしいんだけれど、PTSD（心的外傷後ストレス障害）というのは変な人がなるんじゃなくて、普通の人がなるんです。だからそのときに「俺は変じゃないんだ。普通の人間はこうなるんだ」ということがわかったら、それは楽になりますよね。そのときに相談できる人がいたらよかっただろうなと、読んでいてそれはものすごく思いました。そういう意味で気の毒に思いました。

村上　そうですね。相談できる人がいないというのは、ものすごく大きなことだと思いました。

河合　うっかりそんなことを口にすると、「なんやお前、変なやつやな」と思われたりもします。僕も震災のときにずいぶん言ったんです。そうじゃなくて、おかしくなるのが当たり前なんだと。普通の人がそうなるんだと、すごく強調しました。それがずいぶん役に立ちました。あれで助かりましたって、あとになって言われました。

村上　いちばん気の毒なのは、会社がわかってくれないというケースですね。会社に向かう途中で被害にあって、いわば労災なんですが、それでも会社はぜんぜん斟酌《しんしやく》してくれない。それどころか戦力にならないということで切られている人がけっこういます。

河合　日本人というのは異質なものを排除する傾向がすごく強いですからね。もっとつっこんで言えば、オウム真理教に対する世間の敵意が、被害者に向かうんです。被害者の方まで「変な人間」にされてしまう。オウムはけしからんという意識が、「なにをまだぶつぶつ言っているんだ」と被害者の方に向かってしまうんです。そういう苦しみを経験している人も多いと思いますよ。

村上　震災のときもそうですが、最初に興奮があって、それから同情みたいなのに変わって、それがすぎると「まだやってるのか」というのに変わってしまうんですね。段階的に。

河合　そのとおりですね。オウムに対する汚れとかそういういろんなイメージが、被害者の側におぶさってくるんです。ものすごく変なことなんだけれど、そういうことが起こってしまう。非常に気の毒です。

村上　ある意味できわめて象徴的だったのは、冷戦体制が崩壊してもう右も左もない、前も後ろもないという状況が現出したまさにそのときに、関西の大震災とこのオウム事件が勃発したわけですね。おかげで、それらの出来事をどのような軸でとらえるかということが、すっといかなかった。

河合　地震は天災だからちょっと違いますが、もし冷戦体制が続いていたら、オウムみたいなものは出てきにくいですよね。つまりどっちから見ても、目に見える悪がちゃんとあるわけですから。あれをやっつけないかんとか、みんな割に頭の整理がしやすいわけです。ところがその整理がつかなくなってどうしていいかわからんときに、ぱっとこういう変なものが出てくるわけです。

村上 僕はそれをストーリー性という言葉でとらえるんです。

河合 要するにストーリーの軸が失われたところに、麻原はどーんとストーリーを持ち込んでくるわけですね。だからこそあれだけ人が惹き付けられていく。その通りだと思いますね。

村上 そういう意味では才能があるというか、カリスマ性がありますよね。

河合 それはすごい持ってますね。

村上 僕は小説家としてそれがすごく気になるんです。こんなに多くの人を惹き付けるストーリー性とはいったいどんなものだったのか。そしてそのようなストーリーがどうして結果的にあれほどの致死性を帯びなくてはならなかったのか。そう考えていきますと、物語には善き物語と悪しき物語があるんじゃないかと、そういうところにまで行ってしまいます。ここでまた悪とは何かという命題に立ち戻るわけですが。

河合 それは面白い問題ですね。どうだろうなあ。まあ今のところはストーリーである限り規制するべきではないというのが一般的な認識だと思いますが。でもその影響力というのはすごいものですからねえ。

村上 純粋に物語として考えていけば、「人はみんな汚れているから、ポアしてあげるのは正しいことなんだ」というのも筋としては間違っていないとも言えます。物語の筋としてはということですが。ところがそれが「サリンを撒く」という具体的なかたちをとると、これは紛れもない悪になってしまいます。そのふたつのあいだにどのような線を引けばいいのか？

河合 たとえば「鉄人28号」という物語がありますよね。ああいう類のヒーローはぱあっと空を飛んで人を助けに行きます。小さい子どもがそれを読んで、自分でそのつもりになって、風呂敷を首に巻いてパーっとやっているわけです。しかし実際にそれで二階から飛んで死んだ子がいるかというと、それはいません。子どもっちゅうのはすごいんですよ。ストーリーがものすごく生きているんですが、それと外的現実とのあいだをきれいに調整しているんです。

ときどき物語を真っ向から批判する人がいます。ファンタジーとか言って、魔法の杖を使ってひょいと空を飛んだりしている、これはけしからんと。子どもが魔法の杖を使えば勉強ができるなんて思ったら、こつこつと勉強しなくなるじゃないかと。でもね、必死に勉強すれば偉くなりますなんて言うほうがもっと大嘘です（笑）。あんな嘘はない。

「巨人の星」だってそうです。毎日毎日あんなに猛練習をして巨人の星になったとかね。あれこそ大嘘や。あれを信じてみんなが野球の練習なんかしだしたら、どんな気の毒なことになるか。子どもはそのへんをちゃんと知っているからやりませんが。そういう意味ではストーリーというのはとても面白いですよ。

村上 それからこれは僕の仮説なんですが、麻原の提出した物語が彼自身を超えてしまったということも起こりうるんじゃないかと。

河合 それがストーリーの恐さです。ストーリーの持つパワーがその個人を超えてしまうんです。そして本人もその犠牲になっていくんです。そうなると、もう止めようがなくなってしまいます。

村上 ある種のネガティブな場所から出てくる物語というものもたしかにあります。またそれがネガティブな故に力を持つという場合もあります。小説家でも非常に屈折した悪い状況から優れた物語を紡ぎ出す人がいます。だから出どころがどうこうと簡単には言えないんですが、ある現実的な部分でそのネガティブ性が本人を超えちゃうと、それは致死的なファクターを帯びてくるんじゃないかと。

河合 だから麻原も終わりの頃には、もうやめてしまいたいと思っていたのではないでしょうか。でもやめたいと思ってもやめられないです。ヒットラーなんかもそうだったと思いますね。止めようがなくなるんです。自分が作った物語の犠牲に自分がなってしまう。麻原についてはまったくそのとおりだったと思いますね。

それとこれまで、死に関するストーリーというのが世間になさすぎたんです。だから麻原のようなあんな単純な物語でもすごい力を持つことができたんです。昔は死に関するストーリーがいたるところにありました。この世なんていうのはそもそも大変なんだから、死んでからどうやってハッピーになれるかと、それぱかりだった（笑）。だから親鸞さんの話とか聞いてみんな感激していたわけです。ところが今はこの世に生きることにみんな熱心になりすぎて、死ぬということが盲点になっています。そこに彼が出てきたわけだから、若い人たちはわあっとそっちに行ってしまった。それはわかる気がしますね。

村上 これは小説家として思うんですが、ネガティブなところから出てこない物語ってないんですよね。物語の本当の影とか深みとかを出すのはほとんど全部ネガティブなものなんです。ただそれをどこで総体的な世界と調整していくか、どこで一本の線を引くか、それが大きな問題になると思います。そのためにはバランスの感覚がどうしても必要になりますよね。

河合 そうです。そのネガティブなものをかかえこんで、抱きしめている時期が必要なのです。醸成する期間といいますか。そういうものがたっぷりとあるほど、それに見合ったポジティブなものが自然に出てきます。それはポジティブなものに関しても言えることですよ。ポジティブなことを単純に思いついた人の話というのはアホくさくてとても聞いていられません（笑）。

村上 麻原の物語というのは結局彼のパラノイド性に汚染されていくわけですが、そのパラノイド性に対抗する有効なワクチン的物語を社会が用意できなかったというのはやはり問題ですよね。

河合　そのような点に関してはものすごい盲点があったと思います。日本というのはある意味ではこんなに宗教的な国はないし、それと同時にある意味ではこれくらい宗教と無縁に生きている国もありません。だからああいうのがぽかんと出てきてしまう。

村上　ただ僕はあの本を書いていて思ったんですが、社会そのものにはあの事件を防ぐだけの抑止的ワクチンは備わっていなかったけれど、人々の一人ひとりの語る物語の中には、やはりたしかな力を感じるんです。潜在的な力というか。そしてそれらの物語をひとつひとつ集めて積み重ねていけば、そこには何か大きな勢力が生まれるのではないかと。僕はこの本を書いていてたしかに数多くの絶望を感じないわけにはいかなかったですが、だから悲観的になるかというと、そうではない。むしろ逆に希望のようなものを感じています。そのような個々の力をどのように社会的に顕在化していくのかということになると、まだ五里霧中ですが。

河合　それは日本の特徴です。キリスト教の宣教師が来たとき、彼らは「こんなに扱いやすい国はない」と思いました。ものすごくたくさんのキリスト教徒が生まれるであろうと。でもぜんぜんそうではなかった。こちらに何かがあるから、簡単には染まらないんです。その持っているものを見ていくと、それはすごくポジティブなんです。ポジティブに安心できるところがあります。ところがそれがどんな形をしているかということになると、うまく説明ができません。ものすごくむずかしい。

村上　そういう自己矛盾みたいなことはありますね。たとえばオウム真理教みたいなものが起こることを阻止はできないんだけれど、いったん起こってしまえば、それを浄化しようとする力はちゃんとあるんです。自然治癒力というか。だから「地下鉄サリン事件みたいなのを阻止できないのは社会の敗北じゃないか」という言い方もできるし、その一方でそれを超えていくタフさを実感することもできるわけです。そういうのを見ていると、いったい何が正しいのかだんだんわからなくなってきます。

河合　いや、よくわかります。ほんとにそのとおりです。

村上　この本が英語に翻訳されるプランがあるんですが、この本に書かれていることには、外国の人にはすんなりと理解できないところが多いんじゃないかなという気がします。

河合　僕もそれは思いました。この本をアメリカ人が読んだらいったいどう思うのかと。そういう意味では是非読ましてみたい（笑）。

村上　日本とは何かということを知るためにも、外国の人にも是非読んでもらいたいですが、僕はオウムの側の人たちにもこの本を読んでもらいたいとずっと思っていたんです。結局のところ麻原の物語で固められたものを溶かすには、別の物語を持ってくるしかないんじゃないかと。いわゆる専門的なカルトバスターみたいに、「こっちは正しい、あっちは間違っている。だからこっちに戻ってきなさい」というふうに理詰めでやっても、これはどうしようもないんじゃないかと。

僕は思うんですが、今の世界は何かおかしい、どこか間違っているという感じ方は、ある意味では正常です。学校が嫌い、会社が嫌い、これは当たり前ですよね。僕だってそんなもの嫌いでした。だからそういうところから離れて精神的な領域を深めたいというのは、それ自体動機としては間違っていないでしょう。だから「そんなことやめて学校に行きなさい。会社に行きなさい。それが正しいことです」なんて僕には簡単には言えない。ただしそのようなネガを飲み込むより大きなポジがあれば、それはうまく行くと思うんです。言い換えれば物語を飲み込んでいく、より大きな物語ということです。結局のところそれは善悪の勝負というよりは、スケールの勝負になるんじゃないかと思います。

「善悪を超えたところ」という話が出たところで思い出したんですが、こんなことを言うといささかまずいかもしれないけれど、取材していて肌身に感じたことがひとつあります。それは地下鉄サリン事件で人が受けた個々の被害の質というのは、その人が以前から自分の中に持っていたある種の個人的な被害のパターンと呼応したところがあるんじゃないかということです。

河合　まったくそのとおりだと思います。それはやっぱりその人が受けとめるわけですから。だからそれがたとえばちょっとしたものであったとしても、その部分を通してばっと拡大されて出てくるわけです。だからこのようなものを書くのがむずかしいのは、一人ひとりのそういう隠された部分がどんどん露呈されてくるというようなところにもあります。個人的なものごとまでも。だからとてもむずかしいんです。

村上 ただ単純に罪のない一般市民が意味のない事件でたまたまこういう被害を受けました、というだけではないんですね。内部と外部とが、どうしようもなく結びついている部分があります。そういう意味ではこの本を書くために僕がやったことは、僕にとってきわめて有意義なことではあったけれど、同時にぞっとするほど恐いことでもあったと思うんです。こうして本というかたちになってしまって一段落してから、そのことをあらためてしみじみと感じています。

河合 絶対に恐いことです、それは。だから僕なんかは日常生活ではできるかぎり愛想悪くしています（笑）。へたに愛想よくしていたら、大変なことになってしまいます。ほんとに。

「悪」を抱えて生きる

この対話は平成十年八月十日、京都で行われた。

村上　『アンダーグラウンド』を書こうと思った当時は、社会の関心が圧倒的に地下鉄サリン事件の加害者側であるオウム真理教に向けられていたということもあって、被害に遭われた側の普通の人たちの姿を、地面に近いところの目で浮き彫りにしてみたいという気持ちがあったんです。単なる「こういう気の毒な被害者のみなさんがおられました」というだけじゃなくて。

でもそれを一度まとめてやっちゃって本というかたちにしてしまうと、「それだけじゃ足りないんじゃないか」という気持ちがすごくしてきたんです。その視点を自分自身の中で一回しっかりと押さえた上で、もう一度今度はオウム真理教の側のあり方に目を向ける必要があるのではないかと。そうしないと本当の全体像は見えてこないのではないかと。

河合　それは当然そうでしょうね。

村上　それでとりあえず何人かのオウム真理教の信者および元信者にインタビューをしたわけですが、一人の小説家として正直に言えば、オウムの側の人が共通して持っている問題意識みたいなものには、かなり強く興味を引かれたと言っていいと思います。被害者の人たちの話を聞いたときよりは、そういう部分の出方はやはり明確でしたから。ただし彼らが語る、その問題意識をどのようにプロセスするかという方法に関しては、あまり心を引かれなかった。逆に『アンダーグラウンド』で取り上げた被害者側について言えば、問題意識の持ち方よりは、逆に問題そのもののプロセスの仕方に興味を覚えました。その両者がかなり多くの同質の問題を抱えながらも、異質な意識を持って生きているということが、身にしみてわかったような気がします。

河合　オウムの人のやっていることが小説家のやっていることに似ている部分があるというふうに書かれていましたね。また同時に違った部分があると。それはとても面白く思ったんですが。

〈しかしそれと同時に、彼らと膝をまじえて話をしていて、小説家が小説を書くという行為と、彼らが宗教を希求するという行為とのあいだには、打ち消すことのできない共通点のようなものが存在しているのだという事実を、私はひしひしと感じないわけにはいかなかった。そこにはものすごく似たもの、、、、がある。それは確かだ。とはいっても、その二つの営為をまったく同根であると定義することはできないだろう。というのは、そこには相似性と同時に、何かしら決定的な相違点も存在しているからだ。彼らと話をしていて、個人的に興味をかき立てられたのもその点だったし、また苛立ちに似たものを感じさせられたのもその点だった〉(「文藝春秋」九八年四月号・ポスト・アンダーグラウンド「はじめに」より)

村上 それはとても強く感じたと思います。僕は意識の焦点をあわせて、自分の存在の奥底のような部分に降りていくという意味では、小説を書くのも宗教を追求するのも、重なり合う部分が大きいと思うんです。そういう文脈で、僕は彼らの語る宗教観をある程度正確に理解できたという気がします。でも違うところは、そのような作業において、どこまで自分が主体的に最終的責任を引き受けるか、というところですよね。はっきり言って、僕らは作品というかたちで自分一人でそれを引き受けるし、引き受けざるを得ないし、彼らは結局それをグルや教義に委ねてしまうことになる。簡単にいえばそこが決定的な差異です。

話をしていても、宗教的な話になると、彼らの言葉には広がりというものがないんです。それでね、僕はなんでだろう、なんでだろうと、それについてずっと考えていたんです。それで結局思ったんですが、僕らは世界というものの構造をごく本能的に、チャイニーズ・ボックス(入れ子)のようなものとして捉えていると思うんです。箱の中に箱があって、またその箱の中に箱があって……というやつですね。僕らが今捉えている世界のひとつ外には、あるいはひとつ内側には、もうひとつ別の箱があるんじゃないかと、僕らは潜在的に理解しているんじゃないか。そのような理解が我々の世界に影を与え、深みを与えているわけです。音楽で言えば倍音のようなものを与えている。ところがオウムの人たちは、口では「別の世界」を希求しているにもかかわらず、彼らにとっての実際の世界の成立の仕方は、奇妙に単一で平板なんです。あるところで広がりが止まってしまっている。箱ひとつ分でしか世界を見ていないところがあります。

河合 それは感じますね。完全にそうです。

村上 たとえば上祐という人がいますね。この人は非常に巧妙なレトリックを駆使して論陣を張るわけだけれど、彼が言っているのはひとつの限定された箱の中だけで通用する言葉であり理屈なんです。その先にまではまったく行かない。だから当然ながら人の心には届かない。でもそのぶん単純で、強固で、完結してるんです。彼もそのへんのことはおそらくわかっていて、それを逆手にとってうまく利用しているんじゃないでしょうか。相手は彼を言い負かすことができない。言っていることに深みがない、なんか変だとわかっていても、有効に反論できないんです。だからみんないらいらする。でもオウムの人たちに聞くと、上祐さんみたいに頭の良い人はいないって言います。手放しで尊敬している。彼らにそれのどこが変かというのを説明するのはすごくむずかしいです。

河合 そうです。それはものすごくむずかしいです。しかし考えてみたら、僕らの子どその箱の限定性を証明しなくてはならないわけですから。

もの頃はみんな平気で人殺しに行ったわけです。戦争でしたから。しかも無茶苦茶な人殺しをして、それで勲章をもらう者もいた。それも箱の中に入ってやっている限り、全部正しいこととしてまかり通っていたわけです。

村上　オウムの人に会っていて思ったんですが、「けっこういいやつだな」という人が多いんですね。はっきり言っちゃうと、被害者のほうが強い個性のある人は多かったです。良くも悪くも「ああ、これが社会だ」と思いました。それに比べると、オウムの人はおしなべて「感じがいい」としか言いようがなかったです。

河合　それはやっぱりね、世間を騒がすのはだいたい「いいやつ」なんですよ。悪いやつって、そんなに大したことはできないですよ。悪いやつで人殺ししたやついうたら、そんなに多くないはずです。だいたい善意の人というのが無茶苦茶人を殺したりするんです。よく言われることですが、悪意に基づく殺人で殺される人は数が知れてますが、正義のための殺人ちゅうのはなんといっても大量ですよ。だから良いことをやろうというのは、ものすごいむずかしいことです。それでこのオウムの人たちというのは、やっぱりどうしても、「良いこと」にとりつかれた人ですからねえ。

村上　なるほど。

河合　しかも、村上さんの言われた通り、みんなで箱の中にばあっと入ってしもたんです。「良い子」という箱の中に。それはたしかに危険きわまりないことなんですが、そういうことさえわかっていれば、たしかになかなかいいやつなんです。そういう人はある種の、なんと言えばいいのかな、正直さとか誠実さとかをみな持っているはずです。そうでなかったらオウムみたいなとこにはまず入りませんから。

村上 たしかに一般社会で「善き動機」で会社に入る人はまずいないですよね。

河合 それはもう動機なんかなしで入ります、みんな（笑）。

村上 でもオウムの場合、そこに入るにあたっては、ちゃんとその「善き動機」というのがあるわけですね。そして善き目的というのもある。

河合 おまけにこの世の利益をすべてなげうって入ってきます。

村上 あの、ちょっと思ったんですけど、すべてをなげうつのってけっこう気持ちいいんじゃないんでしょうかね？

河合 それは人によりますね。なんぼ「なげうとう」と思ってもなげうてん人もいます。それからなげうったような顔をして、ちょっと横に置いといたりする人もいて。僕なんかもそうですが（笑）。

村上 でもね、話をしていると、意外にみんな簡単に出家しちゃうんですね。話をしていても、突然「それで出家しちゃいましてえ」みたいなことになるんです。「ちょっと待ってください。出家するっていうのは、家族も仕事も財産も捨てちゃうことでしょう？ それはずいぶん大変なことじゃないんですか？」って聞き返すんですが、多くの人にとって、清水の舞台から飛び降りてというような感じのことではないんですね。

河合 考えたらね、あの世に行くのにものを持っていく人間なんていないですね。みん

たいなもんです。だから楽といえば楽だと言えるし、全部すっきりしていると言えるんだけれど、そうは言ってもやはり、我々はみんなこの世に生きてるんだから、ものを捨てるのと同時に、この世に生きてる苦しみを引き受けて、両方同時に持っていないといけない。そうしてない人はほんとには信用できないんじゃないかと僕は思います。葛藤というものがなくなってしまうわけでしょう。

村上 でも彼らに言わせると、そういう物欲みたいなものが人間の煩悩を膨らませて、人間を消耗させているということになりますね。だから煩悩を捨てて純化しなくてはならないんだと。

河合 いや、だからね、煩悩があって消耗しないことには宗教にならないんです。煩悩を捨てたら、そんな人はもう仏様になっとるんやから。

村上 煩悩を捨てるのは修行じゃないんだ。

河合 うん。そういうのはもう仏であって、人間の修養やないですよ。でも僕らは神や仏やないからね。だから煩悩というのはもうないと思うてもまだあるというような……親鸞がそうでしょう。もうなくなったと思てたらまたあるちゅうようなことばかりずっと続けてやっていた。それを徹底してやったから、親鸞はあそこまで行ったんです。始めからあの真似をしたって、話にならんと僕は思うんですがね。

だからこのあたりに出てくる（オウムの）人は、煩悩を抱きしめていく力がちょっと少ないんです。残念ながら。まあ違うほうから光を当てれば、我々凡人よりは純粋だとか、ものをよく考えているとかいうふうには言えます。言えるんですが、それはやっぱりものすごく危険なことなんです。この人たちがみんな仏の国に行っておられれば、それはそれでいいんだけど、この世に出ておられるかぎりにおいては、それはなかなか大変ですわ。だから人間としてこの世に生きている限り、煩悩から自由になることはやっぱりほとんどできないんじゃないかと、僕は思いますけれどね。

村上 でも中には「この人は世間でうまくやっていけないだろうな」という人は明らかにいますよね。一般社会の価値観とはもともと完全にずれてしまっている。それが人口の中に何パーセントくらいなのかは知らないけれど、良くも悪くも社会システムの中ではやっていけないという人たちが存在していることは確かだと思うんです。そういう人たちを引き受ける受け皿みたいなものがあっていいんじゃないかと僕は思いますが。

河合 それは村上さんの言っておられることの中で僕がいちばん賛成するところです。つまり社会が健全に生きているということは、そういう人たちのいるポジションがあるということなんです。それをね、みんな間違って考えて、そういう人たちを排除すれば社会は健全になると思っている。これは大間違いなんです。そういう場所が今の社会にはなさすぎます。

村上 オウムを脱会した人も、オウムに入っていたこと自体はまったく後悔はしていないと口を揃えて言っていましたね。

河合 自分が犯罪にかかわっていたならともかく、この（インタビューを受けた）人たちは知らないでいたわけですからね。だからそれは後悔はしないし、また続けようと思う人がおって当たり前だと思いますね。ほんとに村上さんが言うとおり、この人たちにやめろと言うんなら、やめて何をするかというかわりがないとね。

これはシンナーやっている子たちでも同じです。たとえばシンナーをやってる子に、お前シンナーなんか悪いからやめろ、なんて誰でも言えます。吸わないほうがいいなんてことは、やってる本人かてちゃんとわかってるんです。ところがシンナーをやめて、てその人がそのあと生きていく世界というのをこっちがちゃんと持ってないかぎりは、絶対にやめさせることなんかできません。酒を飲む人でもそうでしょう。酒をやめた方がよろしいよ、なんて誰にでも言えます。その世界がその人にとって意味があるからこそ、やっているわけです。だからオウムを出てきた人たちも、ほんと言うとそれはものすごい気の毒ですよ。

村上 気の毒だと思います。

河合 それでね、インタビューの中にオウムに入ってちょっとやっているうちに身体の調子がぱっと良くなったという人がいたでしょう。あれ、僕はようわかるんです。僕らのとこにもそういう人が訪ねてこられます。で、会って話していてこう思うんです。こういう人はたとえばオウムみたいなところに行ったらいっぺんでぱっととれるやろなと。それは村上さん流に言うたらひとつの箱の中にぽこっと入ることなんです。だからいっぺん入ったら、ぱっと治ってしまいます。

村上　わかります。

河合　ところがいったん入ってしまったら、今度は箱をどうするかというものすごい大きい問題を抱えることになります。だから僕らはそういう人を箱に入れずに治ってもらおうとします。そうするとすごい長い時間がかかるわけです。そやけど、僕はこのごろ思うんですよ。長い時間かかるって、そんなん当たり前やないかと。

でもちゃんと言うことはありますよ、「あんた、もし早く治りたいんやったら、よそへ行ってください。僕のところへ来たら早くは治りませんよ」と。向こうは「へえ」ってびっくりします。「僕は治すいうことに熱心なんかどうか、わからないんですよ」と言います。「僕は治すことに熱心なんじゃなくて、あんたが生きることに熱心なんやから、それはほんまに長い時間がかかります。もしどうしても早く治りたいんやったら、ほかにこういうところもあります」と。

時間がかかるのはかなわんと思う人は、そっちにかわってくださいと言うんです。でもそういう人たちはちゃんとわかるんです。「治らなくても結構です」と言う人もいます。もっと極端な人は「治してもらうためにここに来ているんではありません」と言います。すごいです。

でも中には「先生とこ来てもちょっとも治らへん。どこそこに行ったら、こんなんすぐに治るそうです」と言う人もいます。僕は「それはなあ、なるべくなら行かんほうがええと思うけど、どうしても行きたいんやったら行ってください。そのかわりいつでも帰ってきてくださいね」と言います。それで、そこに行ったらばあっと症状は治るんです。治るけど、それからが大変です。で、無茶苦茶になってまた帰ってきます。でもいっぺんそういうのを経験していますから、「まあ、ゆっくり行きまひょか」と言うて、やりなおします。

村上　「箱に入る」というのは、カルトの場合で言えば「絶対帰依」ということになりますね。

河合　そうです。絶対帰依です。これは楽といえば楽でいいです。この人たちを見ていると、世界に対して「これはなんか変だ」と疑問を持っているわけです、みんな。で、その「何か変だ」というのは、箱の中に入ると、「これはカルマだ」ということで全部きれいに説明がついてしまうわけです。

村上　全部きれいに説明がつくというのが、この人たちにとっては大事なんですね。

河合　そうです。でもね、全部説明がつく論理なんてものは絶対だめなんです。僕らにいわせたらそうなります。そやけど、普通の人は全部説明できるものが好きなんですよ。

村上　そうですね。そういうのをみんな求めている。これは宗教だけじゃなくて、一般のメディアなんかにしてもそうですよね。

それともうひとつ僕が思ったのは、麻原彰晃というのはものすごい自己矛盾みたいなのを抱えた人ですよね。欠点も多いし、いろんな意味でみっともないし。でもそのほうが結果的にはよかったんじゃないかという気がするんです。これが清潔でハンサムで立て板に水というような雄弁だったら、人はそんなについてこなかったんじゃないだろうかと、僕は感じます。

河合 きれいに説明できて、全部わかっているようだけれど、教祖はどこかに不可解さを持っていないといかんのです。そのへん彼には天性のものがあるんでしょうね。でもね、わかりますよ。ああいう立場になって、ああいうふうにして見ていると、判断力もすごく冴えてくるんです。もちろん途方もない間違いもしますよ。間違いもするけれど、でも直感的にぱっとわかるというようなことも相当あると思いますよ。だからみんないちころでやられてしまいます。僕らなんかでも、ひと目見たとたんにぱっぱっといろんなことがわかってしまうということは、よくあるんです。ほんまに。

村上 そういうカリスマ的な直感力のようなものはヒットラーにもありますね。軍事専門家が見通せないようなことをどんどん見通して、戦争で圧倒的な勝利を収めたとか。

河合 そのとおりです。でも最後は駄目でしたがね。スポーツ選手もそうです。勝って勝って勝ちまくるときがありますよね。そういうときには「負ける気がしない」と言います。絶対逆転できないような状況でも、「どうせ俺は勝つ」と思っていると、心の中がすごく安定していて、ちゃんとそのとおり勝ってしまうんです。ところがいったんそれが駄目になってくると、今度はどうやっても這いあがれません。でもある時期、人間にはそういうふうに冴えて冴えて冴えまくることがあるんです。我々の職業でいちばん怖いのがそれですよ。

村上 というのは、セラピストとしてのキャリアの中でということですか？ 誰かに会うとぱっと見通せちゃうということで？

河合 そうです。というか、見通せたように思ってしまうんです。そしてそれが面白いようにぴたりぴたりと当たることがあります。こうなるやろ、ほらこうなった、というふうに。しかしそれをやり出すともう絶対に駄目ですよ。やはりいつか外れることがあるわけですから。それは人間ですからね。それから麻原彰晃じゃないけれど、「僕がなんとかしてやろう」と思いだしたりもします。そうなったらおしまいです。

それで僕は自分で思うんですが、僕はだんだんわからんようになる修行をしてきたみたいです。もっと若いときは、もっとわかったようなことを思てました。ほんとに。人間「冴えてる」という時期はたしかにあるんですが、それを喜んだ人は全部駄目になりますよ。

村上 さっきの社会（現世）にうまく適合できない人々の話に戻るんですが、そういう人たちのための有効な受け皿のようなものは作れるんでしょうか？

河合 人間というのは、いうならば、煩悩をある程度満足させるほうをできるだけ有効化させようという世界を作ってきとるわけです。しかもとくに近代になって、それがずいぶん直接的、能率的になってきてます。直接的、能率的になってくるということは、そういうものに合わない人が増えてくるということですね、どうしても。そういうシステムがいま作られているわけです。だから、そういう「合わない」人たちに対して我々はどう考えていけばいいのか。

それに対してひとつインパクトを持ちうるのは芸術とか文学とか、そういうもんですね。これは非常に大事なものなんですが、でもそれもできない人がいますね。そういう人たちのためにどうするか。これはむずかしいことです。ただそう考えていきますと、生活保護みたいなのがあるんやったら、そういう人たちのために補助金を払うのは当たり前やないかという気がしますね。補助金をあげますから、まあ楽しく生きてくださいと。

村上 なるほど(笑)。

河合 面白いことしながら、わりあい生きられるんですよ。僕はそういう人たちにもお会いしていますけどね。やっぱりちゃんとした自分の世界を持って生きてる人がおられるんです。

村上 つまり、公的にかどうかはわからないけど、社会そのものがそういう受け皿を用意したほうがいいんじゃないかということですね。

河合 と、僕は思いますね。わけのわからん人は、生活保護なんてけしからん、そんなところに払う金があったらもっと日本の経済のために使えとか、そういう人間は落ちていったらええとか、言いますが、そうじゃなくて、やっぱり社会がちゃんとしてくればくるほど、そういう人たちに対してもお金を払うとか、やっぱり我々にはそういう義務があるんやないかと思いますね。

村上　地下鉄サリン事件を始めとして、そういう社会的な犯罪事件を引き起こした体質を別にすれば、オウム真理教はそういう人たちの良き受け皿になったんじゃないかという意見もあります。実際に現在のオウム真理教は、犯罪的な部分を排除した純粋な宗教団として活動していくというふうに言っています。それはどうなんでしょう。理屈としてはわかるけれど、そんなに簡単なことではないだろうという気もするんですが。

河合　だからね、それ自体はいい入れ物なんです。でもやはり、いい入れ物のままでは終わらないんです。あれだけ純粋な、極端な形をとった集団になりますと、問題は必ず起きてきます。あれだけ純粋なものが内側にしっかり集まっていると、外側に殺してもいいようなものすごい悪い奴がいないと、うまくバランスが取れません。そうなると、外にうって出ないことには、中でものすごい喧嘩が起こって、内側から組織が崩壊するかもしれない。

村上　なるほど。ナチズムが戦争を起こさないわけにはいかなかったのと同じ原理ですね。膨らめば膨らむほど、中の集約点みたいなところで圧力が強くなって、それを外に向けて吐き出さないと、それ自体が爆発してしまう。

河合　そうです。どうしても外を攻撃することになってしまいます。ずっと麻原が言っていたでしょう、我々は攻撃されているって。それは常に外側に悪を置いておかないと、もたないからです。

村上 アメリカやらフリーメーソンやらの陰謀話が出てくるのもそのためですね。

河合 だからね、本物の組織というのは、悪を自分の中に抱えていないと駄目なんです、組織内に。これは家庭でもそうですよ。家でも、その家の中にある程度の悪を抱えていないと駄目になります。そうしないと組織安泰のために、外に大きな悪を作るようになってしまいますからね。ヒットラーがやったのはまさにそれですよね。

村上 そうですね。

河合 だからあれは駄目なんです。オウムもこのままのかたちでは長続きはしないと思います。

村上 それが河合先生の言われる「危険性」なんですね。

河合 そういうことです。

村上 でも信者の人たちに聞くと、地下鉄サリンを本当にオウムがやったとは信じていない人がまだいますよね。あるいはやったのかもしれないけれど、そんなことをうまく信じられないと。

河合 本当にそう信じているんだと思います。みんな自分たちは純粋で、そんな悪いことなんかするわけがないと思っているんです。ところが何も悪いことをするはずがないような人間がいっぱい集まってくると、ものすごう悪いことをせんといかんようになるんです。そうしないと組織が維持できません。

村上 球形みたいな集合体で、外側はソフトだけれど、さっきも言ったように中心点には熱が集中してしまっている。でも外側はそれには気がつかない。ほとんどの信者はこう言うんです、「我々はごきぶり一匹殺さないような生活をしているんです。それなのにどうして人間が殺せますか」って。

河合 チャップリンの『殺人狂時代』ですよ。あの人殺しばかりしているやつは、毛虫がいたらぱっと拾ってね、花のところに持っていってやります。虫ひとつ殺さないで、人ばかり殺しているんです。やっぱり人間というのはほんとにしょうもない生物やからね。だから自分の悪というものを自分の責任においてどんだけ生きているかという自覚が必要なんです。

村上 でもチベット密教でも、オウムとだいたい同じような修行をしているわけですよね。出家して瞑想修行をしています。いったいどこが違っているんだろう?

河合 僕はチベット仏教については、あまり詳しいことはわかりません。でもそういう悪の問題みたいなのは必ず上手に盛り込んでいると思いますよ。それを翻訳して持ち込むときに、ものすごくわかりやすく単純にしたんじゃないでしょうか。このへんはいちばんむずかしいところでね、悪をどの程度生きるか、行使するかというのは、本の中にはいちばん書きにくいことなんです。

村上 実地の部分で経験的に伝えていくしかない。ところが解釈になると、どうしても整合的にならざるを得ないわけですね。

河合 人間が頭でものを考えて、整合的で良いことを書き出したら、悪が入り込めないんです。そういう点で言うとね、「原罪」を始めから持っているなんていうのは、それはものすごいことを考えたものです。西欧人は「みんな原罪を持っている」とはっきり言うておるわけですよね。

村上　つまり我々はそもそもみんな悪から出てきているということですね。

河合　そうそう。だから「お前、なんぼがんばったところで、人間の力ではしょうがないんやで」ということになります。キリストはそのために十字架にかかってくれたんだ、というふうに持っていくわけですね。そういう点ではあれはやっぱりすごい宗教です。

村上　それはカルマとはずいぶん違いますよね。カルマというのはどうにも持っていきようがあるわけですから。その点、原罪はいかんともしがたい。

河合　いかんともしがたいです。西欧人はそれに苦しんで苦しんで、それはそれでまた人を殺しにいくわけです。だからどう行ってもまあむずかしいとも言えるんですが、ただね、これからはもうちょっと人間も賢くなって、どんな組織にせよ家庭にせよ、ある程度の悪をどのように抱えていくかということについて、もうちょっと真剣に考えたほうがいいと思いますね。それをどのように表現し、どのように許容していくかということです。

村上　僕はオウム真理教の一連の事件にしても、あるいは神戸の少年Aの事件にしても、社会がそれに対して見せたある種の怒りの中に、何か異常なものを感じないわけにはいかないんです。それで僕は思ったんですが、人間というのは自分というシステムの中に常に悪の部分みたいなのを抱えて生きているわけですよね。

河合　そのとおりです。

村上　ところが誰かが何かの拍子にその悪の蓋をぱっと開けちゃうと、自分の中にある悪なるものを、合わせ鏡のように見つめないわけにはいかない。だからこそ世間の人はあんなに無茶苦茶な怒り方をしたんじゃないかという気がしたんです。だからたとえば、少年Aの写真を雑誌に載せる。それを載せる載せないで口汚く大喧嘩する。僕に言わせればそんなのは本質的な問題じゃないです。それよりも真剣に討議しなくてはならないもっと大事なことがあるはずだと思いますよね。それなのに話がどんどんそっちに行っちゃって、感情的な怒りの発露になってしまう。あるいはオウムの実行犯の両親が袋叩きにあったりする。それは復讐心というほうが近いんじゃないかと感じますね。とにかく罰するというか。

河合　みんな自分に実害のない誰かを罰するというのは大好きなんです。自分のこととしてみたら大変ですからね。だから「あんな悪い奴は写真でもなんでも出せえ」言うて、それでみんな安心するわけですよ。

村上　昨年、先生とお目にかかったときに悪についてお話をして、それでいろいろ考えたんですが、悪というのは人間というシステムの切り離せない一部として存在するものだろうという印象を僕は持っているんです。それは独立したものでもないし、交換したり、それだけつぶしたりできるものでもない。というかそれは、場合によって悪になったり善になったりするものではないかという気さえするんです。つまりこっちから光を当てたらその影が悪になり、そっちから光を当てたらその影が善になるというような。それでいろんなことの説明はつきます。

ところがそれだけでは説明のつかないものもたしかにあるんです。たとえば麻原彰晃を見ていても、少年Aを見ていても、純粋な悪というか、悪の腫瘍みたいなものがわっと結集して出てくる場合があるような気がします。そういうものが体内にあって、「悪の照射」とでも言うべきものを起こすんじゃないかと。そういう印象を強く持ちました。うまく説明できないんですが。

河合 それはやはり、我々の社会がそういうものを見ないように見ないように、見ないですますようにしすぎるからだと僕は思います。そうなるとどうしても、固まったものがばんっと出てきます。

たとえばね、少年A事件が起こったときに、子供たちが陰に隠れて悪いことをしたらいかんからということで、そのへんの樹木を全部切ってしまったんです。僕はそれを聞いてものすごく腹が立ちました。話はまるっきり逆なんですよ。子供たちは大人の見ていないところで、子供なりに悪いことをして成長するんです。いつもいつも大人から見られているから、あんなことが起こってしまうわけですよ。ほんまに腹が立つ。僕は木が好きやからね、木を切るというだけでも腹が立つんやけど（笑）。

まあみんな了見が狭いというか、一所懸命監視していたら正しい子ができるというような考えは、とんでもないことです。自分がずっと誰かに監視されとったらどんなに大変か、ちょっと考えてみればわかると思うんだけれど。

村上　これについては正直に話してくれる人もいたし、話してくれない人もいたけれど、オウムに入った人の話を聞くと、やはり育った家庭の環境に問題があったという人はけっこう多かったですね。両親からの正常な愛情が幼い人格形成期に乱れていたというか、足りないというか、そういうケースが多かったような気がします。

河合　ここは非常にむずかしいところですが、しかし一般論的にいえば、それはたしかに言えると思います。それはどういうことかと言いますとね、この人たちは頭ですごく考えとるでしょう。こんなふうにぐっと小さい箱に入ってものをぐんぐん考えようとするときに、それをくい止めるのはやはり人間関係なんです。やっぱり父親とか母親です。感情です。それが動いていると、こんな小さな箱にはなかなか入れないんです。なんやらおかしいやないかと、そういう気持ちが働くんですよ。

村上　バランス感覚が働くということですね。

河合　そうです。バランス感覚です。そのようなうまく動く装置がね、（両親の愛情が受けられないと）いちばん発達しにくいんです。

だからね、この人たちが言うとるようなのと似たことは、若い人たちはみんな多かれ少なかれ考えてると思うんです。なんのために生きているかとか、こんなことしてても仕方ないんじゃないかとか、いろいろと真剣に考えてはいるんだけれど、そこには今言ったような自然な感情が流れたり、全体的なバランスの感覚が働いたりして、その中で自分をつくっていくわけです。ところがオウムの人たちはそこのところが切れてしまっているから、すっとそのままあっちにいってしまうんです。だから気の毒といえば、本当に気の毒なんです。

村上 僕はオウムの音楽を聴いていて、それをすごく強く感じました。聴いていて、どこがいいのかぜんぜんわからないんです。ほんとの良い音楽というのはいろんな陰がありますよね。哀しみや喜びの陰みたいなのが。ところがオウムの音楽にはそれがまったく感じとれないんです。ただ小さな箱の中で鳴っているみたいです。単調で、奥行きがなくて、そういう意味ではメスメライジング（催眠的）と言ってもいいのかもしれないけれど。でもオウムの人たちはそれが素晴らしい音楽だと思っているんです。だから僕にも聴かせてくれる。僕は音楽というのは人間の心理ともっとも密接に結びついているものだと思っているので、これはなんかちょっと怖いと感じるところがありました。

それで身体性ということで話をうかがいたいのですが、たとえばヨーガをやると、ある種の覚醒は起こりますね。でもそれはあくまでフィジカルなものです。ところがニューエージ全般というか、とくにオウム真理教にあっては、そのフィジカルなものとメタフィジカルなものとが、否応なく結びついていくわけです。

河合 そうなんです。現代人というのはどうしても身体性から切れてしまっているし、だからどうしても頭でっかちになってしまいます。だから身体性の回復をしなくてはいけないということで、この人たちはヨーガをやったりするわけです。そしてこの人たちはすっと感じたりしますね。そのような覚醒された意識と、普段の日常意識とのあいだに繋がりがないんです。そこがぱっと切れてしまっている。というか、日常的なバリアがないぶんだけ、この人たちは覚醒しやすいんです。そしてそういう覚醒と、日常における断絶感みたいなものが一緒になると、これはもうものすごいことになります。僕らなんか瞑想したって、なかなか覚醒なんかしないですよ（笑）。

村上　僕もそうですね。

河合　そうですよね。瞑想なんかしていると、いつ終わるんかいなとか、うまい飯を食いたいなあとか（笑）。つまりね、それがもっと普通の人になると、儲けることとか税金とかで頭が一杯で、もう宗教なんかいらんということになってしまうわけですよ。そっちがものすごう大きくなるから。で、「霊的」なことなんかぜんぜん関係なしに生きているということになる。まあそこまではいかないにせよ、我々がちょっとくらい瞑想の真似したって、僕らにも煩悩があるからなかなかうまくいかないんだけれど、その「煩悩をもってなおかつ」というのが大きな意味を持つんです。ところがこの（オウムに行った）人たちは煩悩の世界が弱すぎるんです。

村上　だからすぐに悟っちゃう。あまりにもすぐに悟っちゃう。

河合　面白いことに、あまり早く悟った人というのは、その悟りを他人のために役立てることができない場合が多いです。それに比べると、苦労して時間をかけて、「どうしてこんなに悟れへんのやろう。どうして自分だけあかんのやろう」と悩みながら悟った人のほうが、他人の役に立つ場合が多いんです。煩悩世界を相当持っていて、なおかつ悟るからこそ意味があるんです。

村上 僕もスポーツをやっていると、その中である種の覚醒みたいなことはあるんです。でもそこに精神的な意味を見出すことはありません。そういうこともあるんだろう、くらいに思ってます。うまく言えないんだけど、まわりとの関連の中で捉えているのかな。ところがこの人たちはヨーガをやってある種の覚醒があると、ぼーんと一気にそっちに行っちゃう。そしてまわりの世界との繋がりを放棄しちゃうんですね。このへんはオウムだけではなく、ニューエージ全体に言える危険性だと僕は思うんですが。でもたとえこのオウムがなくなっても、いつか必ず別の同じようなカルトは出てきますよね。僕はそう思っているんです。

河合 それは絶対に出てきます。そういう才能をちょっと持った人はいるわけですからね。それを上手に演出すれば、必ず同じようなものは出てきます。

村上 とすれば、また同じような事件が起こる可能性は大きいですよね。

河合 起こる可能性は絶対に大きいと僕は思います。ですから「実害を与えない限りは、出てきていただいても、これはしょうがない」というふうに考えないとしょうがないでしょうねえ。ただし実害というものの判断をつけるのがとてもむずかしいです。たとえばオウムだって、最初に出てきたころはとてもプラスの意味を持っていたと、僕は思いますよ。だからそのときにオウム真理教を評価した人たちは困っているんですね。みんな最初、規模の小さい頃はそれなりに良いものを持っているんですが、それが組織が大きくなってくると、どうしてもむずかしくなってきます。さっきも言ったように、大きくなればなるほど全体の圧力が高まっていくわけですから。

村上　しかしそこに「善きもの」があればあるだけ、求心力というものが働いてしまうから、球は必然的に大きくなっていかざるを得ない。

河合　そこがいちばんむずかしいところです。麻原だって最初のうちは相当純粋だったと思うし、かなりのカリスマ性を持っていた人やろうと思います。でもね、さっきから言うてるように、ある種の組織の頂点に立ったとたんに堕落が始まるんです。これはすごい怖いことです。頂点に立つと、やはりみんなの期待があるでしょう。「この人はすべてをわかっている」とみんなが期待しているわけだから、それをなぞらないかんわけです。真似せないかん。そんなことやっていたらいつか破綻することはわかりきっているから、そこで科学の力を借りてきてごまかしたりとかするようになる。こうなったらもう犯罪的です。

村上　本当に天才的な宗教家ならそれに耐えられる？

河合　天才的な人は最初からこんな馬鹿なことはしないです。たとえば親鸞なんか「弟子はとらない」と言っています。しかし言っているにもかかわらず、あとになってあれだけすごい教団ができてしまった。だからもう、これからは宗教性の追求というのは個人でやるより仕方ないんじゃないかと僕は思てますけれどね。

村上 異議を唱えるようですが、個人でそれができるほど強い精神を持っている人は、多くの場合宗教なんかにいかないんじゃないでしょうか。宗教を求める世間の大多数の人は、個人でやっていくことはむずかしいだろうと僕は思うんですが。

河合 かっちりとした組織を作らなければいいんですよ。規約のないルーズな組織とかね。まあ集まりたかったら来なさい、終わったら解散というようなものです。そのたびごとに集まりがある。

村上 僕はなかなか楽観的にはなれないです。オウムの組織を見ていてもわかるんですが、必ずそこにはテクノクラートみたいなのがいるんですね。世間の人は「あんなエリートがどうしてオウムなんかに」って疑問に思うわけですが、そんなのはぜんぜん不思議じゃないです。彼らは様々な理由によって、広い現実の世界ではなく、ミニチュア疑似世界のエリートになっただけなんです。たぶん広い世界に出るのが怖いからじゃないかと思うんですが。そういう人たちはどんな小さなところにも必ず出てくると思います。

河合 そういうものを出さないためには、これから一人ひとりをもっと強くしなくてはいけないなと思いますね。そのためには教育をちゃんとしなくてはならない。今の教育はもうぜんぜん駄目です。一人ひとりをもっと強くする教育を考えないかんです。それでもね、学校に行かない子供が十万もおるなんて、やっぱりこれはずいぶん進歩してきたんです。それを文部省が許容しているというのは、文部省だってずいぶん変わってきたんです。

村上　それはいいことですよね。僕も学校嫌いだから。でもね、この前どこかで調査をやっていて、それを読んだんですが、日本人に好きな言葉を選ばせると、「自由」というのは四番目か五番目くらいなんですってね。僕はなんといっても「自由」がいちばんなんですが、日本人のいちばん好きな言葉は「忍耐」とか「努力」なんですよね。

河合　ははは、それはそうでしょう。やはり日本は「忍」が第一やないですか。僕なんか忍従ばかりやってます。僕は平成の忍者です（笑）。

村上　でもそういう意味では、日本人というのは本当に自由を求めているのだろうかって僕はときどき疑問に思ってしまうんですよね。とくにオウムの人たちをインタビューしていると、それを実感しました。

河合　いや、日本人にはまだ自由というのは理解しにくいでしょう。「勝手」ちゅうのはみんな好きやけど。自由というのは恐ろしいですよ。

村上　だからオウムの人たちに「飛び出して一人で自由にやりなさい」と言っても、ほとんどの人はそれに耐えきれないんじゃないかという印象を持ちました。みんな多かれ少なかれ「指示待ち」状態なんです。どっかから指示が来るのを待っている。指示がないというのは「自由な状態」ではなくて、彼らにとってはあくまで暫定的な状態なんです。

河合　それこそフロムやないけど、『自由からの逃走』やね。だから小さいときから、自由というのはどれほど素晴らしいことでどれほど怖いことかというのを教育することが、教育の根本なんですよ。それを本当にやってほしいんですが、なかなかそれができなくてね。でもまあこれはね、うまいことやったらできるんですよ。僕はそういう先生が好きやから、そういう先生とよう対談なんかしてるんだけど、上手な先生は子供を自由にさせるんですね。子供にやらすんですよ。そしたら子供はけっこうちゃんとやるんです。変なこともちょっとずつやるけど、変なこともさせておいたりしてね。

今はどんどん知識を詰め込まれるでしょう。だからそのぶん人生の智恵の部分の勉強はどうしてもおろそかになります。日本の場合はとくにひどくて、小学校のときからもう「お勉強」になっています。お勉強というのは人生とはなんの関係もないものなんです。このあいだドナルド・キーンさんとお話ししたんですが、キーンさんは若い頃、奨学金をもらうために数学をものすごく勉強した。数学というのは点がぱちっと出てきますから、奨学金をもらうためにはとてもいいんです。それでどれだけ数学を熱心にやったかわからないけれど、あれでやった数学は私の人生に何の役にも立っていませんと（笑）。それはそうですなあ、と言うたんですが。

村上　僕はなるべく暇をみつけて裁判の傍聴をするように心がけているんですが、でも実行犯になった人々を見ていると、彼らの犯した罪は罪として、やっぱりなんか哀れだと感じないわけにはいかないんです。自分で選んだ道とはいえ、やはり多かれ少なかれ精神的にコントロールされてしまっていたわけですから。だから法的に与えられる量刑の問題についてはともかく、人間としての責任をどの地点まで追及できるものか、僕は決めかねています。あれだけ多くの被害者の皆さんにお目にかかって、この犯罪に対して僕なりに激しい怒りを感じてはいるんですが、それでもなお哀れさというのはしっかりと残ります。

河合　それは日本のたくさんのBC級戦犯の人たちについても言えることですね。

村上　結局システムの問題ということになるのかもしれない。でもああいう、命令を狭義に集約的に与えてそれを実行させるシステムというのは、大きくも小さくも自然にできちゃうんですね。それは僕にとってはすごく怖いことです。どうしてそんなノウハウがそこにぱっと出てきて、比較的短い期間に、あらがえないくらいがちがちに固められてしまうのか、それは謎です。そういうものの存在を好む力が自然に、あるいは地縛的に働いているとしか思えないところがあります。本当に戦犯の問題と似ていますよね。どのように裁いても、必ず問題は残るでしょうね。

あとがき

　この本のための取材を続けているあいだ、時間の都合のつくときには、東京地方裁判所で行われている地下鉄サリン事件実行犯たちの公判に顔をだすようにつとめた。地下鉄サリン事件の実行犯たちがいったいどのような人間なのか、この目で実際に彼らの姿を見て、この耳で実際に彼らの語る言葉を聞いてみたかったからだ。そして彼らが今何を思っているのか、それを知りたかったからだ。しかしそこで私が現実に目にしたものは、うら寂しく陰鬱な、救いのない光景だった。その法廷はいつも私に、出口のない部屋を想起させた。どこかから入ってきたはずなのに、今となっては出口がどうしてもみつからない悪夢の中の部屋を。

　彼ら被告（実行犯）のほとんどは、今となってはグルとしての麻原彰晃に失望を覚えているようだった。尊師とあがめていた麻原が最終的にはインチキな宗教指導者に堕して、自分たちがその狂った（としか思えない）欲望のために都合よく利用されていたことを認識し、その点についてはーーつまりその指示に従って深刻な現世的犯罪を犯してしまったという事実については――深く反省し後悔していた。彼らの多くは現在の麻原彰晃を、何の留保もなく「アサハラ」と呼び捨てにしていた。そこには場合によっては侮蔑の響きさえ混じっていた。そのような反省の念、あるいは一種の怒りは、おそらくは本心からのものだろうと私は推測する。無関係な人々の生命を意味なく奪うというような酷《むご》い行為が、この人たちがもともと望んでいたことであるとは、私にはどうしても思えないからだ。しかしそれにもかかわらず彼らは、自分たちが人生のある時点で、現世を捨ててオウム真理教に精神的な理想郷を求めたという行為そのものについては、実質的に反省も後悔もしていないように見受けられる。少なくとも私の目にはそう見える。

そのひとつの現れとして、彼らは法廷でオウム真理教の教義の細部についての説明を求められると、しばしば「これは一般の方にはおわかりになりにくいでしょうが」という表現を用いた。そのような発言を耳にするたびに私は、そこにある独特のトーンから、この人たちはなんのかんの言っても、自分たちが〈一般の方々〉よりは高い精神レベルにあるという選良意識をいまだに抱き続けているのだなという印象を受けないわけにはいかなかった。「たしかに犯罪を犯したことについては心から申し訳なく思っています。私たちは間違っていました。でもそれは結局のところ、私たちを騙して、一連の誤った命令をくだしたあの麻原彰晃が悪いのです。あの男さえ正気を失わなければ、私たちは平和に穏やかに、正しい宗教的な追求を行って、誰にも迷惑をかけずにすんでいたのです」、彼らは（はっきりと言葉には出さずとも、言外に）そう語ろうとしているように感じられる。つまり「たしかに出てきた結果は悪かった。反省はしています。でもオウム真理教というあり方の方向性そのものは間違っていないし、その部分までを全否定する必要は認められないのです」と。

そのような「方向性としての正しさ」への揺らぎなき確信は、今回インタビューした一般のオウム真理教信者のみならず、現在では信者であることをやめて教団に批判的な立場をとっている元信者たちの中にさえしばしば認められたものだった。私は彼らの全員に対して、「あなたはかつてオウム真理教に入信したことを後悔していますか？」と質問してみた。出家信者として現実世界からドロップアウトしていた何年かが「無駄に費やされた」と考えることはないのかと。彼らのほぼ全員が口をそろえて「いや、後悔はしていない。その年月が無駄になったとは思わない」と答えた。それはどうしてだろう？　答えは簡単だ。現世ではまず手に入れることのできない純粋な価値がたしかにそこには存在していたからだ。たとえそれが結果として悪夢的なものへと転換していったとしても、その光の放射の輝かしく温かな初期記憶は、今も彼らの中に鮮やかに残っているし、それはほかの何かで簡単に代用できるものではないからだ。

つまりそういう意味あいにおいては、彼らにとってオウム真理教というあり方は今でも「通電状態にある」と言ってもいいだろう。彼ら元信者がまたいつかオウム真理教に復帰するかもしれないと言っているわけではない。今となってはそれが構造的にかなり危険なシステムであるという事実は彼らにも認識できているし、自分たちがそこでぐり抜けてきた歳月が多くの矛盾と欠落を含んだものであるということも承知している。私の見る限りにおいては、彼らがその容れ物の中に再び戻っていく可能性はほとんどないだろう。しかしそれにもかかわらずオウム真理教という理念は、彼らの胸の中ではまだ多かれ少なかれひとつの血の通った原理として機能しているし、具体的な情景を持った理想郷として、光の記憶として、あるいは刷り込みとして息づいている——そういう印象を私は受けた。それに似た光を有した何かがもう一度すっと目の前に現れたら（それは宗教であるかもしれないし、宗教以外のものであるかもしれないが）、彼らのうちのあるものは、否応なくそこに惹かれていくことになるかもしれない。そういう意味では、我々の社会にとって今いちばん危険なのは、オウム真理教そのものよりは「オウム的なるもの」なのだと言ってもいいかもしれない。

地下鉄サリン事件が起きて世間の耳目がオウム真理教に集中していた頃、「どうしてこのような高い教育を受けたエリートたちが、わけのわからない危険な新興宗教なんかに？」という疑問の声がよく聞かれた。たしかにオウム真理教団の幹部には、錚々《そうそう》たる学歴のエリートたちがずらりと（いささかこけ威《おど》しの気味はあるにせよ）顔を揃えていた。世間の人がそれを知ってあっけにとられるのもまあ無理はない。そんなエリートたちが約束されていた社会的地位をあっさりとなげうって新興宗教に走ってしまうのは、現代の日本の教育システムになにか致命的な欠陥があるのではないか、というようなことも真剣にとりざたされていたように思う。

しかし私がオウムの信者、元信者のインタビューを続けていて、その過程で強く実感したのは、「あの人たちは『エリートにもかかわらず』という文脈においてではなく、逆にエリートだからこそ、すっとあっちに行っちゃったんじゃないか」ということだった。

唐突なたとえだけれど、現代におけるオウム真理教団という存在は、戦前の「満州国」の存在に似ているかもしれない。一九三二年に満州国が建国されたときにも、ちょうど同じように若手の新進気鋭のテクノクラートや専門技術者、学者たちが日本での約束された地位を捨て、新しい可能性の大地を求めて大陸に渡った。彼らの多くは若く、新しい野心的なヴィジョンを持ち、高い学歴と優れた才能を持っていた。しかし日本という強圧的な構造を持つ国家の内側にいるかぎり、そのエネルギーを有効に放出することは不可能であるように思えた。だからこそ彼らは世間のレールからいったんはずれても、もっと融通のきく、実験的な新天地を求めたのだ。そういう意味では——それ自体だけをとってみれば——彼らの意志は純粋であり、理想主義的でもあった。おまけにそこには立派な「大義」も含まれていた。「自分たちは正しい道を進んでいるのだ」という確信を抱くこともできた。

問題はそこに重大な何かが欠落していたことだった。満州国の場合、その何かが「正しく立体的な歴史認識」であったということが今ではわかる。もっと具体的なレベルでいえば、そこに欠けていたのは「言葉と行為の同一性」であった。「五族協和」だの「八紘一宇」だのといった調子の良い美しい言葉だけがどんどん一人歩きをして、その背後にいやおうなく生じる道義的空白を、血生臭いリアリティーが埋めていったわけだ。そして野心的なテクノクラートたちはその激しい歴史の渦の中に否応なく呑み込まれていくことになった。

オウム真理教事件の場合、同時代的に起こった出来事であるが故に、今ここで明快にその何かの内容を定義してしまうことにはやはり無理があるだろう。しかし広義的に言えば「満州国」的状況について語れるのとだいたい同じことが、オウム真理教事件にも適応できるはずだと私は考えている。そこにあるものは「広い世界観の欠如」と、そこから派生する「言葉と行為の乖離《かいり》」である。

多くの理科系・技術系エリートたちが、現世的な利益を捨ててオウム真理教に走った理由は個々様々であるだろう。しかし彼らが共通して抱いていたのは、自分たちが身につけた専門技術や知識を、もっと深く有意義な目的のために役立てたいという思いであったのではないか。彼らは、大資本や社会システムという非人間的で功利的なミルの中で、そのような自分たちの資質や努力が——そして彼ら自身の存在の意味までもが——無為に削りおろされていくことに対して、深い疑問を抱かないわけにはいかなかったのだ。

地下鉄千代田線でサリンを撒き、二人の営団地下鉄職員を死亡に至らせた林郁夫も明らかにそのようなタイプの一人だった。彼は「患者思いの熱心で優秀な外科医」とまわりから評価されていたわけだが、おそらくはそれ故に、様々な矛盾と欠陥を抱えた現行の医療制度にだんだん深い不信感を抱くようになり、その結果オウム真理教の提示する実行力のある精神世界（塵ひとつ落ちていない強烈な理想郷）に強く心を惹かれるようになる。

彼は著書『オウムと私』の中で、出家当時に教団に対して抱いていたイメージについて、このように記述している。

「麻原は説法で、シャンバラ化計画について語っていました。ロータス・ヴィレッジを建設するということでした。そこにはアストラル・ホスピタルという病院があり、真理学園という一貫教育の学校もあるということでしたが（中略）。医療は麻原が瞑想で異次元（アストラル）や過去生の記憶から導入したというアストラル医学なるものを駆使し、病人のカルマやエネルギー状態をみて、死や転生も考慮に入れたものということでした。（中略）私は、緑の多い自然の中に点々と存在する建物群で心をこめた医療や教育をするという、そのころ夢想していた病院や学校の姿とロータス・ヴィレッジとを重ね合わせていました」

彼はそのような理想郷に身を投じ、現世の垢にまみれることなく厳しい修行を続けながら、とことん納得のいく医療を実践し、ひとりでも多くの患者を幸福にすることを夢見ていたのだろう。もちろんその動機が純粋なものであることは認めるし、ここで語られているヴィジョンがそれなりに美しく壮麗であることも認めるのだが、このようなイノセントな言説がどれくらい激しく現実と乖離しているかということは、一歩身を引いて考えればあまりにも自明である。それは私たちの目には、まるで遠近感を欠いた不思議な風景画のように映る。しかしたとえばそのときに私たちが林医師の個人的な友人であったとしても、出家を考えている彼に向かってその乖離性を有効に「証明する」ことは大変にむずかしい作業であったに違いない（あるいは今だって本当にはむずかしいのかもしれない）。

でも実を言えば私たちが林医師に向かって語るべきことは、本来はとても簡単なことであるはずなのだ。それは「現実というのは、もともとが混乱や矛盾を含んで成立しているものであるのだし、混乱や矛盾を排除してしまえば、それはもはや現実ではないのです」ということだ。「そして一見整合的に見える言葉や論理に従って、うまく現実の一部を排除できたと思っても、その排除された現実は、必ずどこかで待ち伏せしてあなたに復讐することでしょう」と。

とはいえ、林医師はそのような説得ではおそらく納得しなかっただろう。彼は専門的な言葉とマニュアル化されたロジックを連ねて鋭く反論し、自分の進もうとしている道がどれだけ正しく美しいものであるかを滔々《とうとう》と説いたことだろう。そして私たちはあるいは、そのようなロジックを乗り越えられるだけの有効な説得の言語を持たなかったかもしれない。その結果ある地点で口をつぐんでしまわなくてはならなかったかもしれない。残念なことだが、現実性を欠いた言葉や論理は、現実性を含んだ（それ故にいちち夾雑物を重石のようにひきずって行動しなくてはならない）言葉や論理よりも往々にして強い力を持つからだ。そして私たちはお互いの言語を理解できぬままに、それぞれの方向に別れたことだろう。

林郁夫の手記は多くの部分で、私たちを立ち止まらせ、深く考え込ませてしまう。「この人は何故こんなところにまで行かなくてはならなかったのか」という素直な疑問と、「しかし我々にはおそらく手のうちようもなかっただろう」という無力感が、私たちの中に同時にわき起こってくる。それは私たちを不思議に哀しい気持ちにさせる。いちばん空しいのは、「功利的な社会」に対してもっとも批判的であるべきはずの者が、言うなれば「論理の功利性」を武器にして、多くの人々を破滅させていったことなのかもしれない。世間に流布するある種のニューエージ的言説がしばしば我々に肌寒い思いをさせるのは、それが「超現実」であるからではなく、結局は現実のただの薄っぺらな戯画化にすぎないからなのだ。

しかしどこの誰が、「いや、自分はなんでもない人間ですから、社会システムの歯車の中で削りおろされて死んでいってもべつにかまわないんですよ」と考えているだろう？　多かれ少なかれ私たちのすべてが、自分がこの世界にこうして生きている意味を、そしてほどなく死んで消えていく意味を、できることならこの手で確かめたいと思っているのだ。そのような答えを真摯《しんし》に求めるという行為自体は、言うまでもなく、べつに非難される筋合いのものではない。にもかかわらず、どこかで致命的な「ボタンの掛け違え」が始まる。現実の相が少しずつ歪みはじめる。約束されたはずの場所は、ふと気がついたときには、もはや自分が求めていたものではない場所に変わってしまっている。マーク・ストランドの詩が語っているように、そこでは「山々はもう山ではなく、太陽はもう太陽ではない」のだ。

第二の第三の林郁夫を出さないためにも、我々の社会は一連のオウム真理教事件が悲劇的なかたちで浮き彫りにしたこのような問題について、今一度根底から考慮するべきではないだろうか。世間の多くの人々は、一連のオウム真理教事件を「既に過ぎ去ったもの」として処理しているようにも見える。あれはたしかに大きな事件だったけれど、犯人もほとんど逮捕されて一段落したし、自分たちにはもう直接の関係はないことなのだ、と。しかしカルト宗教に意味を求める人々の大半は、べつに異常な人々ではない。落ちこぼれでもなければ、風変わりな人でもない。彼らは、私やあなたのまわりに暮らしている普通（あるいは見方によっては普通以上）の人々なのだ。

彼らは少しばかりまじめにものを考えすぎるかもしれない。心に少しばかり傷を負っているかもしれない。まわりの人たちと心をうまく通じ合わせることができなくて、いくらか悩んでいるかもしれない。自己表現の手段をうまく見つけることができなくて、プライドとコンプレックスとのあいだを激しく行き来しているかもしれない。それは私であるかもしれないし、あなたであるかもしれない。私たちの日常生活と、危険性をはらんだカルト宗教を隔てている一枚の壁は、我々が想像しているよりも遥かに薄っぺらなものであるかもしれないのだ。

（この文章は林郁夫氏の著書『オウムと私』について、「本の話」九八年十月号に発表した文章をもとにしている）

初出　「文藝春秋」一九九八年四月号から十一月号まで連載。
単行本　一九九八年十一月　文藝春秋刊

文春文庫

約束《やくそく》された場所《ばしょ》で　underground 2

定価はカバーに表示してあります

2001年7月10日　第1刷
2025年4月5日　第16刷

著　者　村《むら》上《かみ》春《はる》樹《き》

発行者　大沼貴之
発行所　株式会社　文藝春秋

東京都千代田区紀尾井町 3-23　〒102-8008
TEL　03・3265・1211㈹
文藝春秋ホームページ　https://www.bunshun.co.jp

落丁、乱丁本は、お手数ですが小社製作部宛お送り下さい。送料小社負担でお取替致します。

印刷製本・TOPPANクロレ

Printed in Japan
ISBN978-4-16-750204-1